JULES VERNE – REISE UM DIE ERDE IN ACHTZIG TAGEN

ABENTEUER WELTLITERATUR

Jules Verne

REISE UM DIE ERDE IN ACHTZIG TAGEN

VERLEGT BEI
KAISER

Titel des französischen Originals: »Le Tour du Monde en 80 Jours«
Deutsche Übersetzung von Hertha Lorenz

Alle Rechte vorbehalten
Copyright © 1989 Gruppo Editoriale Fabbri,
Sonzogno, Etas S.p.A. Milano
Copyright der deutschen Ausgabe © 1993
by Neuer Kaiser Verlag Gesellschaft m.b.H. Klagenfurt
Einbandgestaltung: Mario Oberhofer
Satz: Context OEG, St. Veit/Glan
Druck und Bindearbeit: Mladinska Knjiga, Laibach

INHALT

1 Phileas Fogg und Passepartout finden zueinander, der eine als Herr, der andere als Diener 7

2 Passepartout gewinnt die Überzeugung, daß er endlich sein Ideal gefunden 12

3 Es entspinnt sich eine Unterhaltung, die Herrn Phileas Fogg leicht teuer zu stehen kommen kann 16

4 Phileas Fogg setzt seinen Lakaien in Verblüffung 23

5 Ein neuer Effekt tritt in London ein 27

6 Detektiv Fix zeigt eine wohlbegründete und auch rechtschaffene Ungeduld 30

7 Für die Nutzlosigkeit von Pässen als Polizeimaterial wird von neuem Zeugnis abgelegt 35

8 Passepartout redet vielleicht ein bißchen mehr als recht sein dürfte 38

9 Das Rote Meer wie auch der Indische Ozean erweisen sich den Absichten Phileas Foggs als günstig 42

10 Passepartout schätzt sich mehr als glücklich, mit dem Verlust von Schuhen und Strümpfen aus einer Patsche zu kommen 48

11 Phileas Fogg kauft ein Reittier für einen fabelhaften Preis 54

12 Phileas Fogg und seine Gefährten wagen sich quer durch die indischen Wälder, und was daraus entsteht 61

13 Passepartout erbringt einen weiteren Beweis dafür, daß das Glück dem Kühnen hold ist 69

14 Phileas Fogg befährt das wunderbare Tal des Ganges in seiner vollen Länge, ohne es auch nur zu sehen 75

15 Der Banknotensack erleichtert sich abermals um einige tausend Pfund 81

16 Es sieht nicht danach aus, als wenn Fix alles genau wisse, worüber man mit ihm spricht 87

17 Während der Fahrt von Singapur nach Hongkong ist von allerhand Dingen die Rede 92

18 Phileas Fogg, Passepartout und Fix handeln
nach dem Motto: jeder macht seins 97

19 Passepartout nimmt ein zu eifriges Interesse an
seinem Herrn, und was daraus folgt 102

20 Fix tritt zu Phileas Fogg direkt in Beziehung 111

21 Der Patron der »Tankadere« gerät in starke Gefahr,
eine Prämie von 200 Pfund zu verlieren 118

22 Passepartout lernt einsehen, daß es selbst bei den
Antipoden ein Gebot der Klugheit ist, ein wenig Geld in
seiner Tasche zu haben 124

23 Passepartouts Nase verlängert sich um ein gehöriges Stück 132

24 In diesem Kapitel vollzieht sich die Fahrt über den Stillen Ozean 140

25 Hier wird ein flüchtiger Blick auf San Franzisko
und auf einen Wahltag geworfen 146

26 Hier wird die Fahrt im Schnellzug der
Pacific-Bahn beschrieben 153

27 Passepartout folgt mit einer Schnelligkeit von
zwanzig Meilen in der Stunde einem Vortrag über
Mormonengeschichte 159

28 Passepartout kommt nicht dazu, der Sprache
der Vernunft Gehör zu verschaffen 163

29 Hier wird von verschiedenen Vorfällen berichtet, die nur
auf den Bahnen der Union möglich sind 170

30 Phileas Fogg tut ganz einfach seine Pflicht 178

31 Der Kommissar nimmt Herrn Foggs
Interessen allen Ernstes wahr 185

32 Phileas Fogg tritt in direkten Kampf wider das böse Geschick 193

33 Phileas Fogg überwindet abermals alle Schwierigkeiten 199

34 Hier wird Passepartout die Gelegenheit geboten,
ein kühnes aber vielleicht noch
ungedrucktes Wortspiel zu machen 207

35 Passepartout läßt sich einen Auftrag, den ihm
sein Herr gibt, nicht zweimal sagen 211

36 Phileas Fogg ist wieder obenauf 216

37 Hier wird der Nachweis geführt, daß Phileas Fogg
bei seiner Reise um die Erde weiter nichts gewonnen
als das Glück seines Lebens 219

1

**Phileas Fogg und Passepartout
finden zueinander, der eine als Herr,
der andere als Diener**

Im Jahre 1872 wurde das Haus Nr. 7 in der Saville-Row in den Burlington-Gärten – in welchem im Jahre 1816 Sheridan starb – von Phileas Fogg Esquire bewohnt, einem der sonderbarsten und bekanntesten Mitglieder des Londoner Reform-Klubs, obgleich er es als seine besondere Aufgabe zu betrachten schien, nichts zu unternehmen, was die Aufmerksamkeit wachrufen könnte.

Auf einen der größten Redner, die England zum Ruhme gereichen, folgte mithin dieser Phileas Fogg, eine rätselhafte Persönlichkeit, von der niemand mehr wußte als höchstens, daß er ein sehr ritterlicher Mann sei und zu den schönsten Kavalieren der vornehmen Gesellschaft von England gehöre.

Es hieß, er habe Ähnlichkeit mit Lord Byron, aber er war ein Byron mit Schnurr- und Backenbart, ein umwandelbarer Byron, der seine tausend Jahre hätte leben können, ohne zu altern.

Wenn Phileas Fogg Engländer war vom Scheitel bis zur Sohle, so war er doch vielleicht kein Londoner. Weder an der Börse, noch an der Bank, noch in einem der hauptstädtischen Kontore war er je gesehen worden. Weder die Londoner Häfen noch die Londoner Docks hatten je ein Schiff beherbergt, das von einem

Reeder namens Phileas Fogg ausgerüstet worden war. In keinem Verwaltungsrate war dieser Kavalier vertreten. Sein Name war nie gehört worden in einem Rechts-anwalts-Kollegium, weder im Londoner Temple, noch in Lincoln's Inn noch in Gray's Inn. Niemals führte er einen Prozeß, weder am höchsten Gerichtshof noch am Billigkeitsgerichtshof noch am Gerichtshof für kirchliche Angelegenheiten. Auch an der Königlichen Bank hatte er nie Geschäfte gehabt. Er war weder ein Industrieller, noch ein Geschäfts- oder Kaufmann, noch weniger Landwirt.

Er gehörte weder dem Königlichen Institut von Großbritannien noch dem Institut von London, weder dem Künstlerverbande noch dem Russel-Verband, weder der Literarischen Vereinigung des Westens noch dem Juristischen Reichsverbande noch jener weitreichenden Körperschaft an, welche alle Künste und schönen Wissen-schaften unter ihren Schutz genommen hat und sich des Patronats Ihrer huldrei-chen Majestät der Königin zu erfreuen hat. Er gehörte endlich keiner einzigen der zahllosen Gesellschaften an, von denen es in der Hauptstadt Englands wimmelt, von der Ärometrischen bis zur Zoologischen Gesellschaft hinunter, welch letztere bekanntlich die Entomologische einbegreift, deren Gründung hauptsächlich zu dem Zweck erfolgt ist, alle schädlichen Insekten in der Haupt- und Residenzstadt des großbritannischen Reiches zu vertilgen.

Phileas Fogg war Mitglied des Reform-Klubs, und damit genug für ihn sowohl wie für den Leser.

Sollte sich jemand darüber verwundern, daß eine so geheimnisvolle Persönlichkeit, wie Herr Phileas Fogg es war, als Mitglied in dieser ehrsamen Körperschaft Auf-nahme gefunden habe, so ließe sich ohne weiteres die aufklärende Antwort geben, daß Herr Phileas Fogg eingeführt wurde durch die Herren Gebrüder Baring, bei denen er ein offenes Konto hatte. Denn ein Herr, für den bei Gebrüder Baring jeder Scheck nach Sicht gezahlt wurde, mußte wohl oder übel »etwas wert sein«.

War Herr Phileas Fogg ein reicher Mann? Ganz unbestreitbar. Aber auf welche Weise er zu seinem Reichtum gelangt war, das zu sagen waren die bestunterrichte-ten Leute nicht imstande, und Herr Fogg war der letzte, dem es genehm gewesen wäre, darüber Auskunft zu geben. Soviel stand fest, daß er kein Verschwender, aber auch kein Geizhals war. Denn allemal, wenn es galt, eine edle, nützliche oder anständige Sache zu unterstützen, gehörte er zu denen, die sich nicht lange nötigen oder überhaupt nur suchen ließen, und trug stillschweigend oder sogar, ohne sich zu nennen, sein reichliches Scherflein bei.

Alles in allem genommen, ließ sich kaum ein zweiter Kavalier finden, der so wenig von sich reden machte und über sich redete wie Herr Phileas Fogg. Trotz alledem lag über seinem Tun keinerlei Schleier, sondern sein ganzes Tun und Lassen war so genau abgezirkelt und blieb sich von A bis Z so mathematisch gleich, daß die schlimmste Phantasie sich umsonst damit befaßte.

Hatte er Reisen gemacht? Höchstwahrscheinlich, denn niemand besaß eine bessere Kenntnis der Erdkarte als er. Es gab keinen noch so abgelegenen oder entfernten Winkel, von dem er nicht eine genaue Kenntnis zu besitzen schien. Hin und wie-der, aber nur mit wenigen kurzen klaren Worten, stellte er die tausenderlei Mei-nungen fest, die im Klub über zugrunde gegangene oder verirrte Reisende kreisten. Er sprach sich über die vorhandenen Wahrscheinlichkeiten aus, und seine Worte hatten sich häufig als Inspiration erwiesen, denn die folgenden Ereignisse hatten sie gerechtfertigt und bestätigt. Phileas Fogg war ein Mann, der die Welt bereist haben mußte – zum wenigsten doch im Geiste.

Was nichtsdestoweniger für gewiß gelten mußte, war die Tatsache, daß Phileas Fogg seit langen Jahren aus London keinen Fuß gesetzt hatte. Wer die Ehre hatte, ihn ein bißchen genauer zu kennen als die anderen, der konnte bezeugen, daß ihn niemand anderwärts gesehen haben konnte, ausgenommen auf jenem Wege, den er alle Tage ging, um sich von seiner Wohnung nach dem Klubhause zu begeben. Sein einziger Zeitvertreib war Zeitungslesen und eine Partie Whist. Bei diesem schweigsamen Spiele, das für seine Natur so vorzüglich paßte, gewann er häufig, aber was er gewann, das floß niemals in seine Tasche, sondern spielte in seinem Wohltätigkeits-Budget eine bedeutende Rolle, es war offenbar, daß Herr Fogg bloß spielte, um zu spielen, und nicht des Gewinnes halber. Für ihn war das Spiel ein Kampf, ein Ringen gegen eine Schwierigkeit, aber ein Ringen ohne Bewegung, ohne Ortsveränderung, ohne Anstrengung, und das entsprach seinem Charakter.

Von einer Frau oder von Kindern wußte bei Phileas Fogg niemand etwas, aber auch von Verwandten oder Freunden wußte niemand etwas bei Phileas Fogg, und das sind Verhältnisse, die man seltener antrifft. Phileas Fogg lebte mutterseelenallein in seinem Hause in der Saville-Row – und niemand hatte dort Zutritt. Ein einziger Lakai reichte für den Dienst bei ihm aus. Im Klub nahm er sein Frühstück und sein Mittagessen ein zu Stunden, die nach der Uhr genau festgesetzt waren, immer im selben Saale und immer am selben Tische. Er belästigte keines der zahlreichen Mitglieder, lud keine Fremden ein und verfügte sich Tag für Tag genau auf die Minute nach seiner Villa, ohne nur ein einziges Mal eins der mit allen Annehmlichkeiten ausgestatteten Zimmer für sich in Anspruch zu nehmen, die der Reform-Klub für seine Mitglieder zur Verfügung hält. Von den vierundzwanzig Tagesstunden brachte er zehn in seiner Wohnung zu, und zwar verschlief er sie zum Teil, zum Teil gingen sie mit den Verrichtungen drauf, die sein Anzug notwendig machte. Spazieren ging er in einem gleichmäßigen Tempo in dem parkettierten Entree oder auf der außen um das Haus herumführenden Galerie, über der sich ein von zwanzig ionischen Säulen aus rotem Porphyr getragener Kuppelbau mit blauen Rundbogenfenstern erhob.

Zu seinem Frühstück und Mittagessen versorgten die Küchen, der Gemüsegarten, der Fischbehälter, die Molkerei des Klubs seinen Tisch mit ihren trefflichen Vorräten. Zu seiner Bedienung standen die Lakaien des Klubs, ernste Figuren im schwarzen Frack, die in Tuchschuhen mit Filzsohlen lautlos über das Parkett glitten, zur Verfügung; in einem besonderen Geschirr aus feinstem Porzellan und auf wunderbarem Gedeck aus Herrnhuter Leinwand wurde ihm serviert; aus den hohlgeschliffenen Kristallgläsern des Klubs trank er seinen Sherry, Portwein oder Claret, mit Zimt und anderem Gewürz gemischt; Eis hielt alles, was er trank, in einem Zustand von genügender Frische.

Unter solchen Bedingungen sein Leben zu führen, macht zum exzentrischen Sonderling; man muß dabei aber gelten lassen, daß auch exzentrische Art ihr Gutes hat.

Das Haus in der Saville-Row zeichnet sich, ohne verschwenderisch ausgestattet zu sein, durch Komfort in vorteilhafter Weise aus. Durch den Umstand, daß sein Herr in seinen Lebensgewohnheiten nicht die geringste Änderung litt, vereinfachte sich das Dienstwesen mit der Zeit mehr und mehr. Phileas Fogg verlangte von seinem einzigen Lakai eine ganz außergewöhnliche Pünktlichkeit und Regelhaftigkeit. Gerade an dem Tage, an welchem unsere Erzählung einsetzt, am zweiten Oktober, hatte Phileas Fogg James Forster den Abschied gegeben, weil sich sein Lakai dieses Namens dadurch vergangen hatte, daß er das Rasierwasser für seinen Herrn statt auf sechsundachtzig Grad Fahrenheit nur auf vierundachtzig Grad Fahrenheit gewärmt hatte; und nun wartete Phileas Fogg auf James Forsters Nachfolger, der sich zwischen elf und halb zwölf vorstellen sollte.

Phileas Fogg saß steif in seinem Lehnstuhl; die Beine hielt er aneinander gezogen wie ein Soldat bei der Parade; die Hände ruhten auf den Knien; den Körper hielt er aufgerichtet, den Kopf steil in die Höhe; die Augen hingen an dem Zeiger der äußerst komplizierten Stehuhr, die die Stunden, die Minuten, die Sekunden, die

Tage, die Vierteljahre und das Jahr anzeigte. Wenn es halb zwölf schlug, mußte Herr Fogg seiner täglichen Gewohnheit gemäß den Fuß aus dem Haus und sich selbst in Bewegung nach dem Reform-Klub setzen.

In diesem Augenblick wurde an die Tür des kleinen Salons geklopft, James Forster, der verabschiedete Lakai, zeigte sich auf der Schwelle. »Der neue Lakai«, sagte er.

Ein Mann in den Dreißigern wurde sichtbar und machte einen Bückling.

»Sie sind Franzose und heißen John?« fragte Phileas Fogg.

»Jean, wenn gnädiger Herr nichts dagegen haben«, antwortete der eben Eingetretene, »Jean Passepartout – ein Name, der an mir hängengeblieben ist und dem meine natürliche Befähigung, mich aus jeder Verlegenheit zu ziehen, gerechtfertig haben mochte. Ich glaube, ein rechtschaffener Lakai zu sein, gnädiger Herr; ein mir innewohnender Drang zur Freiheit und Selbständigkeit hat mich aber mancherlei Handwerk in die Arme getrieben. Ich bin fahrender Sänger gewesen, bin Stallknecht im Zirkus gewesen, habe Voltige geritten und auf dem Seil getanzt wie Blondin. Dann bin ich, um meine Talente besser zu verwerten, Turnlehrer geworden und zu guter Letzt Pariser Feuerwehrmann. In meinem Zeugnis stehen sogar sehr große Brände verzeichnet. Aber ich habe Frankreich seit fünf Jahren schon den Rücken gekehrt, und da mich die Lust nach häuslichem, nach Familienleben ankam, bin ich in England Lakai geworden. Da ich nun ohne Stellung bin und in Erfahrung gebracht habe, daß Herr Phileas Fogg der pünktlichste, seßhafteste Mann der Vereinigten Königreiche sei, habe ich mir erlaubt, mich dem gnädigen Herrn vorzustellen, von der Hoffnung geleitet, ein Leben in Ruhe und Frieden hier führen und meine Vergangenheit vergessen zu können bis auf diesen Namen Passepartout …«

»Passepartout ist mir genehm«, erwiderte der Kavalier. »Sie sind mir empfohlen worden. Ich habe gute Auskunft über Sie bekommen. Sie kennen die Bedingungen?«

»Jawohl, gnädiger Herr!«

»Gut. Welche Zeit haben wir jetzt?«

»Halb zwölf«, versetzte Passepartout, indem er aus den Tiefen seines Brustlatzes eine silberne Uhr von mächtigem Umfang heraufzog.

»Ihre Uhr geht nach«, sagte Herr Fogg.

»Gnädiger Herr wollen verzeihen, aber das ist ein Ding der Unmöglichkeit!«

»Ihre Uhr geht um vier Minuten nach. Indessen lassen wir das jetzt! Es genügt die Abweichung festzustellen. Demnach stehen Sie von diesem Augenblick an, elf Uhr neunundzwanzig Minuten früh, von heute Mitt-

woch, den zweiten Oktober des Jahres 1872 an, in meinen Diensten.«

Phileas Fogg erhob sich, als er den Satz zu Ende gesprochen hatte, griff mit der linken Hand nach seinem Hute, setzte ihn mit automatenhafter Gebärde auf den Kopf und verschwand ohne jedes weitere Wort.

Passepartout hörte, wie sich die Haustür zum ersten Male schloß: sein neuer Herr war aus dem Hause gegangen. Passepartout hörte, wie sich die Haustüre zum anderen Male schloß: sein Vorgänger James Forster hatte das Haus verlassen. Passepartout blieb allein zurück in dem Haus in der Saville-Row.

2

Passepartout gewinnt die Überzeugung, daß er endlich sein Ideal gefunden

Meiner Treu«, sagte Passepartout bei sich, zu Anfang ein wenig verdutzt, »bei Madame Tussaud habe ich Lebemänner gekannt, die genau so lebendig waren wie mein neuer Herr!«

Hier muß nun bemerkt werden, daß die »Lebemänner« bei Madame Tussaud Wachsfiguren sind, die sich in London eines sehr starken Zuspruchs erfreuen und denen wahrhaftig weiter nichts als die Fähigkeit der Sprache fehlt.

Passepartout hatte in den wenigen Augenblicken, die er eben mit Herrn Phileas Fogg gesprochen hatte, seinen zukünftigen Herrn und Gebieter rasch aber sorgfältig gemustert. Es war ein Herr, der vierzig Jahre alt sein mochte, von edler, schöner Figur, groß, mit blondem Haar und Backenbart. Seine Stirn war glatt; die Schläfen zeigten Runzeln; sein Gesicht war eher blaß als gerötet; sein Gebiß war vorzüglich. Er schien im höchsten Maße, was die Physiognomiker »die Ruhe in der Beweglichkeit« nennen, zu besitzen – eine Fähigkeit, die durchwegs solchen Menschen eigentümlich ist, die lieber arbeiten als viel Wesens von sich zu machen. Er war ruhig, phlegmatisch, helläugig und zuckte mit keiner Wimper – war also der vollendete Typus jener fischblütigen Söhne Albions, die sich im Vereinigten Königreiche häufig genug die Hände reichen. In den verschiedenen Akten seines Daseins betrachtet, weckte besagter Herr die Vorstellung von einem in all seinen Teilen gleichmäßig abgewogenen, rechtschaffen abgezirkelten Dasein, das die gleiche Vollkommenheit aufwies wie ein Chronometer. Den Grund für diesen Eindruck hatte man in dem Umstand zu suchen, daß Phileas Fogg die personifizierte Pünktlichkeit war.

Phileas Fogg gehörte zu jenen Leuten von mathematischer Genauigkeit, die mit jedem Schritt und jeder Bewegung rechnen, immer bereit und bei der Hand sind, ohne je eilig zu erscheinen. Tatsächlich setzte er keinen Fuß umsonst, da er immer nur auf das kürzeste ausschritt. Niemals vergeudete er einen Blick hinauf zur Decke. Nie erlaubte er sich eine überflüssige Gebärde. Nie hatte man ihn erregt oder verwirrt gesehen. Er war ein Mensch, dem man absolut keine Eile ansah, der aber immer zur richtigen Zeit zur Stelle war. Man wird begreifen, daß er für sich allein lebte und außerhalb aller gesellschaftlichen Beziehungen stand. Er wußte, daß man im Leben mit Reibungen rechnen muß, und da jede Reibung hemmend wirkt, rieb er sich an niemand.

Jean mit dem Beinamen Passepartout war ein Pariser aus Paris von echtem Schrot und Korn, der seit fünf Jahren in London als Kammerdiener lebte, aber noch immer umsonst nach einem Herrn gesucht hatte, dem er mit wirklicher Anhänglichkeit dienen könne.

Passepartout war keiner von jenen Lakaien, die die Schulter hoch und die Nase noch höher tragen, die aller Welt keck und kalt in die Augen sehen und im Grunde kaum etwas anderes als unverschämte Patrone sind. Nein! Passepartout war ein braver Bursche von angenehmem Äußeren, mit einem freundlichen Gesicht, einem leicht hervorspringenden Lippenpaar, das immer zum Schnabulieren oder zum Küssen bereit zu sein schien. Er hatte ein leutseliges Wesen und einen jener netten runden Köpfe, die man gern auf den Schultern eines lieben Freundes sieht. Sein freundliches Gesicht mit den blauen Augen und dem frischen Teint neigte ein wenig zur Fülle. Er hatte eine breite Brust, war von großer Figur, hatte einen sehr kräftigen Körperbau und besaß eine herkulische Kraft, die durch Turnübungen in seinen Jugendjahren zu einer geradezu wunderbaren Entwicklung gebracht worden war. Sein braunes Haar war à la Vivatstolle gebürstet. Kannten die Bildhauer des Altertums achtzehn Manieren, das Haupthaar Minervas zu ordnen, so kannte Passepartout bloß eine einzige, um sein Haupthaar zu ordnen: drei Striche aufwärts mit dem Kamm, und seine Haarfrisur war fertig.

Darüber, ob der ungezwungene Charakter dieses Junggesellen sich mit dem des Herrn Phileas Fogg in Einklang setzen werde, ein Urteil zu fällen, dürfte der außergewöhnlichsten Klugheit nicht möglich gewesen sein. Ob Passepartout sich als jener absolut pünktliche Lakai ausweisen würde, den sein Herr verlangte? Nur die Praxis konnte es lehren. Nach einer ziemlich landstreicherhaften Jugend sehnte er sich nach Ruhe. Da er vom englischen Methodismus und von der sprichwörtlichen Kalthaarigkeit der englischen Kavaliere viel Rühmens gehört hatte, war er darauf gekommen, in England sein Glück zu suchen. Aber bis auf den heutigen Tag war ihm das Glück abhold gewesen. Er hatte nirgends Wurzel fassen können. In zehn Häusern hatte er Stellung gehabt. In allen war man launenhaft, unkonsequent, auf der Jagd nach Abenteuern gewesen, oder hatte auf der Eisenbahn gelegen – alles Dinge, die Passepartout nicht passen konnten. Sein letzter Herr war der junge Lord Longsferry, Mitglied des Parlaments, gewesen, der allzu oft von Polizisten auf den Schultern heimgeschleppt wurde, nachdem er in den Austernstuben von Haymarket die Nacht durchgezecht hatte. Passepartout hielt vor allen Dingen auf Respekt vor seinem Herrn; deshalb nahm er sich ein paar respektvolle Bemerkungen heraus, die aber sehr übel aufgenommen wurden, und das führte zum Abbruch der Beziehungen. Unter der Hand erfuhr er, daß Phileas Fogg Esquire einen Lakaien suche. Er zog Erkundigungen über diesen Kavalier ein. Eine Herrschaft, deren Dasein sieh mit solcher Regelmäßigkeit abwickelte, die keine Nacht aus dem Hau-

13

se zubrachte, die niemals auf Reisen ging, die niemals auf Abwege geriet und sich im ganzen Jahr keinen einzigen Tag aus London entfernte, mußte Passepartout wohl oder übel recht sein. Er meldete sich zur Stelle und wurde unter den dem Leser bekannten Bedingungen angestellt.

Passepartout befand sich also, als es halb zwölf geschlagen hatte, allein in dem Hause in der Saville-Row und unternahm alsbald eine Musterung desselben. Er durchwanderte es vom Keller bis zum Boden hinauf. Dieses saubere, ordentliche Haus, in welchem eine puritanische Strenge herrschte und alles vortrefflich eingerichtet war, gefiel ihm außerordentlich. Es machte ihm den Eindruck eines schönen Schneckengehäuses, aber eines solchen, das brillant erleuchtet und mit Gas geheizt war, denn damals genügte Kohlenwasserstoff für alle Bedürfnisse an Licht und Wärme. Passepartout fand ohne Mühe im zweiten Stock das für ihn bestimmte Zimmer. Es gefiel ihm. Elektrische Klingeln und akustische Leitungen setzten ihn mit den Gemächern des ersten Stocks und den Zimmern des Zwischenstocks in Verbindung. Auf dem Kamin stand eine elektrische Standuhr, die mit der Standuhr im Schlafgemach des Herrn Fogg übereinstimmte und auf die Sekunde genau die Stunden verkündete.

»So gefällt's mir. So gefällt's mir!« sagte Passepartout.

Über der Standuhr in seinem Zimmer bemerkte er auch einen angehängten Zettel. Derselbe enthielt das Verzeichnis des täglichen Dienstes, und zwar von acht Uhr morgens, der Zeit, zu welcher Phileas Fogg regelmäßig aufstand, bis halb zwölf Uhr mittags, der Zeit, zu welcher er den Fuß aus dem Hause setzte, um sein Frühstück im Reform-Klub einzunehmen, alles bis auf die geringfügigste Einzelheit, was zu seinen Obliegenheiten gehörte, vom Tee und vom Röstbrot um 8 Uhr 23 Minuten bis zum Rasierwasser um 9 Uhr 37 Minuten beziehungsweise zur Haarfrisur zwanzig Minuten vor zehn Uhr und so weiter. Von halb zwölf Uhr vormittags bis Mitternacht – der Zeit, zu welcher sich der pünktliche Kavalier schlafen legte, war alles auf dem Zettel verzeichnet. Alles war vorgesehen. Alles war genau angegeben. Passepartout machte sich eine Freude daraus, dieses Programm zu studieren und die verschiedenen Paragraphen seinem Geist einzuprägen.

Was die Garderobe des gnädigen Herrn betrifft, so war sie ganz vorzüglich ausstaffiert und mit Verständnis zusammengestellt. Jedes Beinkleid, jede Weste, jeder Frack trug eine Eingangs- und Ausgangsnummer in einem Konto, das genau darüber Aufschluß gab, an welchem Tage je nach der Jahreszeit die einzelnen Anzüge reihum getragen werden mußten. Für die Fußbekleidung bestand das gleiche Reglement.
Dieses Haus in der Saville-Row – das zur Zeit des berühmten, aber unsoliden Sheridan als Tempel der Zuchtlosigkeit gegolten haben dürfte – wies ein Mobiliar von äußerster Vornehmheit auf. Es bekundete auf den ersten Blick eine glückliche Situation und ein vernünftiges Temperament seines Besitzers. Kein Bücherschrank, keine Bücher, die für Herrn Fogg insofern ohne Nutzen gewesen wären, weil der Reform-Klub zwei Bibliotheken zu seiner Verfügung hielt, von denen eine sich aus den schönen Wissenschaften, die andere aus Rechts- und Staatswissenschaften zusammensetzte. In dem Schlafgemach stand ein eiserner Kasten von mittlerer Größe, dessen Bauart ihn vor Feuer und Einbruch sicherte. Keine einzige Hieb-, Stich- oder Feuerwaffe im ganzen Hause, keinerlei Jagd- oder Kriegsgeräte. Alles bekundete hier die friedfertigsten Gesinnungen und ruhigsten Gewohnheiten.

3

Es entspinnt sich eine Unterhaltung, die Herrn
Phileas Fogg leicht teuer zu stehen kommen kann

Phileas Fogg hatte sein Haus um halb zwölf Uhr verlassen. Nachdem er den rechten Fuß fünfhundertfünfundsechzigmal vor den linken und den linken fünfhundertsechsundsechzigmal vor den rechten Fuß gesetzt hatte, langte er im Reform-Klub an, einem Bauwerk von geräumigen Verhältnissen, das in der Pall-Mall mit einem Aufwande von nicht weniger als drei Millionen aufgeführt worden war.

Phileas Fogg verfügte sich alsbald nach dem Speisesaal, dessen neun Fenster auf einen schönen Garten hinaus sahen; die Bäume zeigten schon die goldige Färbung des Herbstlaubes. Dort nahm er an seinem Stammtische Platz, wo sein Gedeck schon seiner wartete. Sein Frühstücksmahl setzte sich aus einer Vorspeise zusammen, gesottenem Fisch in »Reading Sauce«, worauf es Roastbeef mit Steinpilzen, dann Backwerk mit Stachelbeer- und Rhabarberfüllung, zuletzt Chesterkäse gab. Dazu Tee von ausgezeichneter Qualität, der für die Küche des Reform-Klubs besonders geerntet und direkt aus dem Ursprungslande verfrachtet wurde.

Um 12 Uhr 47 Minuten stand der Kavalier auf und lenkte seine Schritte nach dem großen Salon, einem verschwenderisch eingerichteten, mit Gemälden in wertvollen Rahmen reich geschmückten Raume. Dort reichte ihm ein Diener die noch nicht aufgeschnittene »Times«. Phileas Fogg vollzog die mühsame Verrichtung des Aufschneidens der großen Blätter mit einer so sicheren Hand, daß man ohne weiteres die Überzeugung gewann, daß er diese Verrichtung schon lange Zeit gewohnt war. Mit der Lektüre dieses Journals befaßte sich Phileas Fogg bis um 3 Uhr 45 Minuten, und die darauffolgende des »Standard« dauerte bis zum Diner. Diese Mahlzeit vollzog sich unter den nämlichen Bedingungen wie das Frühstück; an der Stelle der »Reading Sauce« trat hier die »Royal British Sauce«.

10 Minuten vor 6 Uhr erschien der Kavalier wieder im Salon und vertiefte sich in die Lektüre des »Morning Chronicle.«

Eine halbe Stunde später kamen verschiedene Mitglieder des Reform-Klubs in den Salon und stellten sich an den Kamin, in welchem ein Steinkohlenfeuer brannte. Es waren die Whistkollegen des Herrn Fogg, die gleich ihm zu den passionierten Freunden dieses stillen Spiels zählten. Zu ihnen gehörte der Ingenieur Andrew Stuart, die Bankiers John Sullivan und Samuel Fallentin, der Bierbrauer Thomas Flanagan, der zum Vorstande der Bank von England gehörige Walter Ralph – durchwegs reiche und angesehene Personen, sogar in diesem Klub dafür gehalten, der zu seinen Mitgliedern die Spitzen der Industrie- und Finanzwelt zählte.

»Nun, Ralph«, eröffnete Thomas Flanagan die Unterhaltung, »wie steht's denn mit der betreffenden Diebstahlsgeschichte?«

»Hm«, versetzte Andrew Stuart, »die Bank wird um ihr Geld kommen.«

»Ich hoffe im Gegenteil«, nahm Walter Ralph das Wort, »daß wir den Urheber des Diebstahls fassen werden. Es sind Polizeikommissare nach Amerika und nach Europa geschickt worden, sehr gewandte Leute, nach allen wichtigen Einschiffungs- und Landeplätzen; es dürfte dem fraglichen Musjö also schwer werden, zu entschlüpfen.«

»Aber besitzt man denn das Signalement des Spitzbuben?« fragte Andrew Stuart.

»Erstlich einmal ist's gar kein Spitzbube«, versetzte mit großem Ernst Walter Ralph.

»Wieso? Ein Mensch, der fünfundfünfzigtausend Pfund in Banknoten entwendet hat, ist kein Spitzbube?«

»Nein«, versetzte Walter Ralph.

»Also ein Industrieritter?« bemerkte John Sullivan.

»Im Morning Chronicle wird versichert, er sei ein Kavalier!«

Diese Äußerung wurde von keinem Geringeren gegeben als von Phileas Fogg, dessen Haupt nun aus der ihn umflutenden Papiermasse herauftauchte. Phileas Fogg begrüßte seine Mitspieler, die seinen Gruß erwiderten.

Der Fall, von dem hier die Rede war, und den die verschiedenen Zeitungen des Vereinigten Königreiches mit Eifer erörterten, war vor drei Tagen, am 29. September, geschehen. Ein Bündel Banknoten, das die ungeheure Summe von 55.000 Pfund ausmachte, war vom Tische des Hauptkassiers der Bank von England gestohlen worden.

Allen gegenüber, die ihre Verwunderung darüber aussprachen, wie sich ein solcher Diebstahl so leicht habe ausführen lassen, beschränkte sich der zweite Direktor der Bank, Herr Walter Ralph, auf den Bescheid, daß sich der Kassier im selben Augenblick damit befaßt hätte, eine Quittung über drei und einen halben Shilling auszustellen, und daß man die Augen doch nicht überall haben könne.

Aber es muß hier erwähnt werden, daß dieses bewunderungswürdige Institut, das die Welt als »Bank von England« kennt, auf Ansehen und Würde des Publikums außerordentliche Rücksicht zu nehmen scheint. Hier sieht man weder Aufseher, noch Drahtgitter! Gold, Silber und Banknoten liegen frei und offen da, gleichsam der Gnade und Barmherzigkeit des ersten besten überlassen, der den Fuß in das Bankgebäude setzt. Wer könnte Argwohn in die Rechtschaffenheit jemandes setzen, den sein Weg hierher führt? Einer der besten Kenner englischer Sitten und Bräuche erzählt sogar das folgende Stückchen: Er weilte eines Tages in einem der Säle der Bank und wollte sich aus Neugierde einen Goldbarren näher besehen, der sieben bis acht Pfund wiegen mochte und auf dem Tisch des Kassiers lag. Er nahm den Barren in die Hand, besichtigte ihn, gab ihn seinem Nachbarn, der gab ihn einem andern, und der andere wieder einem andern, bis der Barren von Hand zu Hand bis in einen finsteren Korridor hinaus gelangt war und erst eine halbe Stunde später wieder an seinen eigentlichen Platz zurückgelangte, ohne daß der Kassier auch nur aufgesehen hätte.

Am 27. September hatten sich die Dinge nicht so abgespielt. Das Bündel Banknoten hatte seinen Weg nicht wieder zurückgefunden, und als die über dem Kassenzimmer befindliche prachtvolle Uhr um 5 Uhr den Schluß der Büros verkündete, war der Bank von England die Kontenführung um bare fünfundfünfzigtausend Pfund Sterling erleichtert worden.

Sobald der Diebstahl bekannt geworden war, wurden die gewandtesten Polizisten ausgewählt und nach den wichtigsten Hafenplätzen beordert, nach Liverpool, Glasgow, Havre, Suez, Brindisi, New York und so weiter, und eine Belohnung von zweitausend Pfund nebst einer Provision von fünf Prozent von dem geretteten Betrag ausgesetzt. Den Kommissaren wurde Weisung erteilt, alle ankommenden und abreisenden Passagiere aufs schärfste zu kontrollieren.

Man hatte nun, wie es im »Morning Chronicle« zu lesen stand, begründete Ursache zu der Annahme, daß der Urheber des Diebstahls mit keiner der Diebsbanden Englands in irgendwelcher Verbindung stand. Am 29. September hatte man tagsüber einen elegant gekleideten Herrn von feinen Manieren und sehr vornehmem Auftreten in dem Saale bemerkt, wo die Auszahlungen erfolgten, und wo sich der Diebstahl abgespielt hatte. Die Nachforschungen hatten ein ziemlich genaues Signalement des Herrn ergeben. Dasselbe wurde allen Geheimpolizisten der Vereinigten Königreiche sowohl wie des Festlandes bekannt gemacht. Einige optimistisch angehauchte Geister, zu denen auch Walter Ralph gehörte, glaubten deshalb begründete Hoffnung zu haben, daß der Dieb nicht entwischen würde.

Wie man sich denken kann, bildete das Ereignis das Stadtgespräch in London und in ganz England. Es wurde für und wider die wahrscheinlichen Erfolge gestritten, welche die Polizei der Metropole hierbei haben würde. Man wird sich infolgedessen nicht darüber wundern, daß auch von den Mitgliedern des Reform-Klubs über das gleiche Thema gesprochen wurde – und zwar um so weniger, als sich unter ihnen eines der Vorstandsmitglieder der Bank befand.

Der ehrenwerte Walter Ralph mochte in das Ergebnis der Nachforschungen schon um deswillen keinen Zweifel setzen, weil ja die ausgeschriebene Belohnung den Eifer und die Klugheit der Polizeibeamten besonders anspornen mußte. Aber sein Kamerad Andrew Stuart wollte durchaus nichts davon wissen, dieses Vertrauen zu teilen. Die Diskussion nahm also unter den Herren ihren Fortgang, die sich an einen Whisttisch gesetzt hatten, Stuart neben Fallentin und Fallentin neben Fogg.

Während des Spieles sprachen die Spieler kein Wort, aber zwischen den einzelnen Robbern setzte die Unterhaltung immer sehr flott ein.

»Ich behaupte«, meinte Andrew Stuart, »daß die Chancen günstig für den Spitzbuben stehen, der unbedingt ein äußerst geschickter Mensch sein muß.«

»Ach, reden Sie doch nicht!« erwiderte Ralph, »es gibt kein einziges Land, wohin er flüchten könnte!«

»Das wäre!«

»Wohin soll er denn Ihrer Meinung nach flüchten?«

»Das ist nicht meine Sache«, versetzte Andrew Stuart, »aber schließlich ist die Erde doch groß genug!«

»Das war sie ehemals!« bemerkte halblaut Phileas Fogg.

»Aber bitte, Sie heben ab«, setzte er hinzu, indem er Thomas Flanagan die Karten reichte.

Die Diskussion wurde ausgesetzt, solange der Robber dauerte. Bald aber nahm sie Andrew Stuart wieder auf.

»Wieso ehemals? Ist denn die Erde etwa kleiner geworden?«

»Ohne Zweifel«, antwortete Walter Ralph. »Ich bin derselben Meinung wie Herr Fogg. Die Erde ist kleiner geworden, seitdem man sie zehnmal schneller durchreist als vor hundert Jahren. Ein Umstand, welcher in dem Falle, der uns beschäftigt, die Nachforschungen wesentlich beschleunigen wird.«

»Aber dem Spitzbuben auch die Flucht ganz wesentlich erleichtern wird!«

»Sie sind am Spiel, Herr Stuart!« sagte Phileas Fogg.
Der ungläubige Stuart ließ sich aber nicht überzeugen, und als die Partie zu Ende war, hub er wieder an:
»Das muß ich Ihnen lassen, Herr Ralph, eine sehr bequeme Erklärung haben Sie ausfindig gemacht für Ihre Behauptung, die Erde sei kleiner geworden! Also, weil man die Reise um die Welt jetzt in drei Monaten macht ...«
»In achtzig Tagen bloß«, bemerkte Phileas Fogg.
»Allerdings in achtzig Tagen, meine Herren«, bekräftigte John Sullivan, »seitdem die Linie Rothal–Allahabad auf der Hauptbahn der Halbinsel Ostindien eröffnet worden ist.«

Hier haben wir übrigens die Aufstellung im »Morning Chronicle«:

London–Suez durch den Mont-Cenis und über Brindisi, Eisenbahn und Dampfschiff
7 Tage
Suez–Bombay, Dampfschiff
13 Tage
Bombay–Kalkutta, Eisenbahn
3 Tage
Kalkutta–Hongkong (China), Dampfschiff
13 Tage
Hongkong–Yokohama (Japan), Dampfschiff
6 Tage
Yokohama–San Franzisko, Dampfschiff
22 Tage
San Franzisko–New York, Eisenbahn
7 Tage
New York–London, Dampfschiff und Eisenbahn
9 Tage

Macht zusammen 80 Tage

»Was? In achtzig Tagen?« rief Andrew Stuart, der aus Versehen eine Fehlkarte gestochen hatte – »Aber ungerechnet schlechte Witterung, widrige Winde, Schiffbrüche, Entgleisungen und so weiter –«
»Alles mitgerechnet«, versetzte Phileas Fogg und spielte weiter, denn jetzt nahm die Diskussion auf das Spiel keine Rücksicht mehr.
»Auch wenn die Hindus oder die Indianer die Schienen aufreißen!« rief Andrew Stuart – »Wenn sie die Züge aufhalten, die Wagen plündern, die Reisenden skalpieren!«
»Alles mitgerechnet«, versetzte Phileas Fogg, legte seine Karten hin und meldete: »Zwei Trumpf-As –«

Andrew Stuart, an den das Spiel gelangte, nahm die Karten mit den Worten auf:
»In der Praxis auch, Herr Stuart!«
»Das möchte ich doch erst sehen!«
»Kommt ganz auf Sie an! Machen wir uns zusammen auf die Tour!«
»Soll mich der Himmel bewahren!« rief Stuart, aber viertausend Pfund halte ich
dagegen, daß eine Reise unter solchen Bedingungen die reine Unmöglichkeit ist!«
»Eine sehr leichte Möglichkeit im Gegenteil«, versetzte Herr Fogg.
»Nun, beweisen Sie es doch!«
»Daß man in achtzig Tagen um die Welt reisen kann?«
»Ja.«
»Will ich gern!«
»Wann?«
»Auf der Stelle. Bloß eines sage ich Ihnen, die Reise kostet Ihr Geld!«
»Das ist ja Wahnsinn!« rief Andrew Stuart, den die Hartnäckigkeit seines Mitspie-
lers zu erbosen anfing – »spielen wir lieber!«
»Dann geben Sie, bitte, noch einmal – denn Sie haben vergeben«, antwortete Phi-
leas Fogg.
Andrew Stuart, in fieberhafter Erregung, nahm die Karten wieder zur Hand, warf
sie aber plötzlich wieder auf den Tisch und rief:
»Nun also, Herr Fogg, ich wette viertausend Pfund!«
»Mein lieber Stuart«, sagte Fallentin. »Beruhigen Sie sich! Die Sache ist ja kein
Ernst.«
»Wenn ich sage, ich wette«, rief Andrew Stuart wieder, »dann ist es allemal Ernst.«
»Gut also!« sagte Herr Fogg, zu seinen Mitspielern gewendet – »ich habe 20.000
Pfund bei Gebrüder Baring. Ich will sie gern riskieren …«
»20.000 Pfund!« rief John Sullivan – »20.000 Pfund, die durch eine unvorhergese-
hene Behinderung oder Verzögerung in Verlust geraten können!«
»Unvorhergesehenes gibt es nicht«, erwiderte einfach Phileas Fogg.
»Aber, Herr Fogg! Diese Zeitspanne von achtzig Tagen ist doch nur als Minimal-
zeit gerechnet!«
»Ein Minimum, gut angewandt, reicht aus für alles!«
»Aber um es nicht zu überschreiten, muß man doch mit mathematischer Genauig-
keit aus den Eisenbahnen in die Dampfschiffe und aus den Dampfschiffen in die
Eisenbahnen springen!«
»Ich werde eben mathematisch genau springen.«
»Das ist ein schlechter Witz!«
»Ein echter Engländer macht niemals schlechte Witze«, antwortete Phileas Fogg,
»wenn es sich um eine so ernste Sache handelt wie eine Wette. Ich wette 20.000
Pfund gegen jedermann, daß ich die Reise um die Erde in achtzig Tagen oder
weniger, meinetwegen 1920 Stunden oder 115.200 Minuten, zurücklege. Halten
Sie die Wette?«
»Wir halten die Wette«, antworteten die Herren Stuart, Fallentin, Sullivan und
Ralph, nachdem sie sich verständigt hatten.
»Gut«, versetzte Herr Fogg. »Der Zug nach Dover fährt 8 Uhr 45. Ich fahre mit
ihm.«
»Noch heute abend?« fragte Stuart.
»Noch heute abend«, antwortete Phileas Fogg. »Mithin werde ich«, setzte er hinzu,
einen Taschenkalender zu Rate ziehend, »da wir heute Mittwoch, den 2. Oktober,
haben, am Sonnabend, den 21. Dezember, in diesem nämlichen Saale des Reform-
Klubs zurück sein müssen, und zwar um 8.45 Uhr abends – bleibe ich länger aus,
dann fallen die zur Zeit bei Gebrüder Baring von mir hinterlegten 20.000 Pfund
an Sie, meine Herren. Hier ist ein Scheck über den Betrag.«

Ein Protokoll wurde über die Wette abgefaßt und von den sechs bei der Wette beteiligten Herren unterzeichnet. Phileas Fogg war eiskalt geblieben. Ganz gewiß hatte er nicht gewettet, um zu gewinnen, und hatte diese 20.000 Pfund – nur die Hälfte seines Vermögens – aufs Spiel gesetzt, weil er voraussah, daß ihn die Durchführung dieses schwierigen, um nicht zu sagen unausführbaren Planes die andere Hälfte kosten könne. Was seine Gegner anbetrifft, so schienen sie aufs höchste alteriert zu sein, nicht über den Wert des Einsatzes, sondern weil sie sich in gewissem Maße Gewissensbisse über einen Zweikampf unter dergleichen Bedingungen machten.

Sieben Uhr schlug es nun. Man machte Herrn Fogg den Vorschlag, die Whistpartie auszusetzen, damit er seine Vorbereitungen zur Abreise treffen könne.

»Ich bin immer bereit!« antwortete dieser unnahbare Herr und gab Karten.

»Ich tourniere Karreau«, sagte er. »Sie spielen aus, Herr Stuart!«

4

Phileas Fogg setzt seinen Lakaien in Verblüffung

Um 7 Uhr 25 Minuten verabschiedete sich Herr Phileas Fogg, nachdem er beim Whist einen Gewinn von zwanzig Guineen eingeheimst hatte, von seinen sehr ehrenwerten Kameraden und verließ den Reform-Klub. Um 7 Uhr 50 Minuten öffnete er seine Haustür und trat bei sich ein. Passepartout, der das ihm vorgeschriebene Programm gewissenhaft studiert hatte, war nicht wenig verwundert, als er Herrn Fogg in solchem Verstoß gegen alles, was Pünktlichkeit heißt, zu solcher ungewohnten Stunde auftauchen sah. Den auf dem Zettel verbuchten Anordnungen gemäß durfte der Hausherr von Saville-Row genau um Mitternacht nach Hause kommen. Phileas Fogg hatte sich zuerst nach seinem Schlafzimmer begeben. Dann rief er:

»Passepartout!«

Passepartout ließ nichts von sich hören. An ihn konnte dieser Ruf sich nicht richten. Zeit und Stunde stimmten nicht.

»Passepartout«, rief Herr Fogg zum andernmal, ohne die Stimme irgendwie zu steigern.

Passepartout zeigte sich.

»Ich rufe bereits zum zweitenmal«, äußerte Herr Fogg.

»Aber es ist doch nicht Mitternacht«, gab Passepartout mit der Uhr in der Hand zur Antwort.

»Das weiß ich«, versetzte Phileas Fogg, »und ich mache dir auch keinen Vorwurf. In zehn Minuten reisen wir nach Dover und Calais.«

So etwas wie ein spöttisches Lachen glitt über das runde Angesicht des Franzosen. Es sprang ja in die Augen, daß er falsch gehört hatte.
»Der gnädige Herr verändert das Domizil?« fragte er.
»Jawohl«, erwiderte Phileas Fogg. »Wir machen eine Reise um die Welt.«
Passepartout riß die Augen entsetzlich weit auf. Mit hochgezogenen Lidern, ausgespreizten Armen, vorgebeugtem Oberkörper stand er da, alle Kennzeichen des zum Entsetzen gesteigerten Erstaunens verratend.
»Reise um die Welt?« murmelte er.
»In achtzig Tagen«, versetzte Herr Fogg. »Also vorwärts! Wir haben keinen Augenblick zu verlieren.«
»Aber die Koffer?« fragte Passepartout, indem er den Kopf, ohne es zu wissen, von rechts nach links und umgekehrt wiegte.
»Von Koffer keine Rede. Bloß einen Nachtsack brauchen wir. Tu zwei wollene Hemden hinein und drei Paar Strümpfe, soviel für dich! Was wir sonst brauchen, kaufen wir unterwegs. Bring meinen Mackintosh und meine Reisedecke herunter. Versorge dich mit gutem Schuhzeug! Übrigens werden wir nur wenig oder gar nicht laufen. Marsch!«
Passepartout hätte gern etwas darauf gesagt. Er konnte nicht. Er verließ Herrn Foggs Zimmer, ging in das seinige hinauf, sank auf einen Stuhl und rief, eine bei ihm zu Hause jedenfalls gern gebrauchte Redensart verwendend:
»Na, ich sage es ja! Eine schöne Pastete! Und das muß mir passieren, der sich so sehr nach Ruhe sehnte!«
Mechanisch traf er seine Vorbereitungen zur Reise. Zur Reise um die Welt in achtzig Tagen! War er denn an einen Narren geraten? Nein. War's ein schlechter Witz? Aber die Reise ging doch nach Dover! Vielleicht auch nach Calais! Alles in Betracht gezogen, konnte dies dem braven Burschen eigentlich gar nicht so zuwider sein, denn er hatte doch seit wenigstens fünf Jahren den Fuß nicht mehr in sein Vaterland gesetzt. Vielleicht ging die Reise gar bis Paris, und die große Residenz hätte er, meiner Treu! gewiß recht gern einmal wiedergesehen! Aber ganz sicher würde sich ein Herr, der so mit jedem Schritt rechnete, dort auch aufhalten ... Jawohl, zweifellos! Aber nicht weniger wahr blieb es trotzdem, daß er auf Reisen ging, daß er sein Domizil verlegte! Dieser bisher an seine vier Pfähle so festgekittete Kavalier!
Um acht Uhr hatte Passepartout den kargen Reisesack gepackt, der sein und seines Herrn Kleidungsstücke enthielt. Dann begab er sich, noch immer nicht recht klar im Kopfe, aus dem Zimmer, schloß die Tür fürsorglich hinter sich ab und trat zu Herrn Fogg.
Herr Fogg stand bereit. Unter dem Arm hielt er »Bradshaws Eisenbahn- und Schiffahrts-Kursbuch und Universal-Führer durch den Kontinent«, aus welchem er alle für die Reise notwendigen Unterweisungen zu schöpfen gedachte. Er nahm Passepartout den Reisesack aus den Händen, machte ihn auf und ließ ein starkes Bündel jener schönen Banknoten in seine Tiefen gleiten, die in aller Herren Länder gut im Kurs stehen.
»Vergessen hast du nichts?« fragte er.
»Nichts, gnädiger Herr.«
»Mein Mackintosh und meine Decke?«
»Hier, bitte.«

»Da, nimm den Sack!«
Herr Fogg gab Passepartout den Reisesack wieder in die Hand.
»Gib gut acht auf ihn«, bemerkte er noch – »es liegen 20.000 Pfund drin.«
Es schien, als entglitt der Sack, weil die 20.000 Pfund in Gold verwandelt und schwer wiegen mochten, Passepartouts Händen.
Herr und Diener gingen nun die Treppe hinunter. Das Haustor wurde zweifach verschlossen. Am äußersten Ende der Saville-Row standen Droschken. Phileas Fogg stieg mit seinem Lakaien in einen Einspänner, der geschwind nach dem Bahnhof Charing Cross fuhr. Dort mündete eines der Gleise, die zum Südostbahnhof führten.
Um 8 Uhr 20 Minuten hielt der Einspänner vor dem Gitter des Bahnhofs. Passepartout sprang zur Erde. Sein Herr sprang hinterher und bezahlte den Kutscher.
In diesem Augenblick trat ein armes Bettelweib mit einem Kind an der Hand, das barfuß im Straßenschmutz stand, einen zerrissenen Hut auf dem Kopfe, an dem eine ärmliche Feder hing, und ein fadenscheiniges Tuch um die Hüften, auf Fogg zu und bat um eine Gabe.
Herr Fogg nahm die zwanzig Guineen aus der Tasche, die er eben im Whist gewonnen, und drückte sie der Bettlerin in die Hand mit den Worten:
»Da, nehmen Sie, gute Frau! Ich bin froh, daß Sie mir in den Weg getreten sind!«
Dann eilte er weiter. Passepartout hatte das Gefühl, als wenn es ihm um die Pupille herum feucht würde.

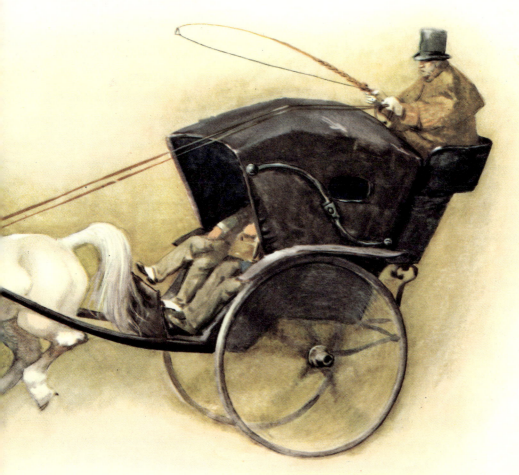

Sein Herr hatte einen Platz in seinem Herzen gewonnen.

Herr Fogg betrat nun zusammen mit Passepartout ohne weiteren Aufenthalt den großen Wartesaal des Bahngebäudes. Dort gab Herr Fogg Passepartout die Weisung, zwei Billetts erster Klasse nach Paris zu lösen. Dann drehte er sich um, und seine Blicke fielen auf seine fünf Kollegen aus dem Reform-Klub.

»Meine Herren«, redete er sie an, »ich reise ab. Die verschiedenen Visa, die ich meinem Passe beisetzen lassen werde, sollen Ihnen bei meiner Rückkehr als Kontrolle für die eingehaltene Route dienen.«

»Aber ich bitte, Herr Fogg«, antwortete Walter Ralph höflich, »das ist doch ganz unnötig. Wir verlassen uns doch auf Ihre Eigenschaft als Kavalier!«

»So wird's aber besser sein«, versetzte Herr Fogg.

»Die Heimkehr werden Sie doch nicht vergessen?« erlaubte sich Andrew Stuart zu bemerken.

»Innerhalb achtzig Tagen«, versetzte Herr Fogg, »am Sonnabend, den 21. Dezember 1872, um 8 Uhr 45 Minuten abends bin ich wieder da. Auf Wiedersehen, meine Herren!«

Um 8 Uhr 40 Minuten nahm Phileas Fogg mit seinem Diener im gleichen Abteil Platz. Um 8 Uhr 45 Minuten erscholl ein Pfiff und der Zug setzte sich in Bewegung.

Es war eine finstere Nacht. Ein feiner Regen fiel. Phileas Fogg drückte sich in seine Ecke und sprach kein Wort. Passepartout, noch immer wie versteinert, drückte mechanisch den Sack mit den Banknoten an sich.

Aber noch war der Zug nicht bis Sydenham gekommen, als Passepartout einen echten Verzweiflungsschrei ausstieß!

»Was ist dir denn?« fragte Herr Fogg.

»Ach – ich – habe bloß – in meiner Eile vergessen –«

»Was denn?«

»Den Gashahn in meiner Stube abzudrehen!«

»Na, mein Junge!« antwortete kühl und gelassen Herr Fogg – »die Flamme brennt für deine Rechnung.«

5

Ein neuer Effekt tritt in London ein

Als Phileas Fogg London verließ, hatte er ganz gewiß nicht die geringste Ahnung von dem großen Lärm, den seine Abreise hervorrufen sollte. Die Nachricht von der Wette verbreitete sich zuerst im Reform-Klub und rief unter den Mitgliedem der sehr ehrenwerten Vereinigung eine richtige Erregung wach. Aus dem Klub nahm die Erregung ihren Weg in die Zeitungen, und zwar auf den Fittichen der zahllosen Reporter, und aus den Zeitungen zum großen Publikum von London und des ganzen Vereinigten Königreiches.
Diese Weltreisenfrage wurde mit viel Leidenschaft und Wärme erörtert und zergliedert. Die einen ergriffen Partei für Phileas Fogg; die andern – und zwar befanden sie sich rasch in überwiegen-

der Majorität – sprachen sich gegen ihn aus. Diese Reise um die Erde in diesem Minimum von Zeit anders als in der Theorie und auf dem Papier mit den gegenwärtig zur Verfügung stehenden Verkehrsmitteln zurückzulegen, war nicht allein unmöglich, sondern war unvernünftig!

»Times«, »Standard«, »Evening Star«, »Morning Chronicle« und zwanzig andere Zeitungen von großer Bedeutung sprachen sich gegen Herrn Fogg aus. Bloß der »Daily Telegraph« hielt ihm bis zu einem gewissen Grade die Stange. Phileas Fogg wurde als Schwärmer, als Tollhäusler hingestellt, und über seine Kameraden aus dem Reform-Klub regnete es Worte des Tadels und Vorwurfs, daß sie auf solch eine Wette eingegangen waren, die doch klar und deutlich auf eine Schwächung der geistigen Kräfte ihres Urhebers hinwies.

Außerordentlich leidenschaftliche, aber logisch richtige Artikel erschienen über die Frage. Kennt man doch das Interesse, das man in England an allem nimmt, was die Erdkunde betrifft. Es gab auch tatsächlich keinen einzigen Leser, gleichviel welcher Bevölkerungsklasse er angehörte, der nicht die dem Falle Phileas Fogg gewidmeten Textspalten verschlungen hätte.

Während der ersten Tage waren einige kühne Geister – vornehmlich aus der Frauenwelt – für ihn gestimmt, zumal als die »London Illustrated News« nach seiner in den Archiven des Reform-Klubs enthaltenen Photographie sein Bild veröffentlichten. Gewisse Herren verstiegen sich zu der Rede: »Aber warum denn auch schließlich nicht? Da hat man doch noch ganz andere Dinge erlebt!« Zu ihnen gehörten vor allem die Leser des »Daily Telegraph«. Aber bald wurden sie es inne, daß auch diese Zeitung schwach zu werden anfing.

Da erschien am 7. Oktober im »Bericht der Königlichen geographischen Gesellschaft« ein langer Aufsatz, der die Frage nach allen Gesichtspunkten behandelte und klar und deutlich den Wahnsinn des Unternehmens nachwies. Diesem Aufsatz nach war alles wider den Reisenden; Menschen sowohl wie Natur boten unübersteigliche Hindernisse. Wenn das Vorhaben gelingen sollte, so mußte ein wunderbarer Einklang in der Abfahrts- und Ankunftzeit vorwalten – ein Einklang, der aber nicht vorhanden war und auch nicht vorhanden sein konnte. In Europa, wo es sich ja nur um Strecken von mittelmäßiger Länge handelt, kann man ja äußersten Falles auf die Ankunft der Bahnzüge zu der festgesetzten Fahrplanzeit rechnen; bei Zügen aber, die drei Tage brauchen, um Indien, oder sieben Tage, um die Vereinigten Staaten zu durchschneiden, ließen sich doch auf pünktliche Einhaltung der Fahrzeiten keine festen Schlösser bauen! Ganz abgesehen von Unfällen, Entgleisungen, Zusammenstößen, Unbilden der Jahreszeit, Schneeansammlungen – war nicht wirklich alles wider Phileas Fogg? Würde er zur Winterszeit nicht auf den Dampfschiffen auch Stürmen oder Nebeln auf Gnade und Ungnade überantwortet sein? Ist es denn eine so große Seltenheit, daß die besten Paketdampfer der transatlantischen Schiffahrtsgesellschaften Verzögerungen von zwei bis drei Tagen erleiden? Nun genügte aber doch eine einzige Verspätung, um die Kette der Verbindungsmittel auf eine nicht wieder gutzumachende Weise zu zerreißen. Verpaßte Phileas Fogg, wenn auch nur auf ein paar Stunden, den Abgang eines Dampfschiffes, so würde er gezwungen sein, auf das nächstabgehende zu warten, und schon in solchem Falle war seine ganze Reise unwiderruflich gescheitert.

Der Aufsatz machte großes Aufsehen. Fast sämtliche Zeitungen druckten ihn ab, und Phileas Foggs Aktien erlitten einen bedenklichen Rückgang.

In den ersten Tagen nach der Abreise des Kavaliers wurden bedeutende Wetten über das Schicksal seines Unternehmens abgeschlossen. Es ist bekannt, was in England die Wetten zu bedeuten haben, und daß zu der Gesellschaft, die diesem Sport huldigt, die intelligentesten und vornehmsten Leute gehören. Wetten ist dem Engländer zur zweiten Natur geworden. Es wurden nicht bloß von den verschiedenen Mitgliedern des Reform-Klubs beträchtliche Wetten für oder wider Phileas Fogg abgeschlossen, sondern die ganze städtische Bevölkerung nahm an diesen Wetten teil. Man setzte auf Phileas Fogg wie auf ein Rennpferd. Auch zum Börsenobjekt wurde er gemacht. Phileas Fogg wurde »gefragt«, Phileas Fogg wurde als »Brief« oder als »Geld« ausgeboten, und ganz ungeheure Geschäfte wurden auf seinen Namen geschlossen. Aber fünf Tage nach seiner Abreise, nachdem der betreffende Aufsatz im Berichte der Geographischen Gesellschaft erschienen war, fingen Angebot und Nachfrage an flau zu werden. Erst ging er noch fünffach, dann zehnfach ab, dann aber nahm man ihn bloß noch zwanzig-, fünfzig-, hundertfach!

Ein einziger Parteigänger blieb ihm treu. Das war der alte, vom Schlage gelähmte Lord Albemarle. Dieser würdige, an seinen Sessel geschmiedete Ehrenmann Altenglands hätte sein ganzes Vermögen für eine Reise um die Erde hingegeben, und wenn sie auch zehn Jahre gedauert hätte! Viertausend Pfund setzte er für Phileas Fogg. Und wenn man ihm gegenüber neben der Dummheit des Unternehmens auch die Unnützlichkeit desselben erörterte, so hatte er immer nur die einzige Antwort darauf: »Wenn sich die Sache machen läßt, so ist es allemal gut, daß ein Engländer der erste ist, der sie macht!«

Das änderte aber nichts an der Tatsache, daß Phileas Foggs Anhänger immer spärlicher wurden. Jedermann wurde ihm gram, und zwar nicht ohne Grund; man wollte ihn nur noch hundertfünfzigfach, zweihundertfach gegen eins nehmen. Da vollzog sich am siebenten Tage nach seiner Abfahrt ein Zwischenfall, der ganz England völlig unerwartet kam, und der es zuwege brachte, daß man gar nichts mehr von einem Finanzobjekt Phileas Fogg hören oder sehen wollte.

An diesem Tage nämlich, um 9 Uhr abends, hatte der Londoner Polizeidirektor eine Drahtnachricht folgenden Inhalts bekommen:

Linie Suez–London
Rowan, Polizeidirektor, Kriminalabteilung Scotland Yard.
Bankdieb Phileas Fogg wird von mir gejagt.
Sendet ohne Aufschub Haftbefehl nach Bombay (Britisch Indien).

Detektiv Fix

Die Wirkung dieses Drahtberichtes kam einer Bombe gleich. Der ehrenwerte Kavalier verschwand, um dem Banknotendieb den Platz zu räumen. Seine im Album des Reform-Klubs befindliche Photographie wurde studiert. Sie stimmte Zug um Zug mit dem Signalement des Menschen überein, den die bisherige Untersuchung als den Verbrecher festgestellt hatte. Man rief sich ins Gedächtnis, daß Phileas Fogg immer ein höchst geheimnisvolles Leben geführt und daß er sich immer von allem abgeschlossen habe, dazu kam seine plötzliche Abreise; kurz, es schien offenbar zu sein, daß dieser Mensch unter dem Vorwande, eine Reise um die Erde zu machen, und hinter dem Abschluß einer hirnverbrannten Wette keine andere Absicht verfolgt hatte, als die Beamten der englischen Polizei auf eine andere Fährte zu locken.

6

Detektiv Fix zeigte eine wohlbegründete und auch rechtschaffene Ungeduld

Wie sich die Umstände gefügt hatten, unter welchen der Drahtbericht, besagten Herrn Phileas Fogg betreffend, zur Abschickung gelangt war, wird man aus den nachstehenden Zeilen ersehen. Am Mittwoch, den 9. Oktober, wartete man seit elf Uhr morgens auf die Ankunft des Paketschiffes »Mongolia« von der Ostindischen Handelsgesellschaft. Die »Mongolia« war ein Schraubendampfer mit Spardeck, der 2800 Tonnen maß und über eine nominelle Kraft von 500 Pferden gebot. Die »Mongolia« fuhr ständig zwischen Brindisi und Bombay die Route durch den Suezkanal. Sie war eines der geschwindesten Schiffe der Gesellschaft und hatte die normale Fahrtgeschwindigkeit, also zehn Meilen in der Stunde zwischen Brindisi und Suez und Bombay, immer überholt.

Auf die Einfahrt der »Mongolia« warteten mitten unter der Menschenmenge von Eingeborenen und Ausländern, die in diesem zur großen Stadt gewordenen Dorfe zusammenströmt, der das großartige Werk des Herrn von Lesseps eine bedeutende Rolle für alle Zeiten sichert, zwei Männer, die auf dem Hafenkai hin und her gingen.

Der eine dieser beiden Männer war der in Suez bestellte großbritannische Konsularagent, der tagtäglich britische Schiffe auf dieser Wasserstraße fahren sah, die den alten Kurs von England nach Indien ums Kap der Guten Hoffnung um die Hälfte abkürzt.

Der andere der beiden Männer war klein und mager, hatte ein ziemlich gescheites und energisches Gesicht und fiel dadurch auf, daß er mit einer merkwürdigen Ausdauer die Augenlidermuskeln zusammenzog. Durch seine langen Wimpern leuchteten ein Paar höchst lebhafte Augen, deren Feuer er aber sehr geschickt zu dämpfen verstand. In diesem Augenblick gab er auf mehrfache Weise zu erkennen, daß ihn eine hochgradige Unruhe erfüllte. So ging er in einem fort hin und her und war nicht imstande, sich ruhig zu verhalten.

Der Mann hieß Fix und war einer von den Detektiven oder englischen Polizisten, die nach den verschiedenen Hafenplätzen ausgesandt worden waren, sobald man den Diebstahl in der Bank von England entdeckt hatte. Dieser Herr Fix hatte die Weisung bekommen, alle auf der Tour nach Suez begriffenen Reisenden mit höchster Sorgfalt zu überwachen und jeden Verdächtigen bis zum Eintreffen eines Haftbefehles zu internieren.

Genau zwei Tage darauf hatte Fix vom Londoner Polizeidirektor das Signalement des mutmaßlichen Diebes erhalten, welches auf jene vornehme und wohlangesehene Persönlichkeit paßte, die man an der Kassenstelle der Bank von England bemerkt hatte.

Der durch die hohe Prämie, die für die Einlieferung des Diebes ausgesetzt war, offenbar schon stark animierte Polizist sah also der Ankunft der »Mongolia« mit einer leicht begreiflichen Ungeduld entgegen.

»Sie sagen also, Herr Konsul«, fragte er wenigstens schon zum zehntenmal, »daß das Schiff keine Verspätung haben kann?«

»Nein, Herr Fix«, versetzte der Konsul. »Es ist gestern auf der Höhe von Port Said signalisiert worden, und die hundert Meilen des Kanals zählen bei einem solchen Schnellfahrer nichts. Ich wiederhole Ihnen, die ›Mongolia‹ hat immer die Prämie von fünfundzwanzig Pfund eingeheimst, die von der Regierung für jede Kürzung an der normalen Fahrzeit von achtzig Stunden ausgezahlt wird.

30

Das Schiff kommt direkt aus Brindisi, wo es die ostindische Post eingenommen hat. Es ist am Sonnabend um fünf Uhr abends von Brindisi abgegangen. Fassen Sie sich also in Geduld, es kann gar keine Verspätung haben. Aber wie Sie mit dem Signalement, das Sie besitzen, Ihren Mann erkennen sollen, wenn er an Bord der ›Mongolia‹ ist, das weiß ich allerdings nicht!«

»Verehrter Herr Konsul«, gab Fix zur Antwort, »dergleichen Personen wittert man mehr, als daß man sie erkennt. Witterung muß man besitzen, und Witterung ist ein besonderer Sinn, zu dem sich Gehör, Gesicht und Geruch zusammenfinden. Ich habe in meinem Leben mehr als einen solchen Herrn zur Haft gebracht, und für den Fall, daß mein Spitzbube sich an Bord befindet, mache ich mich anheischig, daß er mir nicht durch die Finger gleiten soll.«

»Ich wünsche es Ihnen, Herr Fix, denn es handelt sich ja um einen ganz ansehnlichen Diebstahl.«

»Um einen großartigen Diebstahl«, gab der in Begeisterung versetzte Detektiv zur Antwort. »Um fünfundfünfzigtausend Pfund! Solche Objekte bekommen wir nicht oft unter die Hände! Die Spitzbuben sinken zu Kleppern herunter. Die Kerle lassen sich jetzt hängen für ein paar lumpige Shilling!«

»Lieber Herr Fix«, gab der Konsul zur Antwort, »Sie reden auf eine Weise, daß ich Ihnen tatsächlich von Herzen Glück zu Ihrem Beginnen wünsche. Aber ich wiederhole Ihnen: so wie Sie dem Falle gegenübergestellt sind, wird es Ihnen, wie ich fürchte, schwer werden, Ihre Absicht zu erreichen. Lassen Sie, bitte, nicht außer acht, daß nach dem Signalement, das Sie bekommen haben, dieser Spitzbube unbedingt Ähnlichkeit mit einem anständigen Menschen hat.«

»Verehrter Herr Konsul«, erwiderte im Ton eines Lehrsatzes der Polizeikommissar, »die großen Spitzbuben sehen immer aus wie anständige Menschen. Sie begreifen doch wohl, daß Leuten, die ein Halunkengesicht haben, gar nichts anders übrig bleibt als die Maske des anständigen Menschen, wenn sie nicht ohne weiters unserem Arm verfallen wollen. Demnach sind gerade diese anständigen Physiognomien

immer diejenigen, die von uns in erster Reihe der Musterung unterzogen werden. Ein schwieriges Stück Arbeit, wie ich gern zugebe, bei dem vom Handwerk keine Rede mehr ist, sondern bloß von Kunst.«

Wie man sieht, fehlte es besagtem Herrn Fix durchaus nicht an einer gewissen Dosis Eigenliebe!

Unterdessen wurde es auf dem Kai nach und nach lebendig. Seeleute verschiedener Nationalität, Kaufleute, Makler, Lastenträger, Fellachen strömten herbei. Augenscheinlich stand die Einfahrt des Paketdampfers unmittelbar zu erwarten.

Es war ziemlich schönes Wetter, aber kalt. Es herrschte Ostwind. Ein paar Minaretts zeigten über der Stadt ihre Umrisse, beleuchtet von den bleichen Strahlen der Sonne. Nach Süden zu reckte sich ein Damm wie ein Arm nach der Reede von Suez. Auf der Oberfläche des Roten Meeres schaukelten verschiedene Fischer- und Lotsenboote, die in ihrem Bau bisweilen noch das elegante Bugspriet der Galeere des Altertums zeigten.

Mitten unter dieser Menschheit auf und ab spazierend, prüfte Fix auf Grund einer handwerksmäßigen Gewohnheit mit raschem Blicke jeden, der an ihm vorüberging.

Es war jetzt halb elf geworden.

»Aber das Schiff kommt ja im ganzen Leben nicht«, rief er, als die Hafenuhr schlug.

»Weit kann es nicht mehr sein«, antwortete der Konsul.

»Wie lange bleibt es in Suez vor Anker?«

»Vier Stunden. So lange Zeit, wie es braucht, um Kohlen einzunehmen. Von Suez bis Aden am äußersten Ende des Roten Meeres rechnet man dreizehnhundert englische Meilen. In solcher Zeit verbrennt man schon was!«

»Und von Suez geht das Schiff direkt nach Bombay?«

»Direkt, ohne jede Unterbrechung.«

»Hm«, machte Fix, »wenn der Dieb diese Route eingeschlagen hat und auf

diesem Schiffe fährt, so muß es in seinem Plan liegen, in Suez sich umzuschiffen, damit er auf anderem Wege die holländischen oder französischen Besitzungen in Asien erreiche. Daß er in Indien, einem britischen Kronlande, nicht sicher sein würde, muß er doch wissen.«

»Wenigstens, wenn er kein ganz schwerer Junge ist«, bemerkte der Konsul – »Sie wissen doch, ein englischer Verbrecher ist immer in London besser verborgen, als wenn er sich ins Ausland begibt.«

Nach dieser Äußerung, die dem Polizisten sehr viel zu denken gab, suchte der Konsul seine Kontore auf, die in geringer Entfernung vom Hafenplatz lagen. Der Polizist blieb allein, von nervöser Ungeduld befallen, die aus jenem mehr als seltsamen Vorgefühl entsprang, daß sich sein Mann an Bord der »Mongolia« befinden müsse – und wirklich, hatte dieser Gauner England in der Absicht verlassen, die Neue Welt zu erreichen, so mußte er der Route nach Indien, die weniger scharf kontrolliert wird oder schwieriger kontrollierbar ist, als die Route über den Atlantischen Ozean, den Vorzug gegeben haben.

Fix blieb seinen Gedanken nicht lange überlassen. Scharfe Pfiffe verkündeten die Ankunft des Dampfers. Die ganze Schar von Lastträgern und Fellachen stürzte sich in einem Gewühl auf den Kai, das für die Gliedmaßen und Kleidungsstücke der Passagiere ziemlich beängstigend war. Ein Dutzend von Kähnen stieß vom Ufer ab und steuerte auf die »Mongolia« zu.

Bald erblickte man den riesenhaften Steven der »Mongolia«, die zwischen den Ufern des Kanals fuhr, und um elf Uhr legte der Dampfer an der Reede an. Mit lautem Getöse schoß sein Dampf zu den Ablaufröhren hinaus.

Es waren ziemlich viel Passagiere an Bord. Manche blieben auf dem Spardeck, um das malerische Panorama zu betrachten, das die Stadt den Blicken bot. Die größere Zahl schiffte sich aber in die Boote ein, die der »Mongolia« entgegengefahren waren und bei ihr angelegt hatten.

Fix musterte mit ziemlicher Genauigkeit jeden, der den Fuß ans Land setzte.

In diesem Augenblicke trat einer von den Passagieren, nachdem er mit kräftigem Ruck die Fellachen von sich geschleudert hatte, die ihn mit ihren Dienstleistungen bestürmten, auf ihn zu und richtete mit äußerster Höflichkeit die Frage an ihn, ob er ihm den Weg zu den Kontoren des englischen Konsularagenten zeigen könne. Zu gleicher Zeit hielt ihm der Passagier seinen Paß vor die Augen, den er zweifelsohne auf dem Konsularamte visieren lassen wollte.

Fix nahm den Paß in die Hand und überlas mit einem raschen Blick das in ihm

33

verzeichnete Signalement. Eine unwillkürliche Bewegung – das Blatt Papier zitterte in seiner Hand – das in dem Paß verzeichnete Signalement entsprach ganz genau demjenigen, das ihm vom Londoner Polizeidirektor übermittelt worden war.
»Der Paß gehört nicht Ihnen?« fragte er den Passagier.
»Nein«, versetzte dieser, »meinem Herrn.«
»Und wo ist Ihr Herr?«
»An Bord geblieben.«
»Aber zur Feststellung seiner Persönlichkeit muß sich Ihr Herr doch persönlich im Konsulatsbüro einfinden.«
»So? Ist das notwendig?«
»Es ist unerläßlich!«
»Und wo befinden sich die Konsulatsbüros?«
»Dort an der Ecke des Platzes«, erwiderte der Kommissar, indem er mit der Hand auf ein etwa zweihundert Schritt entferntes Haus wies.
»Dann muß ich meinen Herrn holen, dem es aber sehr unlieb sein wird, deshalb gestört zu werden.«
Der Passagier verneigte sich hierauf vor Herrn Fix und kehrte an Bord des Dampfers zurück.

7

Für die Nutzlosigkeit von Pässen als Polizeimaterial wird von neuem Zeugnis abgelegt

Der Polizeikommissar ging nach dem Kai zurück und begab sich eiligst nach dem Konsulatsgebäude. Auf sein dringendes Begehren wurde er dort sogleich vor den Würdenträger Großbritanniens geführt.

»Verehrter Herr Konsul«, schoß er ohne weiteres los – »ich habe allen Grund zu der Annahme, daß sich unser Mann an Bord der ›Mongolia‹ befindet.«

Fix erzählte nun, was sich zwischen jenem Lakaien und ihm betreffs des Passes abgespielt hatte.

»Nun, mein lieber Herr Fix«, antwortete der Konsul, »es würde mich ja gar nicht verdrießen, diesem Halunken in die Augen zu sehen. Aber wenn es sich so verhält, wie Sie mutmaßen, so wird er sich vielleicht gar nicht in meinem Büro sehen lassen. Ein Spitzbube liebt es nicht, Spuren hinter sich zu lassen, und außerdem ist die Formalität des Paßvisums gar nicht obligatorisch.«

»Verehrter Herr Konsul«, erwiderte der Polizist, »wenn wir es mit einem schweren Jungen zu tun haben, dann wird er kommen!«

»Um seinen Paß visieren zu lassen?«

»Ja. Pässe dienen immer nur dazu, den rechtlichen Menschen zu schikanieren und die Flucht der Gauner zu begünstigen. Ich behaupte, daß der Paß, von dem wir reden, in Ordnung sein wird; aber ich hoffe doch, daß Sie ihm das Visum verweigern werden?«

»Warum denn? Wenn der Paß in Ordnung ist«, antwortete der Konsul, »so habe ich kein Recht, das Visum zu verweigern.«

35

»Aber, verehrter Herr Konsul! Ich muß den Menschen doch wohl oder übel hier festhalten, bis ich von London einen Haftbefehl bekommen habe.«

»Ach so!« antwortete der Konsul, »nun, Herr Fix, das ist Ihre Sache! Was mich betrifft, so bin ich außerstande ...«

Der Konsul vollendete den Satz nicht. Denn im nämlichen Augenblicke wurde an der Tür seines Zimmers geklopft und der Bürodiener führte zwei fremde Herren herein, deren einer der Diener war, der sich mit dem Geheimpolizisten vorher unterhalten hatte.

Der Herr zeigte seinen Paß vor und verknüpfte das Ersuchen damit, der Konsul möge ihm denselben visieren.

Der Konsul nahm den Paß entgegen und las ihn aufmerksam durch, während Fix aus einem Winkel des Zimmers den Fremden mit den Augen verschlang.

Als der Konsul ausgelesen hatte, fragte er:

»Sie sind Herr Phileas Fogg?«

»Jawohl, mein Herr«, antwortete der Herr.

»Und dieser Mann ist Ihr Diener?«

»Jawohl, Franzose von Geburt, mit Namen Passepartout.«

»Sie kommen aus London?«

»Jawohl.«

»Und Sie reisen wohin?«

»Nach Bombay.«

»Gut, mein Herr. Es ist Ihnen wohl bekannt, daß die Formalität der Visierung unnütz ist und daß wir lediglich den Vorweis des Passes zu fordern haben?«

»Das weiß ich, Herr Konsul«, antwortete Phileas Fogg. »Doch wünsche ich, meiner Reise über Suez die amtliche Bestätigung durch Ihr Visum verliehen zu sehen.«

»Meinetwegen, mein Herr!«

Der Konsul unterzeichnete den Paß, versah ihn mit dem Tagesstempel und dann mit dem amtlichen Siegel. Herr Fogg überzeugte sich von der Richtigkeit des Visums, verneigte sich kühl und verließ das Büro, sein Lakai hinter ihm her.

»Nun?« fragte der Kommissar, »was meinen Sie?«

»Ich meine«, erwiderte der Konsul, »daß der Mann vom Scheitel bis zur Sohle aussieht wie ein rechtschaffener, ehrlicher Mensch.«

»Mag sein«, antwortete Fix, »aber darum handelt es sich hier nicht. Finden Sie, verehrter Herr Konsul, daß dieser phlegmatische Kavalier Zug für Zug dem Spitzbuben ähnlich sieht, dessen Signalement ich bekommen habe?«

»Das will ich schon zugeben, aber wie Sie wissen, sind alle Signalements ...«

»Ich will mir klaren Wein verschaffen«, antwortete Fix. »Der Lakai scheint mir weniger zugeknöpft zu sein als sein Herr. Obendrein ist er Franzose, und als solcher wird er die Zunge wohl nicht zu herb im Zaume halten. Auf Wiedersehen, verehrter Herr Konsul!«

Mit diesen Worten begab sich der Kommissar aus dem Büro und auf die Straße, um Passepartout zu suchen.

Unterdessen hatte sich Herr Fogg vom Konsulatsgebäude aus nach dem Kai begeben. Dort gab er seinem Diener einige Weisungen, dann bestieg er eins der Hafenboote, fuhr an Bord der »Mongolia« zurück und setzte sich dort wieder in seine Kabine. Dann nahm er sein Notizbuch aus der Tasche, das die folgenden Notizen enthielt:

»London Abreise am Mittwoch, den 2. Oktober, 8 Uhr 45 Minuten nachmittags.«

»Paris Ankunft Donnerstag, 7 Uhr 20 Minuten vormittags.«

»Paris Abfahrt 8 Uhr 40 Minuten vormittags.«

»Turin Ankunft durch Mont-Cenis-Tunnel, Freitag, 4. Oktober, 6 Uhr 35 Minuten vormittags.«

»Turin Abfahrt Freitag, 7 Uhr 20 Minuten vormittags.«
»Brindisi Ankunft Sonnabend, 5. Oktober, 4 Uhr nachmittags.«
»Einschiffung auf der ›Mongolia‹ Sonnabend, 5 Uhr nachmittags.«
»Ankunft in Suez Mittwoch, 9. Oktober, 11 Uhr vormittags.«
»Gesamtverbrauch an Stunden: 158,5, in Tagen: 6,5.«
Herr Fogg verzeichnete diese Daten in einem Reisetagebuch, das in Spalten eingeteilt war und vom 2. Oktober bis zum 21. Dezember den Monat, die Woche, den Tag, die Ankunftszeit nach dem Fahrplan, und wie sie tatsächlich erfolgt war, an jeder hauptsächlichen Station, also in Paris, Brindisi, Suez, Bombay, Kalkutta, Singapore, Hongkong, Yokohama, San Franzisko, New York, Liverpool, London, und den Vermerk über den erzielten Gewinn oder den erlittenen Verlust bei jeder zurückgelegten Fahrstrecke ermöglichte.
Dieses Reisetagebuch gab also über alles genaue Rechenschaft, und Herr Fogg wußte immer, ob er im Vorteil oder im Nachteil mit seiner Zeit sei.
An diesem Tage, Mittwoch, den 9. Oktober, verbuchte er seine Ankunft in Suez, die in Übereinstimmung stand mit der fahrplanmäßigen Zeit und für ihn weder einen Gewinn noch einen Verlust brachte.
Dann ließ er sich zum Frühstück in seiner Kabine decken. Daran, die Stadt zu besichtigen, dachte er nicht einmal, denn er gehörte zu jenem Schlage von Engländern, welche das Land, das sie bereisen, durch ihren Lakaien in Augenschein nehmen lassen.

8

Passepartout redet vielleicht ein bißchen mehr als recht sein dürfte

Fix hatte Passepartout, der umherspazierte und sich umsah, da er keinerlei Verpflichtung im Herzen fühlte, aufs Sehen zu verzichten, binnen wenigen Augenblicken eingeholt. »Nun, lieber Freund«, sprach Fix ihn an, »ist Ihr Paß schon visiert?«

»Ach, Sie sind's, mein Herr?« antwortete der Franzose. »Sehr zu Dank verpflichtet. Wir sind vollkommen im reinen.«

»Und nun sehen Sie sich Land und Gegend ein bißchen an?«

»Jawohl! Aber wir fahren so geschwind, daß es mir zumute ist, als ob ich im Traume reise. Also in Suez sind wir zur Zeit?«

»In Suez – jawohl!«

»In Ägypten?«

»In Ägypten – sehr richtig.«

»Also in Afrika?«

»Jawohl! In Afrika!«

»In Afrika!« wiederholte Passepartout. »Daran kann ich gar nicht glauben. Stellen Sie sich vor, mein Herr, daß ich in dem Wahne lebte, die Reise werde nicht weiter gehen als bis nach Paris, und daß ich diese berühmte Residenzstadt netto von 7 Uhr 20 Minuten vormittags bis 8 Uhr 40 Minuten wiedergesehen habe, und zwar auf der Strecke zwischen dem Nordbahnhof und dem Lyoner Bahnhof durch die Fensterscheiben einer Droschke und bei klatschendem Regen. Das tut mir in der Seele weh! Ich hätte so gern den Père Lachaise einmal besucht und wäre auch gern einmal in den Zirkus auf den Champs-Elysées gegangen!«

»Sie haben es also recht eilig?« fragte der Polizeikommissar.

»Ich ganz und gar nicht, wohl aber mein Herr. Ach, mir fällt ein, ich muß ja Socken und Hemden einkaufen! Wir sind ohne Koffer abgereist, bloß mit einem Nachtsack ausgestattet.«

»Ich will Sie in einen Basar führen, wo Sie alles Notwendige finden werden.«

»Aber, lieber Herr«, antwortete Passepartout, »Sie sind allzu liebenswürdig!«

Sie machten sich zusammen auf den Weg. Passepartout schwatzte in einem fort.

»Daß es mir vor allen Dingen bloß nicht passiert, die Abfahrtszeit zu verpassen.«

»Sie haben Zeit«, antwortete Fix, »denn es ist kaum erst Mittag.«
Passepartout zog seine mächtige Uhr aus der Tasche.
»Mittag?« sagte er. »Ach, reden Sie doch nicht! Es fehlen noch gerade acht Minuten an zehn Uhr!«
»Ihre Uhr geht nach!« antwortete Fix.
»Meine Uhr nachgehen?« rief Passepartout. »Ein Erbstück in meiner Familie, das noch von meinem Urgroßvater herstammt! Sie differiert um keine fünf Minuten im ganzen Jahr. Die Uhr ist ganz einfach der richtige Chronometer!«
»Ich merke schon, woran es liegt«, erklärte Fix. »Sie haben noch Londoner Zeit, die um ungefähr zwei Stunden mit Suez differiert. Sie müssen doch Ihre Uhr in jedem Lande nach der Mittagszeit richten.«
»Ich und meine Uhr richten!« rief Passepartout – »niemals in meinem Leben!«

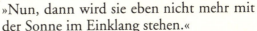

»Nun, dann wird sie eben nicht mehr mit der Sonne im Einklang stehen.«
»Um so schlimmer für die Sonne, mein Herr! Denn sie wird allemal im Unrecht sein!«
Und mit einer majestätischen Gebärde schob der brave Bursche seine Uhr in seine Westentasche. Ein paar Augenblicke nachher fragte ihn Fix:
»Sie sind also schleunigst aus London abgereist?«
»Das soll wohl stimmen! Letzten Mittwoch um 8 Uhr abends kam Herr Fogg allen seinen Gewohnheiten zuwider aus seinem Klub nach Hause, und dreiviertel Stunden später waren wir schon unterwegs.«
»Aber wohin reist denn Ihr Herr?«
»Immer geradeaus! Eine Reise um die Erde!«
»Eine Reise um die Erde!« schrie Fix.
»Jawohl, in achtzig Tagen! Eine Wette, sagt er, aber unter uns gesagt, ich glaube nicht recht daran. Das hätte ja gar keinen Sinn. Die Sache hängt anders zusammen.«
»Ach! Also wohl ein Original, der Herr Fogg.«
»Glaube, ja.«
»Ist wohl sehr reich?«
»Allem Anschein nach! Wenigstens schleppt er eine stattliche Summe in Banknoten mit! Und vom Geldsparen unterwegs ist keine Rede! Hören Sie bloß! Er hat dem Maschinenführer der ›Mongolia‹ eine großartige Prämie zugesichert, wenn wir mit einem erheblichen Vorsprung in Bombay anlegen.«
»Sie kennen Ihren Herrn schon lange?«
»Ich?« versetzte Passepartout – »nicht im geringsten! Bin ich doch erst am Tage unserer Abreise bei ihm eingetreten!«
Man wird sich den Eindruck leicht vorstellen können, den diese Antworten auf den schon überreizten Geist des Polizeikommissars ausüben mußten.
Diese beschleunigte Abreise aus London, und zwar kurze Zeit nach dem Diebstahl,

39

die große Summe, die der Herr dieses Lakaien mit sich schleppte, die Eile, in weitab gelegene Länder zu gelangen, der Vorwand einer verrückten Wette, dies alles bekräftigte Fix in seinen Vorstellungen. Er ließ den Franzosen weiter schwatzen und erlangte die Gewißheit, daß dieser Diener seinen Herrn ganz und gar nicht kannte, daß dieser Herr abgeschlossen von der Welt in London lebe, daß er in dem Rufe stand, reich zu sein, ohne daß jemand wußte, woher sein Vermögen stammte, daß er ein unnahbarer und undurchdringlicher Mensch sei, und so weiter. Aber gleichzeitig konnte es Fix auch für gewiß annehmen, daß Phileas Fogg sich in Suez nicht ausschiffte, sondern tatsächlich nach Bombay fuhr.

»Ist's weit bis Bombay?« fragte Passepartout.

»Ziemlich weit«, erwiderte der Polizist. »Vierzehn Tage ungefähr werden Sie noch auf dem Meere sein müssen.«

»Und wo liegt Bombay?«

»In Indien.«

»Also Asien.«

»Natürlich.«

Der Franzose war mit ihm bis zum Basar gelangt. Fix ließ seinen Kameraden seine Einkäufe dort machen, legte ihm noch ans Herz, die Abfahrt der »Mongolia« nicht zu vergessen, und verfügte sich eiligst zurück nach den Kontoren des Konsularagenten.

Fix war nun vollständig zur Überzeugung gelangt und hatte seine ganze Kaltblütigkeit wiedergewonnen.

»Verehrter Herr Konsul«, sagte er dort, »bei mir ist nunmehr jeder Zweifel ausgeschlossen. Ich habe meinen Mann. Er spielt sich als exzentrischen Menschen auf, der in achtzig Tagen die Reise um die Erde machen will.«

»Also ist es ein böser Schlingel«, versetzte der Konsul, »der mit der Absicht umgeht, wieder nach London zurückzukehren, wenn es ihm gelungen ist, alle Polizisten der beiden Kontinente auf eine falsche Fährte zu locken!«
»Nun, das wollen wir doch mal erst sehen!« antwortete Fix.
»Aber befinden Sie sich auch nicht im Irrtum?« fragte der Konsul noch einmal.
»Ich befinde mich in keinem Irrtum.«
»Warum hat aber dieser Spitzbube darauf bestanden, daß ihm seine Reise nach Suez durch ein Visum amtlich bestätigt wurde?«
»Warum? ... das weiß ich allerdings nicht, verehrter Herr Konsul«, gab der Detektiv zur Antwort, »aber hören Sie, bitte, was ich sage ...«
Mit wenigen Worten erzählte er nun die wichtigsten Punkte aus der Unterhaltung, die er mit dem Lakaien des sogenannten Fogg geführt hatte.
»Allerdings sprechen alle Vermutungen wider diesen Mann«, sagte der Konsul. »Wie gedenken Sie zu verfahren?«
»Ich telegraphiere nach London, mir einen Haftbefehl nach Bombay zu senden, schiffe mich auf der ›Mongolia‹ ein, halte mich meinem Gauner bis nach Indien auf den Fersen, lasse ihn dort, auf englischem Boden, ganz ruhig landen und nehme ihn dann, mit meinem Haftbefehl in der Hand, am Schlafittchen.«
Eine Viertelstunde später schiffte sich Fix, mit seinem leichten Reisegepäck in der Hand, an Bord der »Mongolia« ein, und bald schoß der flinke Dampfer mit Volldampf über die Fluten des Roten Meeres.

9

Das Rote Meer wie auch der Indische
Ozean erweisen sich den Absichten Phileas Foggs günstig

Die Entfernung zwischen Suez und Aden beträgt genau 1310 Meilen,
und das Logbuch der Dampfschiffahrtsgesellschaft räumte den Paket-
dampfern einen Zeitverbrauch von 138 Stunden ein zur Durchkreu-
zung dieser Strecke. Die »Mongolia« fuhr mit gesteigertem Dampf; ihr
Maschinenführer wollte sich die von Herrn Phileas Fogg ausgesetzte Prämie
dadurch verdienen, daß er vor der fahrplanmäßigen Ankunft in den Hafen von
Bombay einfuhr.

Das Reiseziel der meisten in Brindisi eingeschifften Passagiere war Ostindien. Die
einen begaben sich nach Bombay, die anderen nach Kalkutta, denn seitdem ein
Schienenstrang die ostindische Halbinsel in ihrer ganzen Breite durchschneidet,
hat man es nicht mehr nötig, um die Spitze von Ceylon zu segeln.

Unter diesen Passagieren der »Mongolia« befanden sich verschiedene bürgerliche
und militärische Würdenträger. Alle befanden sich im Besitze vorzüglicher Ein-
künfte. Man lebte an Bord der »Mongolia« in dieser Gesellschaft von Würdenträ-
gern ganz famos, zumal sich zu ihnen verschiedene junge Engländer gesellten, die
sich im fernen Lande als Kaufleute niederzulassen gedachten. Beim Dejeuner früh
morgens, beim Lunch um 2 Uhr, beim Diner um halb 6 Uhr, beim Souper um
8 Uhr bogen sich die Tafeln förmlich unter den Schüsseln mit frischem Fleisch
und den vielen Zwischenspeisen. Die Damen erschienen zweimal am Tage in neuer Toilette. Es wurde musiziert und sogar getanzt, wenn es das Meer erlaubte.

Das Rote Meer ist aber voller Launen und Tücken und nur allzuoft sehr ungast-
lich. Wenn der Wind von der asiatischen und ebenso wenn er von der afrikani-
schen Küste blies, wurde die »Mongolia« in der Quere gefaßt und schlingerte entsetzlich. Dann verschwanden die Damen, die Pianinos verstummten, Gesang und
Tanz hörten auf. Und doch lief die »Mongolia« ungeachtet aller Hindernisse, von
ihrer mächtigen Maschine getrieben, ohne Verspätung in die Meerenge von Bab-
el-Mandeb ein.

Was trieb nun Phileas Fogg in dieser ganzen Zeit?

Der Gedanke läge nahe, daß er, in einem fort von Angst und Unruhe verfolgt, für
weiter nichts Sinn gehabt hätte als für den Wechsel gefahrvoller, die Fahrtgeschwindigkeit beeinträchtigender Winde, für Störungen im Maschinenwerk oder
für allerhand sonstige Zufälle von Havarien, wodurch die »Mongolia« gezwungen
würde, einen Hafen anzulaufen und seine ganze Weltreise in Frage gestellt werden
könnte.

Sichtbar werden ließ es der eigentümliche Herr nicht, wenn ihn solche Gedanken
beschäftigten. Er zeigte sich immer gleichgültig, als jenes unnahbare und undurch-
dringliche Mitglied des Reform-Klubs, das sich durch keinen Zufall überraschen
ließ. Es schien, als sei er ebensowenig zu erschüttern oder auch nur zu beeinflussen
wie die an Bord befindlichen Chronometer. Er zeigte sich nur selten auf Deck. Er
scherte sich sehr wenig darum, dieses an Erinnerungen so überreiche Rote Meer,
den Schauplatz der ersten geschichtlichen Vorgänge des Menschengeschlechts, zu
betrachten. Es fiel ihm nicht ein, sich mit den denkwürdigen Städten zu befassen,
die an seinen Ufern erbaut sind und deren malerischer Schattenriß sich am Horizont abhob. Er ließ sich nicht das geringste träumen von den Gefahren des Arabi-
schen Meerbusens, von denen die Geschichtsschreiber des Altertums, Strabo, Arri-
anus, Artemidoros und Edrisi immer mit Grausen erzählt haben, und auf den sich
kein Schiffer jemals wagte, ohne für sein Seelenheil zuvor die äußerste Fürsorge

getroffen zu haben. Womit beschäftigte sich nun dieses in der »Mongolia« gleichsam gefangen sitzende Original von Menschenkind? Er nahm seine vier Mahlzeiten im Laufe des Tages ein, ohne daß weder das Schlingern des Schiffskörpers noch das Getöse der Schiffsmaschinerie ein so vorzüglich organisiertes Uhrwerk auch nur im geringsten zu erschüttern vermochte. Sodann spielte er Whist.
Er hatte Mitspieler gefunden, die ganz ebenso erpicht auf dieses Spiel waren wir er; es befanden sich darunter ein Steuereinnehmer, der sich nach Goa auf seinen Posten begab, ferner ein Geistlicher, Ehrwürden Decimus Smith, auf der Rückfahrt nach Bombay begriffen, und ein Brigadegeneral, der zu seinem Truppenteil nach Benares zurückkehrte.
Diese drei Passagiere hatten für das Whistspiel die gleiche Leidenschaft wie Herr Phileas Fogg, und sie saßen und spielten ganze Stunden lang genau so schweigsam und still wie er.
Passepartout hatte die Seekrankheit vollständig verschont. Er bewohnte eine Kabine im Vordersteven und beobachtete bei seinen Mahlzeiten die höchste Gewissenhaftigkeit. Diese Art zu reisen mißfiel ihm ganz und gar nicht. Er fand sich im Gegenteil sehr gut mit ihr ab. Er hatte sein feines Essen, sein gutes Quartier. Er sah Länder und Leute und wiegte sich im übrigen in der Hoffnung, daß diese ganze Grille in Bombay ihr Ende finden werde.
Am Vormittag nach der Abfahrt von Suez, am 29. Oktober, traf er, nicht ohne ein gewisses Vergnügen seinerseits, auf Deck mit der liebenswürdigen Persönlichkeit zusammen, bei der er sich bei der Landung in Ägypten nach dem britischen Konsulatsgebäude erkundigt hatte.
»Ich irre mich also nicht?« redete er mit seinem liebenswürdigsten Lächeln den Herrn an – »Sie sind es also wirklich, verehrter Herr? Derselbe gütige Herr, der mir in Suez so bereitwillig als Cicerone gedient hat?«
»Allerdings«, antwortete der Detektiv, »der bin ich, und auch ich erkenne Sie wieder! Sie sind der Diener jenes englischen Sonderlings …«
»Stimmt, mein Herr! Stimmt! Ihr Name, mein Herr?«

»Fix.«

»Herr Fix«, antwortete Passepartout. »Ich bin entzückt, Sie an Bord wiederzutreffen. Aber wohin reisen denn Sie?«

»Dorthin, wohin Sie reisen – nach Bombay!«

»Das trifft sich ja immer besser! Haben Sie diese Tour schon einmal gemacht?«

»Schon hundertmal«, versetzte Fix. »Bin ja Agent der Ostindischen Handelskompanie.«

»Also kennen Sie Indien?«

»Versteht sich!« antwortete Fix.

»Wohl ein recht merkwürdiges Land, dieses Indien?«

»Äußerst merkwürdig! Moscheen, Minaretts, Tempel, Fakire, Pagoden, Tiger, Schlangen, Bajarden! Aber Sie haben hoffentlich Zeit, sich Land und Leute anzusehen?«

»Hoffentlich, Herr Fix. Sie begreifen doch, daß es für einen Menschen mit gesundem Verstand keine Sache ist, aus einem Dampfer in einen Bahnwagen und aus einem Bahnwagen in einen Dampfer zu springen unter dem Vorwande, die Reise um die Erde in achtzig Tagen zu machen! Nein! Diese ganze Turnübung wird in Bombay ihr Ende finden – wie wir gar nicht zu bezweifeln brauchen.«

»Und Herr Fogg befindet sich doch wohl?« fragte Fix im natürlichsten Tone, dessen er fähig war.

»Ganz ausgezeichnet sogar, Herr Fix! Mir fehlt übrigens auch nichts. Ich esse wie ein Türke, der noch nüchtern ist.«

»Das macht die Meeresluft.«

»Aber man sieht ja Ihren Herrn niemals auf Deck?«

»Niemals. Neugierig ist er nun mal nicht.«

»Wissen Sie, Herr Passepartout, hinter dieser vorgeschobenen Reise könnte doch am Ende irgendeine geheime Mission stecken? Vielleicht diplomatischer Natur?«

»Meiner Treu, Herr Fix, von dergleichen weiß ich nicht das mindeste, wie ich Ihnen offen gestehe! Im Grunde gebe ich auch keinen Pfennig dafür, um es zu erfahren.«

Seit dieser Begegnung fanden sich Passepartout und Fix oft zu einem Plauderstündchen zusammen. Dem Polizisten lag daran, sich mit Herrn Foggs Lakaien gut zu stehen. Hieraus konnte er gelegentlich viel profitieren. Er spendierte ihm deshalb oft in der Bar der »Mongolia« ein paar Whisky oder ein Gläschen Doppelbier, was der wackere Gesell ohne Umstände annahm, hin und wieder sogar, um sich nicht ausstechen zu lassen, auch erwiderte. Natürlich ergab sich hieraus, daß Passepartout in diesem Herrn Fix einen sehr netten und gemütlichen Kameraden erblickte.

Unterdessen dampfte das Paketschiff mit unheimlicher Geschwindigkeit weiter. Am 13. wurde Mokka sichtbar in seinem Gürtel von zerfallenen Mauern, über denen sich grüne Dattelbäume erhoben. In der Ferne dehnten sich, umschlossen von Gebirgen, ungeheure Kaffeeplantagen. Passepartout war entzückt über den Anblick dieser berühmten Stadt und fand bald heraus, daß sie mit ihren kreisförmigen Mauern und einem zerstörten Fort, das einem Henkel nicht unähnlich sah, den Eindruck einer riesigen Kaffeetasse hervorrufe.

In der nächsten Nacht passierte die »Mongolia« die Meerenge von Bab-el-Mandeb – ein arabischer Name, der auf deutsch »Tränentor« bedeutet – und am anderen Vormittag, den 14. Oktober, ging die »Mongolia« auf der nordwestlichen Reede von Aden vor Anker. Dort mußte sie Kohlen einnehmen.

Die »Mongolia« hatte noch 1650 Meilen bis Bombay zu fahren und mußte vier Stunden liegen, ehe sie ihren Bedarf an Kohlen gedeckt hatte. Dieser Aufenthalt war im Foggschen Programm vorgesehen. Die »Mongolia« ging übrigens statt erst

44

am 15. Oktober vormittags, schon am 14. Oktober nachmittags in Aden vor Anker, hatte also volle fünfzehn Stunden Vorsprung gewonnen.

Herr Fogg begab sich mit seinem Diener ans Land. Er wollte seinen Paß visieren lassen. Fix folgte ihm, ohne daß es bemerkt wurde. Sobald die Formalität erfüllt war, begab sich Phileas Fogg wieder an Bord, um seine unterbrochene Partie weiterzuspielen.

Passepartout bummelte seiner Gewohnheit gemäß mitten unter der Adener Mischbevölkerung, die sich aus Somali, Banianen, Parsen, Juden, Arabern, Europäern zusammensetzt und etwa 25.000 Köpfe zählen mag. Er bewunderte die Festungswerke, die aus diesem Platze das Gibraltar des Indischen Ozeans gemacht haben, und jene großartigen Zisternen, an denen noch heute, zweitausend Jahre nach den Bauleuten des Königs Salomo, englische Ingenieure arbeiten.

»Doch äußerst merkwürdig! Äußerst merkwürdig!« sprach Passepartout bei sich, als er an Bord zurückkehrte. »Ich merke langsam, daß es doch nicht so unnütz ist zu reisen, wenn man etwas Neues sehen will.« Um 6 Uhr nachmittags setzte die »Mongolia« ihre Schraubenräder in Bewegung und peitschte die Fluten der Reede von Aden, um in den Indischen Ozean hinauszusteuern.

Um die Fahrt von Aden nach Bombay zu bewerkstelligen, stand die Zeit von 68 Stunden zu Gebote. Der Indische Ozean war gnädig gestimmt. Der Wind stand auf Nordwest. Die Segel kamen dem Dampfer zu Hilfe. Das Schiff schlingerte nicht mehr so stark. Die Damenwelt zeigte sich wieder auf Deck. Gesang und Tanz huben wieder an. Die Reise vollzog sich also unter den besten Bedingungen. Passepartout war entzückt über den liebenswürdigen Kameraden, den ihm der Zufall in der Person des Herrn Fix in den Schoß geworfen hatte.

Am Sonntag, den 20. Oktober, um die Mittagszeit herum, sichtete man die indische Küste. Zwei Stunden später stieg der Lotse an Bord der »Mongolia«. Am Horizont zeigten sich mäßig hohe Hügel. Bald kamen Palmenreihen, welche die Stadt umschließen, schärfer in Sicht. Der Dampfer fuhr in die Reede hinein, die von den Inseln Salcette, Colaba, Elephanta und Butcher gebildet wird, und legte um halb fünf Uhr an den Kais von Bombay an.

Phileas Fogg spielte gerade den 33. Robber des Tages und endigte im Verein mit seinem Partner, dank kühnem Manöver, nachdem er die dreizehn Stiche gemacht, diese herrliche Ozeanfahrt mit einem bewunderungswürdigen Schlemm.

Die »Mongolia« sollte erst am 22. Oktober in Bombay einlaufen. Sie ging aber schon am 20. Oktober dort vor Anker. Das machte also für Phileas Fogg seit der Abreise von London einen Vorsprung aus von zwei ganzen Tagen.

Phileas Fogg vermerkte diese Tatsache mit methodischer Gewissenhaftigkeit in seinem Reisetagebuch in der Gewinnspalte.

10

Passepartout schätzt sich mehr als glücklich, mit dem Verlust von Schuhen und Strümpfen aus einer Patsche zu kommen

Es ist wohl jedermann bekannt, daß Indien – dies große umgekehrte Dreieck, dessen Grundlinie im Norden und dessen Spitze im Süden liegt – eine Oberfläche von 1,400.000 Quadratmeilen umfaßt, über die in ungleichmäßiger Verteilung eine Bevölkerung von 180 Millionen Menschen verbreitet ist. Die großbritannische Regierung übt über einen gewissen Teil dieses unermeßlichen Landes eine Vorherrschaft aus. Sie unterhält in Kalkutta einen Generalgouverneur und in Agra einen Gouverneur-Stellvertreter.

Aber das eigentliche Britisch Indien gebietet nur über eine Oberfläche von siebenhunderttausend Quadratmeilen und über eine Bevölkerung von 100 bis 110 Millionen Einwohnern. Ein beträchtlicher Teil des Gesamtgebietes entzieht sich noch heute der Herrschaft der Königin, und bei gewissen wilden und blutdürstigen Rajahs im Innern besteht die Hindu-Unabhängigkeit noch im unbeschränkten Maße.

Seit 1756 – dem Jahre, in welchem die erste englische Niederlassung auf dem heute von der Stadt Madras bedeckten Landgebiet gegründet wurde – bis zu jenem Jahre, in dem der große Aufstand der Sipoys losbrach, war die berühmte Ostindische Handelsgesellschaft allmächtig. Sie annektierte allmählich die verschiedenen Provinzen, indem sie sie den Rajahs gegen Zusicherung einer Jahresrente abkaufte, die sie nur zum geringen Teil oder gar nicht bezahlte. Sie ernannte ihren Generalgouverneur und alle demselben unterstehenden Zivil- und Militärbehörden. Jetzt aber besteht sie nicht mehr, und die großbritannischen Besitzungen in Indien sind direkt abhängig von der Krone Englands.

Von Tag zu Tag gewinnen auch Sitten und Gebräuche sowie das ganze Aussehen und die ethnographischen Scheidungen der Halbinsel einen der europäischen Kultur entsprechenden Charakter. Ehedem reiste man mit allerhand altertümlichen Transportmitteln, zu Fuß, zu Pferde, im Karren, im Wagen, in der Sänfte, auf Menschenrücken. Heute befahren Dampfboote mit großer Fahrgeschwindigkeit den Indus und Ganges, und eine Eisenbahn, die mit zahlreichen Abzweigungen auf ihrer Strecke ganz Indien in seiner vollen Breite durchschneidet, führt den Reisenden in drei Tagen von Bombay nach Kalkutta.

Die Linie dieser Eisenbahn folgt nicht der geraden Linie durch Indien. Die Entfernung im Vogelflug beträgt bloß 1000 bis 1100 Meilen, und ein Bahnzug mit einer bloß mittleren Geschwindigkeit würde kaum drei Tage für die Strecke brauchen, aber die Entfernung wird um wenigstens ein Drittel vergrößert durch die Kurve, welche die Bahn im Norden der Halbinsel bis Allahabad beschreibt.

Um halb 5 Uhr nachmittags waren die Passagiere der »Mongolia« in Bombay ans Land gegangen, und der Zug nach Kalkutta ging genau um 8 Uhr ab.

Herr Fogg verabschiedete sich deshalb von seinen Spielkameraden, verließ das Dampfschiff, gab seinem Lakaien Auftrag zu einigen Einkäufen, empfahl ihm ausdrücklich, vor 8 Uhr sich auf dem Bahnhof einzufinden, und begab sich mit seinem taktmäßigen Schritt, der gleich dem Pendel einer astronomischen Uhr die Sekunde anschlug, nach der Paßkanzlei.

Es fiel ihm nicht ein, sich die Wunderwerke von Bombay anzusehen: weder das Rathaus, noch die prachtvolle Bibliothek, noch die Forts, noch die Docks, noch den Baumwollmarkt, noch die Basare, noch die Moscheen, noch die Synagogen, noch die armenischen Kirchen, noch die prachtvolle, mit zwei viereckigen Türmen geschmückte Pagode auf dem Malabar-Hügel. Auch von allem anderen mochte er nichts hören und sehen, weder von den Kolossalbauten von Elephanta, noch von seinen im südöstlichen Teile der Reede versteckt liegenden Hypogäen, noch von den Grotten Kanherie auf der Insel Salcette, jenen bewunderungswürdigen Überresten der buddhistischen Baukunst.

Phileas Fogg begab sich von der Paßkanzlei nach dem Bahnhof und ließ sich dort sein Essen vorsetzen. Unter andern Gerichten glaubte ihm der Hotelbesitzer ein Ragout von ostindischen Hasen empfehlen zu sollen, von dessen Wohlgeschmack er Wunderdinge zu erzählen wußte.

Phileas Fogg bestellte eine Portion von dem Ragout und kostete es gewissenhaft. Trotz der stark gewürzten Sauce fand er den Geschmack aber ganz abscheulich. Er klingelte dem Hotelwirt.

»Das soll also Hase sein, Herr Wirt?« fragte er und maß ihn dabei mit scharfen Blicken.

»Jawohl, Mylord«, versetzte der Patron frech, »von Dschungelhasen!«

»Und miaut hat der Hause wirklich nicht, als er geschlachtet wurde?«

»Miaut? Aber Mylord, ein Hase! Ich gebe Ihnen die heilige Versicherung …«

»Herr Wirt«, versetzte Herr Fogg kühl, »sparen Sie sich Ihre heilige Versicherung und lassen Sie sich folgendes gesagt sein: ehemals wurden die Katzen in Indien als heilige Tiere angesehen – das war die gute alte Zeit.«
»Für die Katzen, Mylord?«
»Vielleicht auch für die Reisenden!« Nach dieser Bemerkung widmete sich Herr Fogg wieder seinem Diner.
Wenige Augenblicke nach Herrn Fogg hatte auch Fix die »Mongolia« verlassen und war aufs Polizeibüro von Bombay gelaufen. Er gab sich als Geheimpolizist zu erkennen, dem die Aufgabe zugefallen sei, den berüchtigten Urheber des letzten Riesenbankdiebstahls dingfest zu machen. Er schilderte die Lage, in der er sich dem mutmaßlichen Diebe gegenüber befand. War in Bombay schon ein Haftbefehl von London eingelaufen? … Es war noch nichts da! … Und da der Haftbefehl doch erst nach Fogg abgegangen war, so konnte er auch tatsächlich noch nicht zur Stelle sein!
Fix blieb in völliger Ratlosigkeit stehen. Er wollte vom Polizeidirektor einen Haftbefehl gegen Herrn Fogg haben. Der Polizeidirektor weigerte sich, diesem Ansinnen zu entsprechen. Die Sache ginge nur die Londoner Polizei an, und bloß diese könne einen gesetzlich gültigen Haftbefehl erlassen. Diese

Prinzipienreiterei, diese strenge Observanz der Gesetzlichkeit erklärt sich sattsam aus den englischen Sitten, die hinsichtlich der persönlichen Freiheit keinen Einspruch leiden.

Fix beharrte nicht auf seinem Ansinnen und sah ein, daß er sich dareinschicken mußte, auf das Eintreffen des Haftbefehls zu warten. Aber er nahm sich fest vor, seinen undurchdringlichen Gauner nicht aus den Augen zu lassen während der ganzen Zeit, die derselbe in Bombay verweilen würde. Daß Phileas Fogg in Bombay Aufenthalt nehmen werde, daran zweifelte er nicht – und wie der Leser weiß, war dies auch Passepartouts Überzeugung –, mithin blieb ja noch Zeit, um den Haftbefehl rechtzeitig zu bekommen.

Aber Passepartout hatte seit den letzten Befehlen, die ihm sein Herr beim Verlassen der »Mongolia« gegeben hatte, sattsam begreifen gelernt, daß es ihm in Bombay genau so ergehen würde wie in Suez und wie in Paris, daß die Reise ihr Ende noch nicht hier finden werde, daß sie zum wenigsten noch bis Kalkutta gehen werde, wenn nicht am Ende noch weiter. Er fing alsbald an, sich mit der Frage zu befassen, ob es mit dieser Wette des Herrn Fogg nicht doch grimmiger Ernst sei und ob ihn das Schicksal nicht doch am Ende dazu ausersehen hätte – ihn, der sich so mit allen Fasern nach einem ruhigen Leben sehnte, die Reise um die Erde in achtzig Tagen zurückzulegen.

Mittlerweile hatte er aber seine Einkäufe – einige Paar Hemden und Strümpfe – besorgt und flanierte in den Straßen von Bombay. Es herrschte eine wahre Völkerwanderung; mitten unter Europäern aller Nationen Perser mit spitzen Mützen, Bunhyas mit runden Turbanen, Sindhs mit viereckigen Mützen, Armenier in langen Gewändern, Parsen mit schwarzer Mitra. Es wurde gerade ein religiöses Fest dieser Parsen oder Ghebern gefeiert – dieser direkten Nachkommen der Anhänger Zoroasters, die die fleißigsten, kultiviertesten, gescheitesten und sittenstrengsten von allen Hindus sind und zu denen gegenwärtig auch die reichen eingeborenen Kaufleute Bombays gehören. Das Fest, das sie feierten, war eine Art religiösen Karnevals mit Bittgängen und weltlichen Zerstreuungen, bei welch letzteren Bajaderen, in rosa Gazegewänder gekleidet, die mit Gold- und Silberstickereien überladen waren, nach einer aus Pfeifen und Trommeln bestehenden Musik wunderliebliche Tänze aufführten.

Wenn Passepartout sich diese wunderlichen Zeremonien ansah, wenn sich Augen und Ohren, um zu sehen und zu hören bei ihm weit öffneten, wenn sein Wesen und sein Gesichtsausdruck durchaus dem eines Grünhorns entsprachen, wie man es sich neubackner

51

nicht vorstellen kann, so braucht das hier nicht besonders festgestellt zu werden. Zum Unglück aber für ihn und für seinen Herrn, dessen ganze Reise er auf diese Weise in Gefahr zu setzen drohte, riß ihn seine Neugier weiter als gut war.

Nachdem er sich diesen parsischen Karneval angesehen hatte, machte er sich auf den Weg nach dem Bahnhofe, bekam aber, als ihn sein Weg an der wunderbaren Pagode auf dem Malabar-Hügel vorbeiführte, den unglücklichen Einfall, sich das Innere derselben anzusehen.

Es war ihm zweierlei nicht bekannt: 1. daß Christen das Betreten gewisser indischer Pagoden ausdrücklich untersagt ist, und 2. daß selbst die Gläubigen in keine Pagode den Fuß setzen dürfen, ohne ihr Schuhzeug draußen vorm Tore zu lassen. Es muß hier bemerkt werden, daß die englische Regierung aus verständiger Politik die Landesreligion bis auf den kleinsten Punkt respektierte und strenge Strafen für jede Verletzung religiöser Bräuche festgesetzt hat.

Passepartout war also, ohne sich etwas Böses zu denken, als einfacher Tourist in das Innere des Malabar-Hügels eingetreten und stand in bewunderndem Sinnen vor all der blendenden Flitterpracht brahmanischen Kirchenschmucks, als er sich plötzlich auf die geheiligten Fliesen hinstürzen fühlte.

Drei Priester fielen voll Wut über ihn her, rissen ihm Schuhe und Strümpfe von den Beinen und fingen an, ihn unter wildem Geschrei weidlich durchzudreschen.

Der Franzose, kräftig und behend wie er war, sprang flugs in die Höhe. Mit einem Faustschlag und einem Fußtritt streckte er zwei seiner Widersacher, die durch ihre

langen Gewänder stark behindert waren, zu Boden, rannte so schnell ihn seine Beine trugen, barfuß zu der Pagode wieder hinaus und hatte im Nu den dritten Hindu überholt, der vor ihm her rannte in der Absicht, das Volk draußen ihm auf den Leib zu hetzen.

Fünf Minuten vor acht, wenige Sekunden nur vor Abgang des Zuges, kam Passepartout ohne Hut und barfuß und ohne seine Einkäufe, die er bei dem Handgemenge im Stich gelassen hatte, auf dem Bahnhofe an.

Fix war da. Er stand auf dem Bahnsteige. Er war Herrn Fogg bis hierher gefolgt,

und als er nun eingesehen hatte, daß der Gauner Bombay doch zu verlassen gedachte, war sein Entschluß, ihn bis Kalkutta und, wenn es sein müßte, noch weiter zu begleiten, im Nu gefaßt. Passepartout sah Fix nicht, denn Fix stand im Schatten; aber Fix hörte den Bericht des Abenteuers, den Passepartout mit kurzen Worten erstattete.
»Hoffentlich passiert dergleichen nicht zum zweitenmal«, begnügte sich Phileas Fogg zu bemerken, und nahm in einem Waggon des Zuges Platz.
Der arme Kerl folgte seinem Herrn barfuß und fassungslos, ohne ein Wort zu sagen.
Fix wollte eben in einen anderen Waggon steigen, als ihn ein plötzlicher Einfall zurückhielt. Im Nu ließ er seinen Plan, mit abzureisen, fallen.
»Nein! Ich bleibe«, sprach er bei sich – »ein Verbrechen, begangen auf indischem Grund und Boden – ich habe meinen Mann jetzt fest!«

In diesem Augenblick ließ die Lokomotive einen kräftigen Pfiff erschallen und der Zug verschwand in dem nächtlichen Dunkel.

53

11

Phileas Fogg kauft ein Reittier für einen
fabelhaften Preis

Der Zug war zur fahrplanmäßigen Zeit abgegangen. Er führte eine gewisse Anzahl von Passagieren mit, einige Offiziere, bürgerliche Würdenträger, Opium- und Indigohändler, die ihr Geschäft nach dem östlichen Teil der Halbinsel rief.

Passepartout saß im selben Abteil wie sein Herr. Ein dritter Passagier hatte sich in die gegenüberliegende Ecke gedrückt.

Dies war der Brigadegeneral Sir Francis Cromarty, einer von Herrn Foggs Partnern während der Fahrt von Suez bis Bombay, der sich zu seinem Truppenteil nach Benares begab.

Sir Francis Cromarty war groß und blond, stand in den Fünfzigern, und hatte sich beim letzten Sipoy-Aufstand rühmlich hervorgetan. Seit seiner frühesten Jugend lebte er in Indien und war nur wenige Male im Heimatlande gewesen. Er war ein wohlunterrichteter Herr, der gern über Sitten und Bräuche, Geschäfte und Verwaltung des Landes der Hindu Aufschluß gegeben haben würde, wenn es Phileas Fogg beliebt hätte, ihn hiernach zu fragen. Aber Herr Phileas Fogg fragte nach nichts. Er war ja nicht auf Reisen, sondern beschrieb nur einen Radius. Ein schwerer Körper, welcher nach den Gesetzen der rationellen Mechanik um die Erdkugel einen Kreis durchlief! In diesem Augenblick stellte er im Geiste die Rechnung fest über die seit seiner Abreise von London verbrauchten Stunden und würde sich, wenn es in seiner Natur gelegen hätte, eine unnütze Bewegung zu machen, jetzt die Hände gerieben haben.

Sir Francis Cromarty war nicht in Unkenntnis über die seltsame Bewandtnis, die es mit seinem Reisegefährten hatte, wenn er ihn auch nur mit den Karten in der Hand und in der Pause zwischen zwei Robbern studiert hatte. Er legte sich die Frage vor, ob denn unter dieser eisigen Hülle wirklich ein menschliches Herz schlüge und ob Phileas Fogg eine Seele habe, die empfänglich sei für die Schönheiten der Natur und für sittliche Regungen. Ihm war es mehr als fraglich. Von allen Originalen, die dem Brigadegeneral in den Weg getreten waren, hielt keines den Vergleich aus mit diesem Produkt der exakten Wissenschaften.

Phileas Fogg hatte Sir Francis Cromarty gegenüber weder mit seinem Projekt einer Reise um die Erde, noch mit den Bedingungen, unter denen er dieselbe machte, hinter dem Berge gehalten. Der Brigadegeneral sah in dieser Wette nichts weiter als eine überspannte Schrulle ohne jeden nützlichen Zweck. So wie der verschrobene Kavalier um die Erde reiste, würde augenscheinlich weder für ihn noch für jemand anders ein Nutzen herausspringen.

Eine Stunde nach der Abfahrt von Bombay hatte der Zug über verschiedene Viadukte hinweg die Insel Salcette passiert und fuhr auf dem Festlande. Bei der Station Kallyan ließ er die Zweigbahn über Kandallah und Punah nach dem südöstlichen Indien rechts liegen und gelangte dann zur Haltestelle Pauwell. Hier bog er in die reich verschlungenen Gebirge der östlichen Gathes ein, bekanntlich Trapp- und Basaltgesteinsketten, deren höchste Gipfel mit dichtem Gehölz bedeckt sind.

Von Zeit zu Zeit wechselten die beiden Herren, Sir Francis Cromarty und Phileas Fogg, einige Worte. In diesem Augenblick eröffnete der Brigadegeneral wieder eine Unterhaltung, die häufig Unterbrechungen erlitt, mit den Worten:

»Vor einigen Jahren, Herr Fogg, würden Sie hier an dieser Stelle eine Fahrtunterbrechung erlebt haben, die Ihr Reiseprojekt wahrscheinlich stark aus dem Konzept gebracht hätte.«

54

»Inwiefern, Sir Francis?«
»Weil die Bahn am Fuße dieser Berge hielt, die man in der Sänfte oder auf einem Pony bis zur Station Kandallah, die drüben auf dem Hange liegt, überschreiten mußte.«
»Diese Verzögerung hätte mein Programm nicht im geringsten alteriert«, versetzte Herr Fogg. »Ich habe mich auf die Möglichkeit solcher Zufälle eingerichtet.«
»Aber Sie laufen Gefahr, Herr Fogg«, ergriff der Brigadegeneral wieder das Wort, »sich mit dem Abenteuer dieses Burschen dort eine sehr böse Sache auf den Hals zu laden!«
Passepartout lag, mit den Beinen in seine Reisedecke gewickelt, im festen Schlaf und ließ sich nicht im geringsten träumen, daß man von ihm redete.
»Die englische Regierung ist äußerst streng gegen solche Vergehen, und mit Recht«, erwiderte Sir Francis Cromarty. »Sie hält vor allem darauf, daß die religiösen Gebräuche der Hindus in Ehren gehalten werden, und wenn Ihr Bedienter ergriffen worden wäre …«
»Nun, so wäre er eben ergriffen worden, Sir Francis«, antwortete Herr Fogg, »wäre verurteilt worden, und hätte seine Strafe erlitten. Dann wäre er wieder ruhig nach Europa zurückgekehrt. Ich sehe nicht ein, inwiefern diese Sache seinen Herrn hätte in Verzug bringen können!«
Damit nahm die Unterhaltung ihr Ende. In der Nacht passierte der Zug die Gathes, fuhr nach Nassik und kam von dort am andern Vormittag, den 21. Oktober, durch ein verhältnismäßig flaches Land, das von dem Gebiet des Khandeisch gebildet wird. Die wohlbebaute Landschaft war mit Ortschaften übersät, über denen sich das Minarett der Pagode an Stelle des Turmes der europäischen Kirche erhob. Zahlreiche kleine Gewässer, zumeist Zuflüsse des Godawery, bewässerten diese fruchtbare Landschaft.
Passepartout war munter geworden, sah sich um und konnte gar nicht glauben, daß er das Land der Hindus in einem Zuge der großen Halbinselbahn bereiste. Ihm schien das ganz unwahrscheinlich. Und doch war es Wirklichkeit. Die vom

Arme eines englischen Maschinisten und mit englischer Kohle geheizte Lokomotive sprühte ihren Rauch über die Kaffee- und Baumwollplantagen, die Muskat-, Levkojen und roten Birnbaumfelder. Der Dampf wand sich spiralförmig um Palmengruppen, zwischen denen malerische Bungalows, einige Wiharis, worunter man verlassene Mönchskloster zu verstehen hat, und wunderbare Tempel hervorleuchteten, welche den unerschöpflichen Dekor der indischen Baukunst erheblich bereicherten. Dann sah man, soweit das Auge reichte, ungeheure Bodenflächen, Dschungel, in denen es weder an Schlangen noch an Tigern mangelte, die durch das Zischen der Lokomotive aufgeschreckt wurden. Endlich Wälder, durch die der Bahnstrang führte, die noch von Elefanten bevölkert waren, die mit träumerisch sinnendem Auge den Wagenzug dahinsausen sahen.

An diesem Vormittag passierten die Reisenden die Station Malligaum. Sie fuhren nunmehr durch jenes unheimliche Landgebiet, das so oft von den Sektierern der Göttin Khali mit Blut getränkt worden war. Nicht weit von Malligaum erhoben sich die wunderbaren Pagoden von Ellora, dann das berühmte Aurungabad, die Residenz des blutdürstigen Auren-Sab, jetzt bloß Hauptstadt einer der vom Königreiche Nisan abgelösten Provinzen. In diesem Landstriche war es, wo Feringha, der Häuptling der Thugs, der König der Würger, seine Herrschaft ausübte. Diese zu einem ungreifbaren Bunde vereinigten Meuchelmörder erwürgten zu Ehren der Göttin des Todes, ohne jemals Blut zu vergießen, Opfer jeder Altersstufe, und es hat eine Zeit gegeben, wo man an keiner Stelle dieses Bodens graben konnte, ohne auf einen Leichnam zu stoßen.

Um halb 12 Uhr hielt der Zug vor der Station Burhampur, und hier konnte sich Passepartout für teures Geld ein Paar Babuschen kaufen, die mit falschen Perlen geschmückt waren und die er mit sichtlicher Eitelkeit anzog.

Die Reisenden nahmen rasch einen Morgenimbiß ein und fuhren dann weiter nach Assurghur, nachdem sie auf eine kurze Strecke an dem kleinen Flusse namens Tapty, der sich bei Surate in den Meerbusen von Cambaye ergießt, entlanggefahren waren.

Es wird gut sein, den Leser von einigen Gedanken zu unterrichten, die jetzt Passepartouts Geist beschäftigten. Bis zu seiner Ankunft in Bombay war er in dem Glauben gewesen und hatte in dem Glauben sein können, daß es nun mit der Reise sein Bewenden haben werde. Nachdem er nun aber mit Volldampf durch Indien reiste, hatte sich in seinem Geiste ein Umsturz vollzogen. Er fand die phantastischen Einfälle seiner Jugendzeit wieder, nahm die Pläne seines Herrn in allem Ernste, glaubte an die Echtheit der Wette und an die Reise um die Erde und an dies Maximum von Zeit, das er nicht überschreiten sollte. Über die Möglichkeit von Verspätungen über Unglücksfälle, die sich unterwegs ereignen könnten, fing er sogar an sich zu beunruhigen. Er fühlte sich gleichsam beteiligt an dieser Wette und zitterte bei dem Gedanken, daß er sie tags vorher durch seine unverzeihliche Eselei hätte stark in Gefahr setzen können. Weit weniger phlegmatisch als Herr Fogg wurde er nun weit unruhiger. Er zählte die verflossenen Tage immer wieder und wieder, verwünschte die Stationen, an denen der Zug hielt, zieh ihn der Langsamkeit und tadelte Herrn Fogg deshalb, weil er dem Lokomotivführer keine Prämie versprochen hatte. Er wußte nicht, der wackere Gesell, daß so etwas wohl zulässig war bei einem Dampfschiffe, nicht aber bei einer Eisenbahn, der eine fahrplanmäßige Geschwindigkeit vorgeschrieben ist.

Um die Abendzeit herum fuhr man in die Engpässe der Gebirge von Sutpuhr ein, welche das Landgebiet des Khandeisch von demjenigen des Bundelkund scheiden.

Am andern Morgen, dem 27. Oktober, gab Passepartout auf eine Frage des Sir Francis Cromarty, nachdem er seine Uhr zu Rate gezogen, die Antwort, es sei drei Uhr morgens. Tatsächlich mußte jetzt die noch immer Greenwicher Meridianzeit zeigende Uhr, die sich jetzt beinahe im 67. Grade westlicher Länge befand, um ganze vier Stunden nachgehen, und ging auch um genau so viel nach.

Sir Francis stellte die von Passepartout angegebene Zeit richtig. Passepartout aber äußerte sich gegen Sir Francis genau so, wie er sich schon Herrn Fix gegenüber geäußert hatte. Sir Francis versuchte ihm auseinanderzusetzen, daß er seine Uhr bei jedem neuen Meridian richtigstellen müsse, und daß die Tage, da er beständig nach Osten vorrücke, das heißt also der Sonne entgegen, um soviel mal vier Minuten kürzer würden, als er Grade durchlaufen hätte. Unnützes Bemühen! Ob nun der hartnäckige Bursche die Auseinandersetzung des Brigadegenerals begriff oder nicht, er blieb hartnäckig dabei, seine Uhr nicht vorzustellen, sondern sie nach wie vor nach Londoner Zeit laufen zu lassen. Eine harmlose Schrulle übrigens, die für niemand von Schaden sein konnte!

Um acht Uhr vormittags und fünfzehn Meilen noch vor Rothal machte der Zug mitten in einer Waldlichtung, die von einigen Bungalows und Arbeiterhütten umsäumt war, halt. Der Zugführer trat vor die Wagenreihe mit den Worten: »Bitte alles aussteigen!«

Phileas Fogg sah Sir Francis Cromarty an, dem ein solcher Halt mitten in einem Tamarinden- und Khajarwalde ganz unbegreiflich schien.

Passepartout war nicht weniger verwundert, rannte auf die Strecke und kam schnell mit dem Bescheide zurück:

»Gnädiger Herr! Mit der Bahn ist's hier aus!«

»Was soll das heißen?« fragte Sir Francis Cromarty.

»Nun, daß der Zug nicht weiterfährt!«

Der Brigadegeneral stieg aus. Phileas Fogg schritt hinter ihm her, ohne sich zu beeilen. Beide Herren wandten sich an den Zugführer mit der Frage: »Wo befinden wir uns jetzt?«

»Im Weiler Kholby«, antwortete der Zugführer.

»Wir bleiben also hier liegen?«

»Allerdings – die Eisenbahn ist noch nicht fertig –«

»Wieso noch nicht fertig?«

»Auf einer Strecke von fünfzig Meilen zwischen hier und Allahabad muß noch das Gleis gelegt werden. In Allahabad fährt die Bahn wieder.«

»In den Zeitungen hat aber doch gestanden, daß die Linie ganz fertiggestellt sei?«

»Ja, mein Herr, damit haben sich die Zeitungen eben geirrt.«

»Was soll das heißen? Sie gaben doch Fahrkarten von Bombay bis Kalkutta aus!« nahm Sir Francis Cromarty, der langsam in Hitze geriet, wieder das Wort.

»Zweifelsohne«, gab der Zugführer zur Antwort, »aber den Reisenden ist es doch nicht unbekannt, daß sie sich von Kholby bis Allahabad transportieren lassen müssen.«

Sir Francis Cromarty wurde wütend. Passepartout hätte den Zugführer, der doch gar nichts dafür konnte, am liebsten mit der Faust zu Boden geschlagen. Er traute sich seinen Herrn mit keinem Blicke anzusehen.

»Sir Francis«, begnügte sich Herr Fogg zu sagen, »wenn es Ihnen beliebt, so wollen wir uns über Mittel und Wege klar werden, wie Allahabad für uns zu erreichen ist.«

»Herr Fogg, es handelt sich hier um einen Aufenthalt, der sich mit Ihren Interessen absolut nicht vereinbaren läßt!«

»Keineswegs, Sir Francis, das war vorgesehen!«

»Was! Es war Ihnen bekannt, daß die Strecke …«

»In keiner Weise! Aber es war mir bekannt, daß sich früher oder später irgendein Hindernis auf meiner Reise aufrichten werde. In Gefahr gesetzt ist dadurch also nichts! Ich habe zwei Tage Vorsprung, und die kann ich opfern. Von Kalkutta nach Hongkong geht am 25. mittags ein Dampfer ab. Heute haben wir den 22. Oktober, und wir werden zur rechten Zeit in Kalkutta eintreffen.« Gegen eine mit so absoluter Bestimmtheit gegebene Antwort ließ sich nichts sagen.

Es erwies sich als richtig, daß die Eisenbahnbauten hier stockten. Mit den Zeitungen verhält es sich wie mit gewissen Uhren, die die Sucht haben vorzugehen; sie hatten die Vollendung der Strecke voreilig angezeigt. Der größeren Anzahl der Reisenden war diese Fahrtunterbrechung freilich bekannt. Sobald sie aus dem Zuge stiegen, hatten sie sich auch schon all der verschiedenen Transportgerätschaften bemächtigt, welche in dem Flecken zu haben waren, zum Beispiel vierrädrige Pallkigharis, von Zebus (eine Art Ochsen mit Höcker) gezogene Karren, Reisekutschen, die wie wandelnde Pagoden aussahen, Sänften, Ponys und so weiter. Deshalb kehrten Herr Fogg und Sir Francis Cromarty, nachdem sie die ganze Ortschaft durchstöbert hatten, zurück, ohne etwas gefunden zu haben.

»Ich werde zu Fuß gehen«, sagte Phileas Fogg.

Da trat Passepartout mit einem vielsagenden Grinsen, wobei er seine prächtigen, aber dem Zweck wenig dienlichen Babuschen ansah, zu seinem Herrn heran. Auch er war auf Entdeckung ausgezogen und sagte jetzt, allerdings ein bißchen zögernd: »Gnädiger Herr, ich habe, glaube ich, ein Transportmittel gefunden.«

»Was denn für eins?«

»Einen Elefanten! Er gehört einem Hindu, der keine hundert Schritt von hier im Quartier liegt.«

»Sehen wir uns den Elefanten an!« sagte Herr Phileas Fogg.

Fünf Minuten später gelangten Phileas Fogg, Sir Francis Cromarty und Passepartout in die Nähe einer Hütte, die an einen mit hohen Palisaden umschlossenen Weideplatz stieß. In der Hütte hauste ein Hindu; in der Einfriedung befand sich ein Elefant.

Auf ihren Wunsch führte der Hindu Herrn Fogg und seine beiden Gefährten in die Einfriedung.

Dort sahen sie sich einem halbgezähmten Tiere gegenüber, das sein Eigentümer nicht zu einem Lasttier, sondern für den Zirkus aufzog.

Kiuni, so hieß das Tier, war wie alle seine Stammesbrüder imstande, lange Strecken in schnellem Marschtempo zurückzulegen, und weil ein anderes Reittier nicht vorhanden war, entschloß sich Phileas Fogg, den Elefanten in seinen Dienst zu stellen. Aber die Elefanten sind in Indien teuer, denn sie fangen dort bereits an selten zu werden. Sie werden mit äußerster Sorgfalt gehegt, und darum bekam Herr Fogg

auf seine Frage, ob ihm der Hindu den Elefanten vermieten wolle, ein kategorisches Nein zur Antwort.

Fogg aber war zäh und bot für das Tier einen sehr hohen Preis, zehn Pfund für die Stunde. Ein kategorisches Nein. Zwanzig Pfund? Abermals nein. Vierzig Pfund? Noch immer nein. Passepartout fuhr bei jedem höheren Gebot in die Höhe. Aber der Hindu ließ sich nicht unterkriegen. Dabei war es ein stattliches Sümmchen. Angenommen, daß der Elefant fünfzehn Stunden brauchte bis Allahabad, so brachte er seinem Herrn und Eigentümer nicht weniger als sechshundert Pfund ein!

Phileas Fogg machte nunmehr, ohne sich irgendwie zu alterieren, dem Hindu das Anerbieten, ihm das Tier abzukaufen, und bot ihm zuerst einen Preis von 1000 Pfund.

Sir Francis Cromarty nahm Herrn Fogg beiseite und forderte ihn auf, sich die Sache wohl zu überlegen, bevor er sich weiter einließe. Phileas Fogg antwortete seinem Gefährten, es läge nicht in seiner Gewohnheit, ohne Überlegung zu handeln, wenn es sich um den Ausgang einer Wette im Betrage von 20.000 Pfund handelte! Der Elefant sei eben unentbehrlich für seine Zwecke und deshalb würde er ihn in seinen Besitz bringen, und wenn er auch seinen Wert zwanzigfach bezahlen solle!

Herr Fogg trat nun wieder zu dem Hindu, dessen kleine, vor Habgier entbrannten Augen deutlich verrieten, daß es sich bei ihm nur um eine Preisfrage handle. Phileas Fogg bot 1200 Pfund, dann 1500, dann 1800, schließlich 2000 Pfund. Passepartout, der doch sonst immer ein rotes Gesicht hatte, war durch die Aufregung kreidebleich geworden.

Bei 2000 Pfund streckte der Hindu die Waffen.

»Bei meinen Babuschen!« rief Passepartout, »ein schöner Preis für Elefantenfleisch!«

Der Handel wurde abgeschlossen. Es handelte sich noch darum, einen Führer zu finden. Das war leichter. Ein junger Parse mit klugem Gesicht bot seine Dienste an. Herr Fogg mietete ihn und versprach ihm eine hohe Prämie außerdem – ein Umstand, der die Klugheit des Parsen nur erhöhen konnte.

Der Elefant wurde ohne Säumen aus der Einfriedung geführt und aufgeschirrt. Der Parse verstand sich auf das Handwerk eines »Mahut« oder Kornaks ausgezeichnet. Über den Rücken des Tieres legte er eine Art Sattel – rechts und links hing er zwei Dinger in Form von Tragkörben über die Hüften, die allerdings nichts weniger als bequem zu sein schienen.

Phileas Fogg bezahlte den Hindu mit Banknoten, die aus dem bekannten Reisesack hervorgeholt wurden. Es schien wahrhaftig so, als wenn man sie Passepartout aus den Eingeweiden herauszöge. Dann machte Herr Fogg Sir Francis Cromarty das Anerbieten, ihn mit zur Station Allahabad zu schaffen. Der Brigadegeneral nahm das Anerbieten mit Dank an.

Ein Reisender mehr war keine Verschärfung der Last für das gewaltige Tier.

Nun wurde Proviant eingekauft. Sir Francis Cromarty nahm in dem einen, Phileas Fogg in dem andern Tragkorb Platz. Passepartout setzte sich mit gespreizten Beinen in den Sattel des Elefanten neben seinen Herrn, und um 9 Uhr verließ das Tier den kleinen Flecken und galoppierte mitten hinein in den dichten Platanenwald.

12

Phileas Fogg und seine Gefährten wagen sich quer durch die indischen Wälder, und was daraus entsteht

Der Kornak oder Führer ließ in der Absicht, die Strecke abzukürzen, die Bahnlinie, an welcher noch gearbeitet wurde, rechts liegen. Die unberechenbaren Abzweigungen und Verästelungen des Windhiagebirges machten der Bahnbauleitung außerordentlich große Schwierigkeiten. Die Linie verfolgte indessen nicht den kürzesten Weg, dessen Wahl aber im Interesse des Herrn Phileas Fogg lag. Der mit allen Wegen und Pfaden des Landes vertraute Parse behauptete, zwanzig Wegstunden abzuschneiden, wenn er quer durch den Wald ritt, und man stimmte ihm bei.

Phileas Fogg und Sir Francis Cromarty, die bis an den Hals in ihren Tragkörben steckten, wurden durch den kurzen Trab des Elefanten stark zusammengerüttelt. Aber sie ertrugen ihre Lage mit dem höchsten Maße britannischen Phlegmas, unterließen es indessen, viel miteinander zu schwatzen, und sahen einander kaum recht an.

Der auf dem Rücken des Tieres postierte und den Stößen und Gegenstößen unmittelbar ausgesetzte Passepartout hütete sich zunächst sehr davor, einer Empfehlung seines Herrn gefügig zu sein und seine Zunge zwischen den Zähnen zu halten, denn wenn er das getan hätte, so wäre ihm die Zunge sicher kurz und klein geschnitten worden. Da wackere Geselle, der bald nach vorn auf den Hals des Elefanten, bald nach hinten aufs Rückenteil geschleudert wurde, voltigierte wie ein Clown auf einem Trommelständer. Aber er riß seine Witze dabei, lachte mitten in seinen Karpfensprüngen wie ein Narr und langte hin und wieder aus seinem Fortunatussäckel ein Stück Zucker herauf, das der kluge Kiuni mit dem Ende seines Rüssels faßte, ohne seinen unregelmäßigen Trab auch nur auf einen Augenblick zu unterbrechen.

Nach zwei Marschstunden ließ der Führer den Elefanten haltmachen und gönnte ihm eine Stunde Ruhe. Das Tier verschlang Äste und Zweige, nachdem es vorher in einem nahen Wasserloch ausgiebig getrunken hatte.

Sir Francis Cromarty beklagte den Aufenthalt nicht im geringsten. Er fühlte sich wie zerschlagen. Herrn Fogg schien es nicht anders zumute zu sein, als wenn er aus seinem Bett gestiegen wäre.

»Aber ist denn der Mensch aus Eisen!« rief der Brigadegeneral, indem er ihn voller Bewunderung ansah.

»Aus Schmiedeeisen«, erwiderte Passepartout, der sich mit der Zubereitung des Frühstücks beschäftigte.

Um Mittag gab der Führer das Signal zum Aufbruch. Die Gegend nahm bald ein sehr wildes Aussehen an. Auf die großen Wälder folgte Tamarinden- und Zwergpalmengehölz, dann führte der Weg durch breite dürre Ebenen, die mit magerem Gestrüpp bestanden waren, durchsetzt mit mächtigen Syenitblöcken. Dieser Teil des Bundelkund wird von Reisenden wenig besucht und ist von einer fanatischen Bevölkerung bewohnt, deren Geist sich in den schrecklichsten Bräuchen der Hindureligion unsäglich verhärtet.

Zu verschiedenen Malen erblickte man Scharen von wilden Hindus, die mit zornigen Gebärden dem raschen Vierfüßler nachblickten. Der Parse ging ihnen aus dem Weg, denn er hielt sie mit Recht für Leute, mit denen nicht gut Kirschen essen wäre. Tiere sah man tagsüber nur wenig, hin und wieder einmal ein paar Affen, die sich mit tausenderlei Verrenkungen und Grimassen aus dem Staube machten. Passepartout machten die Kerle einen Heidenspaß.

61

Ein Gedanke bereitete dem wackeren Burschen recht viel Sorge. Nämlich, was Herr Fogg mit dem Elefanten anfangen würde, wenn sie Allahabad erreicht haben würden. Ob er ihn mitnehmen würde? Das war doch unmöglich! Kamen zu dem Kaufpreis noch Transportkosten hinzu, so mußte das Tier ja zu einem höchst waghalsigen Finanzobjekt werden! Ob er ihn verkaufen oder wieder in Freiheit setzen würde? Dieses schätzenswerte Tier verdiente ganz gewiß, daß ihm Rücksichten erwiesen würden. Sollte Herr Fogg etwa ihm, Passepartout, ein Geschenk damit machen, so würde ihn das in starke Verlegenheit gesetzt haben. Diese Sache ließ ihm keine Ruhe.

Um 8 Uhr abends war die Hauptkette des Windhiagebirges überschritten, und die Reisenden machten am Fuße des westlichen Abhanges in einem verfallenen Bungalow halt.

Die an diesem Tage zurückgelegte Strecke betrug etwa 25 englische Meilen, und genau ebensoviel Meilen waren noch bis Allahabad zurückzulegen.

Es war eine kalte Nacht. Der Parse machte in dem Bungalow aus trockenen Zweigen ein Feuer an, dessen Wärme wohltuend empfunden wurde. Das Abendessen bestand aus Vorräten, die man in Kholby eingekauft hatte. Die Unterhaltung wurde nur bruchstückweise geführt und bald durch tiefes Schnarchen ersetzt. Der Kornak wachte neben Kiuni, der im Stehen an den Stamm eines mächtigen Baumes gelehnt schlief.

Kein Zwischenfall störte die nächtliche Ruhe. Hin und wieder hörte man Gebrüll von einem Panther oder einem Leoparden; dazwischen mischte sich das Geschrei von Affen. Aber die Fleischfresser ließen es mit dem Gebrüll genug sein und versuchten keinerlei feindliche Demonstrationen gegen die Insassen des Bungalows. Sir Francis Cromarty schlief fest und schwer wie ein von Anstrengung zerschlagener Soldat. Passepartout schlief unruhig und fing im Traume Kobolz zu schießen an, genauso wie im wachen Zustande. Herr Fogg ruhte genau so friedlich und ruhig, als wenn er in seinem stillen Hause der Saville-Row geweilt hätte.
Um 6 Uhr früh machte man sich auf den Marsch. Der Kornak hoffte am Abend Allahabad zu erreichen. Herr Fogg würde dann nur einen geringen Teil des Vorsprunges von 48 Stunden eingebüßt haben, den er seit dem Beginn der Reise gewonnen hatte.
Man stieg die letzten Hänge des Windhias herab. Kiuni hatte ein rasches Tempo eingeschlagen. Um die

Mittagszeit erreichte der Kornak den Marktflecken Kallenger, am Cani gelegen, einem Nebenfluß des Ganges. Er ging den bewohnten Ortschaften immer aus dem Wege, weil er sich auf dem freien unbewohnten Lande, das die ersten Niederungen des großen Flußbeckens bezeichnete, sicherer fühlte. Allahabad lag keine zwölf Meilen mehr weit in nordöstlicher Richtung. Unter einem Bananengebüsch wurde haltgemacht. Die Früchte, so gesund wie Brot und so wohlschmeckend süß wie Manna – meinten die Reisenden – wurden mit Wohlbehagen verzehrt.

Um 2 Uhr trat der Kornak unter das Gewölbe eines sehr dichten Waldes, der auf einer Strecke von mehreren Meilen durchzogen werden mußte. Unter solchem Schutz zu reisen, war ihm offenbar lieber. Jedenfalls hatte er bislang kein einziges unangenehmes Begebnis erlebt, und es gewann den Anschein, als ob die Reise sich ohne Unfälle vollziehen sollte. Da blieb der Elefant plötzlich mit Anzeichen von Unruhe stehen.

Es war grade 4 Uhr.

»Was gibt's denn?« fragte Sir Francis Cromarty, den Kopf aus seinem Tragkasten heraussteckend.

»Kann nichts sagen, Herr Offizier«, erwiderte der Parse, indem er nach einem wirren Gemurmel hinhörte, das zwischen den dichten Zweigen hervordrang.

Kurze Zeit nachher vernahm man das Gemurmel deutlicher. Es hörte sich an wie ein Konzert, in weiter Ferne, von menschlichen Stimmen und kupfernen Instrumenten veranstaltet.

Passepartout war ganz Auge und Ohr. Herr Fogg wartete mit Geduld und sprach kein einziges Wort.

Der Parse sprang zur Erde, band den Elefanten an einen Baum und drang in das dichte Gebüsch vor. In wenigen Minuten kam er wieder und rief:

»Eine Prozession von Brahmanen, die ihren Weg nach dieser Richtung hin nimmt. Wenn möglich, wollen wir es vermeiden, gesehen zu werden.«

Der Kornak band den Elefanten los und führte ihn in ein Gestrüpp. Den Reisenden legte er ans Herz, keinen Fuß aus ihren Körben zu setzen. Er selbst hielt sich in Bereitschaft, sofort auf das Tier zu springen, sobald die Flucht notwendig werden sollte. Aber er war der Meinung, die Schar der Gläubigen würde vorbeiziehen, ohne ihn gewahr zu werden, denn das dichte Laub versteckte ihn vollständig.

Das wirre Getöse von Stimmen und Instrumenten kam näher. Eintöniger Gesang mischte sich in den Schlag von Trommeln und Zimbeln. Bald wurde die Spitze des Zuges unter den Bäumen sichtbar in einer Entfernung von etwa fünfzig Schritt von dem Platze, den Herr Fogg mit seinen Gefährten innehatte. Unschwer unterschieden sie durch die Zweige die merkwürdige Zusammensetzung dieses religiösen Schauspiels.

Im ersten Glied zogen Priester, die Mitra auf dem Haupte, und mit langen karierten Gewändern bekleidet. Sie waren umringt von Männern, Weibern, Kindern, die eine Art Todespsalm zu singen schienen, der in gleichen Pausen von Trommel- und Zimbelschlägen unterbrochen wurde. Hinter ihnen erschien auf einem breiträdrigen Karren, desssen Balken und Spanten ein Gewirr von Schlangenleibern zeigte, eine abscheuliche Standfigur, von einem Doppelgespann von reich aufgeschirrten Zebus gezogen. Diese Figur hatte vier Arme, der Leib war mit grellem Rot angestrichen, die Augen lagen tief in ihren Höhlen, das Haar hing wirr am Kopf herum, die Zunge hing weit heraus, die Lippen waren mit Henna und Betel bemalt. An ihrem Hals hing ein Schmuck aus Totenköpfen, um ihre Hüften lag ein Gurt aus abgehauenen Händen. Sie stand auf einem Riesenleibe, dem der Kopf abgeschlagen war.

Sir Francis Cromarty kannte diese Standfigur.

»Die Göttin Khali«, murmelte er, »die Göttin der Liebe und des Todes!«

»Des Todes, will ich zugeben – aber Liebe? Nie und nimmer!« meinte Passepartout. »So eine greuliche Fratze!«

Um die Standfigur herum wand und drehte und wälzte sich eine Schar alter Fakire, die mit ockerfarbigen Streifen zebraartig bemalt und mit Einschnitten in kreuzweisen Formen bedeckt waren, aus denen das Blut herniedertropfte – verrückte Kerle, die sich bei den großen Zeremonien des Hinduglaubens sogar unter die Räder des Jaggernautwagens werfen.

Hinter ihnen schleppten ein paar Brahmanen in all der großartigen Pracht ihrer orientalischen Kostüme ein Weib, das sich kaum auf den Füßen halten konnte.

Es war ein junges Weib und weiß wie eine Tochter Europas. Kopf, Hals, Schultern, Ohren, Arme, Hände, Gelenke waren mit Juwelen, Halsbändern, Armbändern, Schnallen und Ringen überladen. Eine goldgestickte Tunika, von leichter Musselinhülle verdeckt, zeigte die Umrisse ihres Wuchses.

Hinter diesem jungen Weibe – ein gräßlicher Kontrast fürs Auge – trugen Wächter, mit blanken Säbeln und langen damaszierten Pistolen im Gürtel, auf einer Sänfte eine Leiche. Es war die Leiche eines Greises, bekleidet mit all dem verschwenderischen Putz eines Rajahs. Wie im Leben trug die Leiche den mit Perlen gestickten Turban auf dem Haupte, den Leib bedeckte das Gewand aus Seide und Gold, gehalten von dem mit Diamanten besetzten Kaschmirgürtel, in welchem die prächtigen Waffen der indischen Fürstengeschlechter steckten.

Dann folgten Musikanten, und den Schluß des Zuges bildeten Fanatiker, die mit ihrem Geschrei zuweilen den betäubenden Lärm der Instrumente übertönten.

Sir Francis Cromarty betrachtete diese ganze Pracht mit einer Miene tiefer Betrübnis, und zu dem Kornak sich wendend, sagte er: »Eine Sutty!«

Der Parse nickte zustimmend und legte den Finger an die Lippen. Der lange Zug bewegte sich langsam unter den Bäumen hin; aber bald verschwanden die letzten Reihen desselben in der Tiefe des Waldes.

Nach und nach verstummten die Gesänge. Nur noch ein paarmal klang wildes Geschrei aus der Ferne herüber.

Phileas Fogg hatte das von Sir Francis Cromarty zu dem Kornak gesagte Wort gehört, und kaum war die Prozession aus der Sehweite verschwunden, so fragte er: »Was bedeutet das Wort Sutty?«

»Ein Menschenopfer, Herr Fogg, aber eines aus freiem Willen«, antwortete der Brigadegeneral. »Das Weib, das Sie eben gesehen haben, soll morgen in den frühesten Tagesstunden verbrannt werden.«

»Ha! Diese Halunken!« rief Passepartout, der seinen Unwillen nicht meistern konnte.

»Und der Leichnam?« fragte Herr Fogg.

»Ist der des Fürsten, ihres Mannes«, erwiderte der Kornak, »eines unabhängigen Rajah aus dem Bundelkund.«

»Was?« rief Phileas Fogg, ohne daß jedoch seine Stimme die geringste Erregung verriet – »diese barbarischen Sitten bestehen noch immer in Indien? Und die Engländer sind nicht imstande gewesen, sie auszurotten?«

»Im größeren Teil des indischen Reiches«, gab Sir Francis Cromarty zur Antwort, »finden diese Menschenopfer nicht mehr statt; aber über diese wilden Gebiete und ganz besonders auf das Landgebiet des Bundelkund haben wir gar keinen Einfluß. Der ganze nördliche Rücken des Windhiagebirges ist der Schauplatz unaufhörlicher Mordtaten.«

»Die Unglückliche!« flüsterte Passepartout – »lebendig verbrannt!«

»Ja«, nahm der Brigadegeneral das Wort, »verbrannt! Und wenn sie nicht verbrannt würde, so würde sie ein elendes Leben, verstoßen von ihrer Verwandtschaft, führen, von dem Sie sich keine Vorstellung machen können. Man würde ihr das Haar scheren, würde sie kaum mit einer Handvoll Reis füttern; würde sie herumstoßen und von der Schwelle jagen; sie würde als unrein gelten und in irgendeinem Winkel krepieren müssen wie ein räudiger Hund. Diese Aussicht auf ein so furchtbares Leben treibt deshalb diese Unglücklichen häufig zum Flammentod, weit häufiger als die Liebe oder der religiöse Fanatismus. Zuweilen aber geschieht der Opfertod auch aus freiem Willen, und es bedarf der tatkräftigen Einmischung der Regierung, um ihn zu verhindern. Als ich vor wenigen Jahren in Bombay meinen Amtssitz hatte, richtete eine junge Witwe die Bitte an den Gouverneur um die Ermächtigung, sich mit der Leiche ihres Mannes verbrennen zu lassen. Wie Sie wohl denken können, verweigerte der Gouverneur diese Ermächtigung. Daraufhin flüchtete die Witwe zu einem unabhängigen Rajah, um bei ihm den Opfertod zu erleiden.«

Der Kornak schüttelte zu der Erzählung des Brigadiers den Kopf und sagte, als er fertig war: »Der morgige Opfertod ist kein freiwilliger!«

»Wieso? Woher wissen Sie das?«

»Die Sache ist in ganz Bundelkund bekannt genug«, erwiderte der Führer.

»Aber die Unglückliche schien doch keinen Widerstand zu leisten«, bemerkte Sir Francis Cromarty.

»Weil man sie mit dem Rauch von Hanf und Opium berauscht hat«, erklärte der Kornak.

66

»Aber wohin führt man sie denn?«

»In die Pagode von Pill-aji, zwei Meilen von hier. Dort wird sie die Nacht zubringen und ihrer Todesstunde harren.«

»Und wann soll das Opfer stattfinden?«

»Morgen beim ersten Tagesgrauen.«

Nach dieser Antwort führte der Führer den Elefanten aus dem dichten Gehölz und schwang sich auf seinen Hals. Aber in dem Augenblick, wo er ihn durch einen besonderen Pfiff anspornen wollte, tat ihm Herr Fogg Einhalt, um an Sir Francis Cromarty die Frage zu richten:

»Was meinen Sie dazu, wenn wir dieses Weib retten?«

»Dieses Weib vom Tode retten? Aber, Herr Fogg!« rief der Brigadegeneral.

»Zwölf Stunden Vorsprung habe ich noch. Ich kann sie dieser Rettung opfern.«

»Auf Ehre! Sie haben also doch ein Herz im Leibe!« rief Sir Francis Cromarty.

»Bisweilen«, versetzte Phileas Fogg gelassen – »wenn ich Zeit dazu habe.«

13

Passepartout erbringt einen weiteren Beweis dafür,
daß das Glück dem Kühnen hold ist

Die Absicht war kühn; große Schwierigkeiten standen ihrer Ausführung im Wege, machten dieselbe vielleicht unmöglich. Herr Fogg konnte sein Leben oder zum mindesten seine Freiheit, demnach das Gelingen all seiner Pläne aufs Spiel setzen, aber er zauderte nicht. Im übrigen fand er in Sir Francis Cromarty einen energischen Bundesgenossen. Passepartout war wie immer bereit und zur Verfügung. Der Plan seines Herrn setzte ihn in Begeisterung. Er fühlte, daß unter dieser eisigen Hülle ein Herz, eine Seele lebte. Er schloß Herrn Phileas Fogg tief in sein Herz.

Es fragte sich also nur, wie sich der Kornak zu verhalten gedächte? Welchen Entschluß er in diesem Falle fassen würde? Nun, wenn auf seine Beihilfe nicht zu rechnen war, so mußte man sich zum mindesten doch seiner Neutralität versichern!

Sir Francis Cromarty legte ihm offen die Frage vor.

»Herr Offizier«, antwortete der Führer, »ich bin ein Parse, und dieses Weib ist eine Parsin. Gebieten Sie über mich!«

»Recht so, Führer«, sagte Herr Fogg.

»Auf alle Fälle müssen Sie wissen«, erwiderte der Parse, »daß wir nicht nur unser Leben, sondern gräßliche Martern riskieren, wenn wir ergriffen werden. Sehen Sie sich also vor!«

»Der Fall ist vorgesehen«, antwortete Herr Fogg. »Ich denke, wir warten die Nacht ab, bevor wir handeln?«

»Das denke ich auch«, antwortete der Führer.

Der wackere Hindu erzählte nun einiges über das Opfer. Es war ein Hindumädchen von berühmter Schönheit, parsischen Stammes und die Tochter reicher Kaufleute in Bombay. In dieser Stadt hatte sie eine ganz englische Erziehung genossen und ihren Manieren, ihrer Bildung nach hätte man sie für eine Europäerin halten müssen. Ihr Name war Auda.

Als Waise war sie wider ihren Willen mit diesem alten Rajah des Bundelkund verheiratet worden. Ein Vierteljahr darauf war sie verwitwet. Sie kannte das Schicksal, das ihrer wartete, und entfloh, wurde aber bald ergriffen, und die Verwandten des Rajah, die ein Interesse an ihrem Tode hatten, weihten sie jenem Tode, von dem es kein Entrinnen für sie zu geben schien.

Diese Erzählung konnte Herrn Fogg und seine Kameraden in ihrem hochherzigen Beschlusse nur bestärken. Es wurde beschlossen, daß der Kornak den Elefanten zur Pagode von Pill-aji lenken und sich so nahe wie möglich heranbegeben solle.

Nach einer halben Stunde wurde unter einem Gebüsch, fünfhundert Schritte von der Pagode, die man ganz genau sehen konnte, haltgemacht. Das Geheul der Fanatiker war deutlich zu hören.

Nun wurden die Mittel und Wege erörtert, zu dem dem Feuertode geweihten Weibe zu gelangen. Der Führer kannte die Pagode. War es möglich, zu einem Tor einzudringen, wenn die ganze Schar im trunkenen Schlafe läge? Oder würde man ein Loch in eine Mauer schlagen müssen? Darüber konnte man sich erst im Augenblick des Handelns und am Ort der Handlung schlüssig werden. Was aber über jedem Zweifel stand, war, daß die Befreiung des Weibes noch in dieser Nacht geschehen mußte und nicht erst am andern Tage, wenn sie zum Opfertode geführt wurde. Dann hätte sie keine menschliche Macht mehr zu retten vermocht.

Herr Fogg und seine Kameraden warteten den Eintritt der Nacht ab. Sobald ihre Schatten sich niedersenkten, in der sechsten Abendstunde, beschlossen sie, das Terrain um die Pagode zu rekognoszieren. Das letzte Geschrei der Fakire war verstummt. Ihrer Gewohnheit gemäß mußten diese Hindus in dem schweren Rausch des »Hang« – flüssigen, mit einem Hanfaufguß vermischten Opiums – versunken sein, und in diesem Falle dürfte es für die Freunde des Opfers nicht unmöglich sein, sich bis zum Tempel hinzuschleichen.

Der Parse, der Herrn Fogg, Sir Francis Cromarty und Passepartout als Führer voranschritt, nahm seinen Weg geräuschlos durch den Wald. Nachdem sie zehn Minuten unter den Zweigen entlanggekrochen waren, kamen sie an das Ufer eines kleinen Flusses, und dort erblickten sie im Scheine von mächtigen Pechfackeln einen Haufen von aufgeschichtetem Holz. Es war der Scheiterhaufen, aus kostbarem Sandelholz errichtet und schon getränkt mit wohlriechenden Ölen. Auf seinem oberen Teil ruhte der einbalsamierte Leichnam des Rajah, der in Gemeinschaft mit seiner Witwe verbrannt werden sollte. Hundert Schritte von dem Scheiterhaufen entfernt erhob sich die Pagode, deren Minaretts im nächtlichen Schatten über die Wipfel der Bäume ragten.

»Kommt!« sagte der Führer leise.

Mit doppelter Vorsicht, gefolgt von seinen Gefährten, glitt er still und schweigsam durch die hohen Kräuter.

Bloß das Säuseln des Windes in den Ästen und Zweigen unterbrach die tiefe Stille. Bald machte der Führer halt am äußersten Ende einer Lichtung. Ein paar Fackeln erhellten die Stelle. Auf dem Boden lagen Gruppen von trunkenen Schläfern herum. Es sah fast aus wie ein von Toten bedecktes Schlachtfeld. Männer, Weiber, Kinder, alles in wüstem Durcheinander. Ein paar Betrunkene schnarchten hier und dort.

Im Hintergrunde, zwischen den hohen Bäumen, erhob sich in unklaren Umrissen der Tempel von Pill-aji. Aber zur großen Enttäuschung des Führers wachten vor den Toren, beschienen von mächtigen Fackeln, die Soldaten des Rajah und marschierten mit blanken Säbeln auf und ab. Es war also anzunehmen, daß im Innern der Pagode die Priester gleichfalls wachten.

Der Parse tat keinen Schritt weiter vorwärts. Er hatte die Unmöglichkeit erkannt, in das Innere des Tempels zu gelangen, und führte seine Gefährten wieder zurück.

Phileas Fogg und Sir Francis Cromarty hatten so gut wie er begriffen, daß sich nach dieser Seite hin nichts unternehmen ließ. Sie machten halt und berieten leise.

»Warten wir«, sagte der Brigadegeneral, »es ist noch nicht acht Uhr. Möglich, daß die Wachen dem Schlafe erliegen.«

»Unmöglich ist das allerdings nicht«, antwortete der Parse.

Phileas Fogg und seine Kameraden streckten sich nun am Fuße eines Baumes hin und warteten.

Die Zeit wurde ihnen furchtbar lang. Der Führer ließ sie zuweilen allein, um den Waldessaum zu beobachten. Die Soldaten des Rajah waren noch immer munter. Die Fackeln brannten noch immer. Durch die Fenster der Pagode drang matter Schein.

Man wartete also bis Mitternacht. Die Sachlage veränderte sich nicht. Draußen dieselbe strenge Wache wie bisher. Es war klar, auf den Schlaf der Wachen durfte man nicht rechnen. Der Rausch des »Hang« war ihnen wahrscheinlich erspart worden. Man mußte also anders vorgehen und durch eine in die Mauern der Pagode gegrabene Öffnung eindringen. Nun war noch die Frage offen, ob die Priester bei ihrem Opfer mit dem gleichen Eifer wachen mochten wie die Soldaten an der Pforte des Tempels.

Nach einer letzten Rücksprache erklärte sich der Kornak zum Aufbruch bereit. Herr Fogg, Sir Francis und Passepartout folgten ihm. Um die Pagode am oberen Ende zu erreichen, machten sie einen ziemlich weiten Umweg.

70

Eine halbe Stunde nach Mitternacht gelangten sie an den Fuß der Mauern, ohne jemand begegnet zu sein. Nach dieser Seite hin waren keine Wachen aufgestellt, aber hier waren weder Fenster noch Türen vorhanden.

Es war finstere Nacht. Der Mond, der in seinem letzten Viertel stand, stieg kaum über den Horizont herauf. Dichtes Gewölk umlagerte ihn. Die hohen Bäume verdichteten noch die Finsternis.

Aber daß man zum Fuße der Mauern gelangt war, reichte nicht aus; es galt noch, eine Öffnung in sie zu schlagen. Zu diesem Beginnen hatten Fogg und seine Kameraden kein anderes Werkzeug zur Verfügung als ihre Taschenmesser. Zum Glück für sie bestanden die Wände des Tempels aus einem Gemisch von Ziegelsteinen und Holz. War erst einmal ein Ziegel ausgehoben, so durften die anderen keine große Mühe mehr machen.

Man machte sich ans Werk mit so wenig Geräusch wie möglich. Der Parse auf der einen, Passepartout auf der anderen Seite arbeiteten an der Aushebung der Ziegel, um auf diese Weise zu einer Öffnung von etwa zwei Fuß im Umfang zu gelangen.

Die Arbeit rückte vorwärts, als sich plötzlich ein lautes Geschrei im Innern des Tempels erhob, auf das fast im gleichen Augenblick mit Geschrei von draußen her geantwortet wurde.

Passepartout und der Kornak ließen ihre Arbeit ruhen. Hatte man sie bemerkt? War Alarm geschlagen worden? Die Klugheit gebot ihnen, sich zu entfernen – das taten sie auch. Sie verkrochen sich von neuem in das Dickicht, um abzuwarten, ob der Alarm, wenn es ein solcher war, sich beruhigen würde – aber in Bereitschaft, ihr Werk sofort wiederaufzunehmen.

Indessen spielte ihnen das Schicksal einen bösen Streich. Am oberen Ende der Pagode erschienen Wachen und stellten sich dort so auf, daß keine Annäherung mehr möglich war.

Die Enttäuschung zu beschreiben, die sich nunmehr dieser vier Männer bemächtigte, als sie sich in ihrem Werk vollständig behindert sahen, würde eine schwere Sache sein. Da sie nun nicht mehr zu dem Opfer gelangen konnten, wie würden sie es retten können?

Sir Francis Cromarty ballte die Fäuste. Passepartout war außer sich, und der Kornak konnte ihn kaum zurückhalten. Der unerschütterliche Fogg wartete, ohne seine Empfindungen an den Tag zu legen.

»Wir brauchen nun doch bloß weiterzureisen?« fragte der Brigadegeneral mit leiser Stimme.

»Natürlich brauchen wir bloß noch weiterzureisen«, antwortete der Führer.

»Halt«, sagte Fogg. »Vorläufig brauche ich vor morgen mittag nicht in Allahabad zu sein.«

»Aber worauf hoffen Sie noch?« antwortete Sir Francis Cromarty – »in wenigen Stunden bricht der Tag an.«

»Der glückliche Zufall, der uns bis jetzt geflohen hat, kann sich im letzten Augenblick darbieten.«

Der Brigadegeneral hätte gar zu gern in den Augen von Phileas Fogg gelesen.

Worauf rechnete denn dieser kalte Sohn Albions noch? Wollte er sich in dem Augenblick, als der Opfertod erfolgen sollte, auf die junge Frau stürzen und sie den Armen ihrer Henker entwinden?

Das wäre ja heller Wahnsinn gewesen. Und wie ließ sich annehmen, daß dieser Mensch verrückt sein würde bis zu diesem Grade? Nichtsdestoweniger erklärte sich Sir Francis Cromarty damit einverstanden, bis zum Ausgang des schrecklichen Auftritts zu warten. Auf alle Fälle hielt es der Kornak für angezeigt, seine Gefährten nicht an dem Platz zu lassen, wohin sie sich geflüchtet hatten, sondern er führte sie bis zu der Lichtung.

71

Dort konnten sie unter dem Schutze eines Baumdickichts die im Schlafe liegenden Gruppen unter Beobachtung halten.

In Passepartout aber gärte, während er auf den vordersten Zweigen eines Baumes hockte, eine Idee, die ihm erst wie ein Blitz durch den Kopf geschossen war und sich jetzt in seinem Gehirn festzunisten schien.

Er hatte zuerst gesagt: »Welch ein Wahnsinn!« Jetzt aber wiederholte er: »Nun, warum denn schließlich nicht? Schließlich ist's doch eine Möglichkeit! Vielleicht die einzige! Und solchem vertierten Gesindel gegenüber …«

Eine andere Form gab Passepartout seinen Gedanken jedenfalls nicht, sondern schlüpfte statt dessen mit der Geschmeidigkeit einer Schlange über die niedrigen Zweige des Baumes, die mit ihren äußersten Enden bis auf den Boden hinunter reichten.

Die Stunden verflossen, und bald kündigten einige hellere Schattierungen den Anbruch des Tages an. Aber tiefe Finsternis herrschte deshalb noch immer.

Das war der Augenblick. In dieser verschlafenen Menschenmenge vollzog sich etwas wie eine gemeinsame Auferstehung. In die Gruppe kam Leben. Trommelschläge ertönten. Gesang und Geschrei brach von neuem aus. Die Stunde war gekommen, in der die Unglückliche sterben sollte.

Jetzt öffneten sich die Tore der Pagode. Ein hellerer Lichtschein drang aus dem Innern. Herr Fogg und Sir Francis Cromarty konnten das Opfer sehen, das hell vom Lichtschein beleuchtet, von drei Priestern hinausgeschleppt wurde.

Es kam ihnen sogar vor, als ob die Unglückliche, von einem äußersten Maß von Erhaltungsinstinkt getrieben, die Betäubung ihres künstlichen Rausches von sich zu schütteln und ihren Henkern zu entrinnen suchte. Sir Francis Cromarty hüpfte das Herz im Leibe; krampfhaft griff er nach Phileas Foggs Hand und fühlte, daß in dieser Hand ein offenes Messer ruhte.

In diesem Augenblick geriet Leben in die Menge. Die junge Frau war in jene Starrheit zurückgesunken, die vom Rauche des Hanfes bewirkt wird. Sie schritt durch die Reihen der Fakire, die sie mit ihren religiösen Ausrufungen begleiteten.

Phileas Fogg und seine Gefährten mischten sich unter die hinterste Reihe der Menge und folgten ihr.

Zwei Minuten später gelangten sie an das Ufer des Flusses und blieben etwa fünfzig Schritt von dem Scheiterhaufen entfernt stehen, auf dem der Leichnam des Rajah lag. Im Halbdunkel sahen sie das dem Tode geweihte Opfer im Zustand völliger Teilnahmslosigkeit neben dem Leichnam ihres Ehemannes liegen.

Dann wurde eine Fackel an den Holzstoß gehalten und das mit Öl getränkte Holz flammte im Nu auf.

In diesem Augenblick packten Sir Francis Cromarty und der Kornak Herrn Phileas Fogg, der sich in einem Augenblick edelmütiger Narrheit nach dem Scheiterhaufen hinstürzen wollte …

Aber schon hatte Phileas Fogg sie zurückgestoßen, als sich die Bühne plötzlich veränderte. Ein entsetzliches Geschrei erhob sich. Die ganze Menschenmasse stürzte, von Entsetzen geschlagen, zu Boden.

War denn der alte Rajah nicht tot? Daß man ihn plötzlich sich aufrichten sah gleich einem Gespenst? Daß man ihn das junge Weib in seine Arme heben und mitten durch die Rauchwirbel, die ihm ein überirdisches Aussehen gaben, vom Scheiterhaufen niedersteigen sah?

Die Fakire, die Soldaten, die Priester, von jähem Entsetzen geschlagen, lagen mit dem Gesicht auf der Erde und wagten es nicht, die Augen zu erheben und ein solches Wunder zu betrachten!

Das leblose Opfer lag in den kräftigen Armen, die es trugen, als ob es absolut keine Last für sie wäre. Herr Fogg und Sir Francis Cromarty blieben wie angewurzelt ste-

hen. Der Parse hatte das Haupt geneigt, und Passepartout war ohne Zweifel nicht minder versteinert! ...
Jener Wiederauferstandene gelangte jetzt dicht an die Stelle, wo Herr Fogg und Sir Francis Cromarty standen, und dort rief er mit scharfer Stimme:
»Hinweg!«
Passepartout selbst war es, der mitten durch den dichten Qualm zum Scheiterhaufen hin gerutscht war! Passepartout war es, der unter Benutzung der noch herrschenden Dunkelheit das junge Weib dem Tode entrissen hatte! Passepartout war es, der seine Rolle mit Kühnheit und Glück gespielt hatte und inmitten des allgemeinen Entsetzens als Sieger hervorging!
Im nächsten Augenblick schon waren alle vier mit ihrer schönen Last im Walde

verschwunden, und der Elefant führte sie im raschesten Trabe von dannen. Aber hinter ihnen her ertönte Geschrei und Gebrüll, und eine Kugel durchlöcherte Herrn Fogg den Hut zum Zeichen dafür, daß ihre List entdeckt worden war.

Jetzt sah man auf dem flammenden Scheiterhaufen deutlich die Umrisse der Leiche des alten Rajah. Die von ihrem Entsetzen befreiten Priester hatten eingesehen, daß soeben eine Entführung stattgefunden hatte.

Im Nu hatten sie sich in den Wald gestürzt. Die Soldaten waren ihnen gefolgt. Sie schossen hinter den Entführern her.

Die flohen aber mit rasender Eile und waren in wenigen Minuten aus dem Bereiche der Kugeln und Pfeile heraus.

14
Phileas Fogg befährt das wunderbare Tal des Ganges in seiner vollen Länge, ohne es auch nur zu sehen

Die kühne Entführung war also geglückt. Eine Stunde nachher noch lachte Passepartout über seinen brillanten Erfolg. Sir Francis Cromarty hatte dem unerschrockenen Burschen die Hand gedrückt. Sein Herr hatte »Recht so!« zu ihm gesagt, was in dem Munde dieses Herrn gleichbedeutend war mit einer langen Lobrede. Passepartout hatte darauf geantwortet, daß die ganze Ehre der Aktion seinem Herrn gehöre. Er hatte ja doch nur einen »tollen Einfall« gehabt und lachte noch bei dem Gedanken, daß er, Passepartout, der alte Turnlehrer und einstige Feuerwehrhauptmann, ein paar Augenblicke lang der Witwer einer reizenden jungen Frau als alter einbalsamierter indischer Rajah gewesen war.

Das junge Hinduweib aber hatte nicht das geringste Bewußtsein der Vorgänge, deren Urheberin sie doch war. In die vorhandenen Reisedecken eingehüllt, ruhte sie in einem der Tragkasten.

Der von dem jungen Parsen mit außerordentlicher Sicherheit geführte Elefant lief in dem noch finsteren Walde mit unglaublicher Geschwindigkeit. Eine Stunde nach seinem Aufbruch von der Pagode schoß er quer über eine unermeßliche Ebene.

Um sieben Uhr wurde haltgemacht.

Die junge Frau lag noch immer starr und steif. Der Kornak flößte ihr einen Tropfen Branntwein ein, aber der lähmende Einfluß, der sie in seinem Banne hielt, sollte noch eine Zeitlang währen.

Sir Francis Cromarty kannte die Wirkung des durch Einatmen von Hanfdämpfen hervorgebrachten Rausches und machte sich über die junge Frau keinerlei Sorge. Weniger beruhigt aber zeigte er sich über die Zukunft. Er sagte Phileas Fogg unumwunden, daß Frau Aula, wenn sie in Indien bliebe, den Händen ihrer Henker unter keinen Umständen entgehen würde.

Diese Sektierer waren überall auf der Halbinsel zu finden und würden trotz aller englischen Polizei ihr Opfer wieder einfangen, mochte es sich nun in Bombay, Madras oder Kalkutta aufhalten. Um seinen Worten Nachdruck zu geben, erzählte er ein Ereignis gleicher Art, das sich erst vor einiger Zeit zugetragen hatte.

Seiner Ansicht nach würde die junge Frau wirklich erst in Sicherheit sein, nachdem sie Indien verlassen hätte.

Phileas Fogg erwiderte, daß er diesen Äußerungen Rechnung tragen und danach handeln werde.

Gegen 10 Uhr meldete der Kornak, daß Allahabad in Sicht sei. Dort ging die in Kholby unterbrochene Bahn weiter.

In knapp einem Tag und einer Nacht legte der Zug die Strecke zwischen Allahabad und Kalkutta zurück.

Phileas Fogg mußte also unbedingt noch rechtzeitig ankommen, um den Dampfer zu treffen, der erst am andern Vormittag, den 25. Oktober mittags, nach Hongkong abfuhr.

Die junge Frau wurde in einem Zimmer des Bahnhofes untergebracht. Passepartout wurde beauftragt, allerhand Toilettengegenstände, Kleider, Tücher, Pelze, kurz, was er finden würde, für sie einzukaufen. Sein Herr eröffnete ihm einen unbeschränkten Kredit.

Passepartout machte sich sofort auf den Weg und lief in den Straßen der Stadt herum.

Allahabad, zu deutsch Stadt Gottes, ist eine der heiligsten Städte von Indien, weil sie am Zusammenfluß der beiden Ströme Ganges und Jumna liegt, zu deren Wasser die Pilger der ganzen Halbinsel ziehen. Im übrigen ist ja bekannt, daß nach den Sagen des Ramayana die Quelle des Ganges im Himmel ist, von wo er zufolge Brahmas Gnade zur Erde niederrinnt.

Anläßlich seiner Einkäufe hatte Passepartout bald die ganze Stadt, die ehedem durch ein stattliches Fort verteidigt wurde, besichtigt. Das Fort diente jetzt als Staatsgefängnis. Heute herrscht in der Stadt, die früher ein Mittelpunkt von Industrie und Handel war, nichts von beiden mehr. Es war vergebliche Mühe, daß Passepartout sich die Augen nach einem Neuheitenbasar aussah, in der Meinung, er sei in der Regent Street und mit wenigen Schritten bei Farmer & Co. Schließlich fand er die Dinge, die er suchte, bei einem Trödler, einem alten Ränkebold von Juden, und zwar eine Robe aus schottischem Stoff, einen weiten Mantel und einen stattlichen Pelzkragen aus Hermelinfellen, für den er ohne Besinnen 75 Pfund in Gold bezahlte.

Dann begab er sich triumphierend nach dem Bahnhof.

Frau Auda wachte nun allmählich auf. Der Einfluß, dem sie die Priester von Pillaji untertan gemacht hatten, verflog langsam, und ihre schönen Augen gewannen all ihre indische Anmut und Süße wieder.

Im übrigen genügt es, statt aller poetischen Verhimmelung, hierherzusetzen, daß Frau Auda, die Witwe des Rajah von Bundelkund, eine reizende Dame war, und zwar in der vollsten Bedeutung des Wortes im europäischen Sinne. Sie sprach englisch mit großer Reinheit, und der Kornak hatte durchaus nicht übertrieben, wenn er sagte, diese junge Parsin wäre durch die Erziehung zur Engländerin umgewandelt worden.

Mittlerweile sollte der Zug von Allahabad abgehen.

76

Der Parse wartete. Herr Fogg zahlte ihm den ausgemachten Lohn auf Heller und Pfennig aus, aber auch keinen Pfennig mehr. Das wunderte im Grunde Passepartout, da er doch wußte, was sein Herr dem Eifer des Kornaks zu verdanken hatte. Der Parse hatte doch freiwillig sein Leben in die Schanze geschlagen, und wenn die Hindus hinter den eigentlichen Sachverhalt kamen und seine Teilnahme an der Entführung erfuhren, war kaum anzunehmen, daß er ihrer Rache entgehen würde.

Es blieb nun bloß die Frage offen, was mit Kiuni werden sollte, dessen Kauf ein so schweres Stück Geld gekostet hatte. Aber Phileas Fogg hatte bereits seinen Entschluß gefaßt. »Parse«, redete er den Führer an, »du bist diensteifrig gewesen und hast keine Rücksichten gegen dich geübt. Ich habe dich für deinen Dienst bezahlt, aber deine Hingabe heischt noch ihren Lohn. Willst du den Elefanten haben? Er soll dir gehören.«

Die Augen des Kornaks leuchteten.

»Ein Vermögen ist es aber, das Eure Ehren mir schenkt!« rief er.

»Nimm ihn, Kornak!« antwortete Herr Fogg. »Ich bleibe ja trotzdem in deiner Schuld!«

»Das ist recht!« rief Passepartout. »Nimm ihn, Freund! Nimm ihn! Kiuni ist ein braves, mutiges Tier!«

Und zu dem Elefanten tretend, gab er ihm ein paar Stückchen Zucker mit den Worten: »Da, Kiuni! Da, da!«

Der Elefant ließ ein paar grunzende Laute der Befriedigung hören. Dann faßte er Passepartout am Gürtel, schlang seinen Rüssel um ihn und hob ihn bis zu gleicher Höhe mit seinem Kopf empor. Passepartout war hierüber keineswegs erschrocken, sondern streichelte das Tier, das ihn behutsam wieder auf die Erde stellte, und auf den Rüsseldruck des wackeren Kiuni gab ein kräftiger Händedruck des wackeren Gesellen die richtige Antwort.

Kurze Zeit nachher eilten Phileas Fogg, Sir Francis Cromarty und Passepartout in einem bequem eingerichteten Wagen der Halbinselbahn, dessen besten Platz Frau Auda innehatte, mit Volldampf nach Benares.

Achtzig englische Meilen höchstens trennen diese Stadt von Allahabad; in zwei Stunden waren sie zurückgelegt.

Auf dieser Fahrt fand die junge Frau ihr volles Bewußtsein wieder; die betäubenden Dämpfe des Hanfes verflogen ganz.

Wie groß war ihr Entsetzen, sich auf der Eisenbahn zu befinden, in diesem Wagenabteil, bedeckt mit europäischen Gewändern, mitten zwischen Reisenden, die ihr gänzlich unbekannt waren.

Zuerst widmeten ihr ihre Gefährten alle nur erdenkliche Fürsorge und belebten sie mit einigen Tropfen eines feinen Likörs. Dann erzählte ihr der Brigadegeneral ihre Geschichte.

Er schilderte mit nachdrücklicher Beredsamkeit Herrn Foggs Hingabe, der sich nicht besonnen hätte, sein Leben für ihre Rettung aufs Spiel zu setzen, und erging sich weitläufig über die Lösung des Abenteuers, wobei das Hauptverdienst Passepartouts verwegenem Einfalle zufiele.

Herr Fogg ließ ihn reden, ohne sich mit einem Worte einzumischen. Passepartout wiederholte in einem fort ganz beschämt, daß »die ganze Sache ja nicht der Mühe verlohne«!

Frau Auda dankte ihren Rettern mit Begeisterung, aber mehr noch durch Tränen als durch Worte. Ihre schönen Augen waren bessere Dolmetscher ihres Dankbarkeitsgefühles als ihre Lippen.

Als ihre Gedanken sie zurücktrugen, als ihre Blicke dieses indische Land wiedertrafen, wo ihrer noch soviel Gefahren warteten, da wurde sie von Entsetzen geschüttelt.

Phileas Fogg begriff, was in dem Geiste der jungen Frau vorging, und um sie zu beruhigen, machte er ihr, allerdings mit einer hochgradigen Kälte, das Anerbieten, sie mit nach Hongkong zu nehmen, wo sie so lange bleiben solle, bis Gras über die ganze Geschichte gewachsen sein würde.

Frau Auda nahm das Anerbieten mit dankbarem Herzen an. Wohnte doch in Hongkong ein naher Verwandter von ihr, Parse wie sie, und einer der angesehensten Kaufleute dieser Stadt, die ganz und gar englisch ist und bekanntlich an der chinesischen Küste liegt.

Um halb zwölf Uhr mittags hielt der Zug in der Stadt Benares, von der die brahmanischen Legenden behaupten, sie stehe auf dem Platze des alten Casi, das ehemals im Weltraume gehangen habe zwischen dem Zenit und dem Nadir wie das Grab Mahomets. Aber in dieser mehr realistisch angehauchten Zeit ruhte Benares, das bei den Orientalisten als das Athen Indiens gilt, ganz prosaisch auf dem Erdboden, und Passepartout konnte eine Meile lang seine Ziegelhäuser und Lehmhütten sehen, die ihm einen höchst trostlosen Anblick verliehen.

Hier mußte Sir Francis Cromarty aussteigen. Die Truppen, zu denen er sich begab, lagerten einige Meilen nördlich der Stadt. Der Brigadegeneral verabschiedete sich von Phileas Fogg und wünschte ihm für seine Reise den besten Erfolg, gab auch dem Wunsche Ausdruck, er möchte die Reise auf weniger originelle, aber vorteilhaftere Weise noch einmal machen. Herr Fogg drückte seinem Reisegefährten die Finger.

Frau Auda nahm in zärtlicher Weise Abschied. Sie würde nie in ihrem Leben der Dienste vergessen, die ihr Sir Francis Cromarty geleistet habe. Passepartout wurde durch einen Händedruck von dem Brigadegeneral geehrt.

Ganz ergriffen fragte sich Passepartout, wann und wo er sich dem edlen Herrn widmen könne.

Hierauf trennte man sich.

Von Benares ab folgte der Schienenstrang dem Tale des Ganges. Durch die Glasscheiben sah man bei ziemlich kaltem Wetter die bunte Landschaft des Behar, mit Laubwald bedeckte Gebirge, Gersten-, Weizen-, Maisfelder, Rios und Teiche, die von grünlichen Alligatoren bevölkert waren, gut gehaltene Dorfschaften, noch im schönsten Grün stehende Wälder.

Dieses ganze Panorama glitt vorbei, und oft verhüllte auch eine Wolke von weißem Dampf die einzelnen Partien. Kaum konnten die Reisenden das Fort von Chunar, 20 Meilen südöstlich von Benares, sehen – die altertümliche Feste der Rajahs des Behar, Ghasepur und seiner bedeutenden Rosenwasserfabriken, das Grabmal des Lords Cornwallis, das sich auf dem linken Gangesufer erhebt, die befestigte Stadt Buxar, Patna, das große Industrie- und Handelszentrum, wo sich der Hauptmarkt Indiens für Opium befindet, die mehr europäisch gebaute Stadt Monghir, die an Manchester oder Birmingham erinnert, mit ihren berühmten Eisengießereien und Waffenfabriken, deren hohe Schlote den Himmel Brahmas mit schwarzem Qualm verunreinigten – ein richtiger Faustschlag im Lande der Träume!

Dann kam die Nacht, und mitten unter dem Geheul der vor der Lokomotive ziehenden Tiger, Bären, Wölfe fuhr der Zug mit rasender Geschwindigkeit, und man sah nichts mehr von den Wundern Bengalens, weder Golconda, noch die Ruinen von Gur, noch Murschedabad, die ehemalige Hauptstadt; weder Burdwar, noch Hugly, noch Chandernagor, diesen französischen Punkt auf indischem Gebiet, auf dem doch Passepartout sicher mit Stolz die Flagge seines Vaterlandes hatte wehen sehen!

Endlich um 7 Uhr früh wurde Kalkutta erreicht. Der Dampfer nach Hongkong ging erst zu Mittag ab.

Phileas Fogg hatte fünf Stunden Zeit vor sich.

79

Nach seinem Reisebuche mußte der Kavalier am 25. Oktober in der Hauptstadt Indiens eintreffen, am 23. Tage seiner Abreise von London, und er traf zum festgesetzten Tage ein. Leider waren die beiden zwischen London und Bombay gewonnenen Tage bei der Durchquerung der indischen Halbinsel verlorengegangen. Aber es darf angenommen werden, daß Phileas Fogg den Verlust nicht beklagte.

15

Der Banknotensack erleichtert sich abermals um einige tausend Pfund

Der Zug hatte auf dem Bahnhof gehalten. Passepartout stieg zuerst aus dem Wagen, hinter ihm Herr Fogg, der seiner jungen Begleiterin beim Aussteigen behilflich war. Phileas Fogg gedachte sich sogleich nach der Dampferhaltestelle zu begeben, um Frau Auda, die er nicht verlassen wollte, solange sie noch in diesem für sie so gefahrvollen Lande weilte, dort bequem und behaglich zu quartieren.

Als Herr Fogg den Fuß aus der Bahnhofshalle setzen wollte, trat ein Polizist an ihn heran mit der Anrede:

»Herr Phileas Fogg?«

»So heiße ich.«

»Der Mann hier ist Ihr Lakai?« fragte der Polizist weiter, auf Passepartout zeigend.

»Jawohl.«

»Wollen Sie mir beide, bitte, folgen!«

Herr Fogg machte keine Gebärde, die an ihm irgendwelche Regung von Staunen hätte verraten können. Der Polizist war ein Vertreter des Gesetzes, und für jeden Engländer ist das Gesetz ein Heiligtum.

Passepartout mit seinen Gewohnheiten als Franzose wollte zu schmähen anfangen, aber der Polizist berührte ihn mit seinem Stabe, und Phileas Fogg winkte Passepartout zu gehorchen.

»Die junge Dame kann uns doch begleiten?« fragte Herr Fogg.

»Das kann sie«, antwortete der Polizist.

Dieser Vertreter der Obrigkeit führte Herrn Fogg, Frau Auda und Passepartout zu einem Palki-ghari, einem vierrädrigen Transportwagen mit vier Sitzen, der von einem Doppelgespann gezogen wurde. Die Fahrt ging los. Niemand sprach unterwegs ein Wort. Die Fahrt dauerte etwa zwanzig Minuten.

Quer durch die »schwarze Stadt« mit ihren engen Gassen und mit den engen Hütten zu beiden Seiten, in denen es von einer kosmopolitischen, schmutzigen und zerlumpten Bevölkerung wimmelte, ging die Fahrt.

Dann ging es durch die Europäerstadt mit ihren hellen Ziegelhäusern, die im Schatten von Baumwollbäumen, umfriedet mit Eisengittern oder Weidenpflanzungen, einen sehr freundlichen Eindruck machten und die bereits, trotz der frühen Stunde, von eleganten Kavalieren und prächtigen Fuhrwerken belebt waren.

Der Palki-ghari hielt vor einem Gebäude mit bescheidener Front, dem man aber auf den ersten Blick ansah, daß es kein Wohn- oder Familienhaus war.

Der Polizist ließ seine Gefangenen aussteigen – mit diesem Namen dürfte man sie nun bezeichnen – und führte sie in einen Raum mit vergitterten Fenstern.

Dort redete er sie wie folgt an:

»Um halb neun Uhr werden Sie vor den Richter Obadjah zitiert werden!«

Dann verließ er den Raum, dessen Tür er hinter sich abschloß.

»Na! Nun haben sie uns ja!« rief Passepartout und sank in einen Stuhl.

Frau Auda wendete sich gleich an Herrn Fogg und sagte mit einer Stimme, deren Rührung sie umsonst zu verbergen suchte:

»Sie müssen mich im Stiche lassen, mein Herr! Nur um meinetwillen sind Sie solchen Verfolgungen ausgesetzt! Nur weil Sie mich gerettet haben!«

Phileas Fogg begnügte sich mit der Antwort, daß solche Möglichkeit nicht vorliegen könne. Wie hätten sich diese Sektierer vor Gericht wagen sollen? Das wäre ja heller Wahnsinn von ihnen gewesen. Herr Fogg setzte hinzu, daß er die junge Frau

unter keinen Umständen im Stich lassen, sondern sie heil und sicher nach Hongkong führen werde.

»Aber der Dampfer geht zu Mittag ab«, bemerkte Passepartout.

»Wir werden vor zwölf an Bord sein«, gab der unerschütterliche Kavalier einfach zur Antwort.

Auf diesen so klar und bestimmt erteilten Bescheid konnte Passepartout nicht umhin bei sich zu sagen:

»Sapperment! Das ist doch sicher! Vor zwölf Uhr werden wir an Bord sein!«

Aber sicher war er seiner Sache darum durchaus nicht.

Um halb 9 Uhr wurde die Zelle geöffnet. Der Polizist erschien wieder und führte die Gefangenen in den anstoßenden Saal. Es war ein Verhandlungssaal. Ein zahlreiches Publikum, Europäer und Eingeborene, saß auf den halbkreisförmigen Bänken.

Herr Fogg, Frau Auda und Passepartout bekamen ihren Platz angewiesen gegenüber den Sitzen, die für den Richter und für den Schreiber vorbehalten waren.

Richter Obadjah trat sogleich ein, hinter ihm her der Schreiber. Es war ein großer, feister Herr.

Von einem Nagel an der Wand nahm er eine Perücke herunter und setzte sie sich auf.

»Prozeß Nummer eins«, sagte er.

Dann griff er sich nach dem Kopfe.

»Aber das ist ja nicht meine Perücke!« rief er.

»Allerdings nicht, Herr Obadjah! Es ist meine Perücke«, antwortete der Schreiber.

»Lieber Herr Austernpuff! Wie können Sie von einem Richter erwarten, daß er einen gerechten Spruch fällt in der Perücke eines Schreibers?«

Die Perücken wurden getauscht.
Während dieser Präliminarien kochte Passepartout vor Ungeduld, denn der Zeiger schien auf dem Uhrwerk der großen Saaluhr mit entsetzlicher Geschwindigkeit zu laufen. »Prozeß Nummer eins«, nahm nun der Richter Obadjah wieder das Wort.
»Phileas Fogg?« fragte der Schreiber Austernpuff.
»Hier«, antwortete Herr Fogg.
»Passepartout?«
»Ist da!« antwortete der Gefragte.
»Gut!« sagte der Richter. »Angeklagte! Seit zwei Tagen lauert man ihnen bei allen Zügen auf, die in Bombay einlaufen.«
»Aber worauf fußt die Anklage?« rief Passepartout ungeduldig.
»Das werden Sie gleich hören«, versetzte der Richter.
»Mein Herr«, bemerkte nun Herr Fogg, »ich bin englischer Bürger und habe das Recht ...«
»Hat man es Ihnen gegenüber an der schuldigen Rücksicht fehlen lassen!« fragte Obadjah.
»Keineswegs.«
»Nun, so führen Sie die Ankläger herein!«

Auf diese Weisung des Richters wurde von einem Gerichtsdiener eine Tür des Verhandlungssaales geöffnet, und zu ihr herein traten drei Priester.

»Ah, von dorther bläst der Wind?« sprach Passepartout leise – »die Schufte also, die unsere junge Dame verbrennen wollten?« Die Priester stellten sich vor dem Richter auf, und der Gerichtsschreiber las mit lauter Stimme eine Klage wegen Kirchenschändung vor, die sich gegen Herrn Phileas Fogg und seinen Lakaien richtete.

»Sie haben vernommen?« fragte der Richter Herrn Phileas Fogg.

»Jawohl, Herr Richter«, antwortete Herr Fogg, indem er seine Uhr aus der Tasche nahm, »und ich bekenne mich schuldig.«

»Ah, Sie bekennen sich schuldig?«

»Ich bekenne mich schuldig und erwarte, daß diese drei Priester auch ihrerseits bekennen, was sie in der Pagode von Pill-aji tun wollten.«

Die Priester sahen einander an; sie schienen von den Worten des Angeklagten nichts zu verstehen.

»Zweifellos!« rief nun heftig Passepartout – »in der Pagode von Pill-aji, vor der sie ihr Opfer verbrennen wollten!«

Neue Versteinerung der Priester und tiefes Erstaunen des Richters Obadjah.

»Von welchem Opfer sprechen Sie?« fragte er. »Und wer sollte denn verbrannt werden? Mitten in der Stadt Bombay?«

»In Bombay?« rief Passepartout.

»Zweifellos. Nicht um die Pagode von Pill-aji handelt es sich hier, sondern um die Pagode auf dem Malabar-Hügel in Bombay!«

»Und als Beweisstück sind hier die Schuhe des Kirchenschänders«, setzte der Gerichtsschreiber hinzu, indem er ein Paar Schuhe auf seinen Schreibtisch stellte.

»Meine Schuhe!« rief Passepartout, im höchsten Maße erstaunt und außerstande, diesen unwillkürlichen Ausruf hintanzuhalten.

Man errät die Verwirrung, die im Geiste des Herrn sowohl wie des Bedienten vorgegangen war. An das Ereignis in der Pagode von Bombay hatten sie in keiner Weise mehr gedacht, und gerade dieses brachte sie nun vor das Gericht von Kalkutta.

Detektiv Fix hatte den ganzen Vorteil, den er aus diesem unglückseligen Vorfalle gewinnen konnte, nur zu gut begriffen. Er hatte seine Abreise um zwölf Stunden verschoben und hatte sich den Priestern vom Malabar-Hügel mit seinem Rate zur Verfügung gestellt, hatte ihnen, da ihm bekannt war, wie schwer die englische Regierung solche Vergehen ahndet, einen sehr bedeutenden Schadenersatz in Aussicht gestellt und hatte sie dann mit dem nächsten Zuge dem Kirchenschänder auf die Fersen gehetzt.

Zufolge der Zeit aber, die Herr Fogg mit seinem Diener auf die Befreiung der jungen Wittib verwendet hatte, waren Fix und die Hindus, die von Bombay aus an das Gericht nach Kalkutta telegraphiert hatten, die beiden Reisenden festzunehmen, früher als sie in Kalkutta angekommen.

Wie groß nun die Enttäuschung des Herrn Fix war, als er vernahm, Phileas Fogg sei noch gar nicht in der Hauptstadt von Indien angekommen, wird sich der Leser denken können! Er mußte glauben, sein Spitzbube habe sich von einer der Stationen der Halbinselbahn aus in die nördlichen Provinzen geflüchtet. Vierundzwanzig Stunden lang lauerte Fix unter tödlicher Angst auf dem Bahnhof. Wie groß war deshalb seine Freude, als er ihn an dem Morgen dieses Tages aus dem Wagen steigen sah, allerdings in Gesellschaft einer jungen Dame, deren Anwesenheit er sich nicht zu erklären vermochte.

Er jagte ihm einen Polizisten auf den Hals, und so kam es, daß Herr Fogg, Passepartout und die Witwe des Rajahs von Bundelkund vor den Richter Obadjah geführt wurden.

Wäre Passepartout nicht so ganz in Anspruch genommen worden von diesem Vorfalle, so würde er ganz sicher den Detektiv bemerkt haben, der in einem Winkel des Verhandlungssaales dem Prozeß mit einem leicht begreiflichen Interesse folgte – denn auch in Kalkutta, wie schon in Bombay und in Suez, war ihm der Haftbefehl von London noch immer nicht zugegangen.

Unterdessen hatte der Richter Obadjah das Passepartout entfahrene Geständnis seiner Schuld zu dem Akt genommen. Es half nun wenig, daß der arme Kerl gern alles, was er besaß, geopfert hätte, um seine unvorsichtigen Worte ungesagt zu machen.

»Die Tatsachen werden zugegeben?« fragte der Richter.

»Sie werden zugegeben«, antwortete kühl Herr Fogg.

»In Ansehung, daß das englische Gesetz«, hub nun der Richter an, »allen Religionen der Bevölkerung von Indien gleichmäßigen Schutz angedeihen läßt und streng über die Unverletzlichkeit derselben wacht, in Ansehung ferner, daß Angeklagter Passepartout zugesteht, den Boden der Pagode vom Malabar-Hügel in Bombay am 22. Oktober im Laufe des Tages in kirchenschänderischer Weise betreten und entheiligt zu haben, wird Angeklagter Passepartout zu vierzehn Tagen Gefängnis und zu einer Geldstrafe von 300 Pfund verurteilt.«

»300 Pfund?« rief Passepartout, bei dem bloß die Geldstrafe in Beachtung kam.

»Ruhe!« rief der Gerichtsdiener mit bellender Stimme.

»In Ansehung ferner,« fuhr der Richter Obadjah fort, »daß es nicht sachlich erwiesen worden, daß zwischen dem Bedienten und seinem Herrn kein ursächlicher Zusammenhang hinsichtlich des begangenen Verbrechens bestanden habe, und in Ansehung ferner, daß besagter Herr dem Gesetz nach verantwortlich zu machen ist für das Tun und Lassen des in Lohn und Brot bei ihm stehenden Dieners, verurteilt das Gericht besagten Phileas Fogg zu acht Tagen Gefängnis und einer Geldstrafe von 150 Pfund. Gerichtsschreiber, rufen Sie die nächste Sache auf!«

Fix empfand in seinem Winkel eine unsagbare Genugtuung. Phileas Fogg war nun in Kalkutta acht Tage dingfest gemacht – und so lange konnte es nun nicht mehr dauern, bis der Haftbefehl aus London da war.

Passepartout war ganz außer sich. Diese Verurteilung bedeutete den Bankrott für seinen Herrn, und zwar physischen und moralischen Bankrott! Eine Wette von 20.000 Pfund verloren, und einzig und allein, weil er als richtiger Esel den Fuß in diese vermaledeite Pagode gesetzt hatte!

Phileas Fogg saß so ruhig und selbstbewußt da, als wenn ihn diese Verurteilung nicht das geringste anginge!

In dem Augenblick aber, als der Gerichtsschreiber die nächste Sache aufrief, erhob er sich mit den Worten:

»Ich stelle Sicherheit!«

»Dieses Recht steht Ihnen zu«, antwortete der Richter.

Fix fühlte, daß es ihm kalt den Rücken herablief, aber er gewann seine Ruhe wieder, als er aus dem Munde des Richters die weiteren Worte vernahm: »In Ansehung Ihrer Eigenschaft als Fremde, auf die sowohl Phileas Fogg als sein Diener Anspruch erheben dürfen«, worauf die Festsetzung der Bürgschaft für jeden einzelnen auf die ungeheure Summe von 1000 Pfund erfolgte. 2000 Pfund also sollte es Herrn Fogg kosten, wenn er sich nicht seiner Strafe unterzöge!

»Ich bezahle«, sprach dieser Kavalier und nahm aus dem Sacke, den Passepartout trug, ein Bündel Banknoten, um sie auf dem Tische des Gerichtsschreibers niederzulegen.

»Beim Austritt aus dem Gefängnis wird Ihnen diese Summe zurückerstattet werden, abzüglich der Geldstrafen, zu denen Sie und Ihr Diener verurteilt worden sind«, sagte der Richter. »Einstweilen sind Sie unter Bürgschaft frei!«

»Komm«, sagte Phileas Fogg zu seinem Diener.

»Aber meine Schuhe sollen sie mir doch wenigstens wiedergeben!« rief Passepartout mit wütender Gebärde.

Die Schuhe wurden ihm ausgefolgt.

»Eine teure Brühe!« murmelte er. »Jeder Schuh über tausend Pfund! Ganz ungerechnet noch, daß sie mich drücken!«

Passepartout folgte Herrn Fogg, der der jungen Frau den Arm geliehen hatte, grimmig wie ein Bär. Fix hoffte noch immer, daß sich sein Spitzbube nun und nimmer entschließen würde, die Summe von 2000 Pfund schießen zu lassen, sondern lieber seine acht Tage Gefängnis abmachen würde. Er lief ihm deshalb hinterher.

Herr Fogg mietete einen Wagen, in den er sich mit Frau Auda und mit Passepartout setzte. Fix lief hinter dem Wagen her, der in nicht zu großer Entfernung auf einem Kai der Stadt hielt.

Der »Rangun« lag auf der Reede vor Anker, schon mit dem zum Zeichen der Abfahrt gehißten Wimpel. Es schlug elf Uhr. Herrn Fogg blieb noch eine Stunde Zeit. Fix sah ihn aus dem Wagen steigen und mit Frau Auda und dem Lakaien in ein Boot einsteigen.

Der Detektiv stampfte zornig auf die Erde.

»Der Lump!« schrie er – »fährt ab und läßt 2000 Pfund im Stich! Nobel wie ein Spitzbube! Ha! Ich setze hinter ihm her! Aber der Lump wird, wenn er so weiter macht, bald mit dem ganzen gestohlenen Gute fertig sein!«

Der Polizeikommissar hatte guten Grund zu dieser Betrachtung. Denn tatsächlich hatte Herr Phileas Fogg seit seiner Abreise von London sowohl an Fahrt- wie an Prämienkosten, zuzüglich des für den Elefanten bezahlten Preises und der hinterlegten Bürgschaften und Geldstrafen schon über 5000 Pfund auf seiner Reise verausgabt, und da dem Detektiv Prozente nur vom geretteten Betrage der gestohlenen Summe ausgezahlt werden sollten, so wurden die Aussichten für ihn natürlich immer geringer.

16

**Es sieht nicht danach aus, als wenn Fix alles genau
wisse, worüber man mit ihm spricht**

Der »Rangun« war ein Schraubendampfer der Ostindischen Handelskompanie von 1770 Tonnen und einer nominellen Kraft von 400 Pferden. Er nahm es im Punkte der Fahrgeschwindigkeit mit der »Mongolia« auf, reichte ihr aber an Komfort und Eleganz nicht das Wasser. Frau Auda fand deshalb hier nicht jene vorzügliche Unterkunft, die Herr Fogg für sie wünschte. Ein Glück, daß es sich nur um eine Überfahrt von etwa 3500 englischen Meilen handelte, also von 11 bis 12 Tagen, und daß sich die junge Dame als kein besonders heikler Passagier erwies.
In den ersten Tagen der Überfahrt schloß Frau Auda engere Bekanntschaft mit Phileas Fogg. Bei jeder Gelegenheit bewies sie ihm das lebhafteste Dankbarkeitsgefühl. Der phlegmatische Kavalier hörte ihr wenigstens dem Anschein nach, mit dem höchsten Maß von Kälte zu, ohne durch eine Änderung im Tonfall oder eine lebhaftere Gebärde die leiseste Erregung zu bekunden. Er wachte darüber, daß es der jungen Frau an nichts fehlte. Zu gewissen Stunden sprach er regelmäßig bei ihr vor, und wenn er auch selbst nicht viel sagte, so hörte er ihr doch zu. Er erfüllte die Pflichten der Höflichkeit aufs strengste gegen sie, aber wie ein Automat.
Frau Auda wußte sich seine Art kaum zu erklären, obwohl es Passepartout an der notwendigen Aufklärung über die sonderbare Veranlagung seines Herrn nicht hatte fehlen lassen. Er hatte ihr mitgeteilt, was für eine Wette diesen Herrn um die Welt herum führe. Frau Auda hatte dazu gelächelt. Aber schließlich verdankte sie ihm das Leben, und dadurch, daß sie ihn durch die Brille der Dankbarkeit betrachtete, konnte ihr Erretter doch nur gewinnen und nicht verlieren.

Frau Auda bestätigte, was der Kornak von ihrer ergreifenden Vergangenheit erzählt hatte. Sie stammte von jener Rasse ab, die unter den Eingeborenen Indiens den ersten Rang behauptete. Es hatten mehrere Parsen als Kaufleute, und zwar im Baumwollhandel, ungeheure Reichtümer gesammelt. Einer von ihnen, Sir James Dschi-dschi-boy, war sogar von der englischen Regierung in den Ritterstand erhoben worden, und mit diesem reichen Mann in Bombay war Frau Auda nahe verwandt.

Einen Neffen des Sir Dschi-dschi-boy – den ehrenwerten Dschi-Dschi, gedachte sie in Hongkong aufzusuchen. Ob sie bei ihm eine Zuflucht finden, ob er ihr Beistand leisten würde?

Sie konnte es nicht behaupten. Aber Herr Fogg antwortete ihr, sie solle sich nur nicht beunruhigen, es würde sich alles mit mathematischer Sicherheit ordnen! So war seine Rede.

Ob die junge Frau diese entsetzliche Phrase von der mathematischen Sicherheit begriff? Es weiß niemand etwas darüber zu sagen. Doch ihre großen Augen, klar und durchsichtig wie die heiligen Seen des Himalaya, hefteten sich auf die Augen des Herrn Fogg. Aber dieser unergründliche, undiskutierbare Herr war so zugeknöpft wie sonst und schien keineswegs darnach beschaffen, sich in diese Seen zu stürzen.

Der erste Teil der Überfahrt des »Rangun« vollzog sich unter ausgezeichneten Bedingungen.

Das Wetter war leidlich und erwies sich als günstig für die Fahrt. Bald sichtete der »Rangun« Groß-Andaman, die wichtigste der bengalischen Inseln, die sich durch ihren malerischen Sattel-Pik von 2400 Fuß Höhe den Seefahrern schon aus sehr weiter Ferne ankündigt.

Die Küste wurde ziemlich dicht gestreift. Die wilden Papuas der Insel ließen sich mit keinem Blicke sehen. Es sind Geschöpfe, die auf der niedrigsten Stufe menschlicher Kultur stehen, denen man aber zu Unrecht nachsagt, daß sie Menschenfresser seien.

Das Panorama, das diese Inseln den Blicken darboten, war von großartiger Pracht. Ungeheure Latanien-, Arekpalmen-, Bambus-, Muskat-, Teakholzwälder, Mimosen von riesigem Umfange, Farne von baumhohem Wuchse bedeckten das Land in weiten Vorderflächen, während sich dahinter die prächtigen Schattenrisse der Gebirge abzeichneten. Am Strande schwirrten zu Tausenden und Abertausenden jene kostbaren Salanganen, deren eßbare Nester ein sehr begehrtes Gericht im himmlischen Reiche bilden.

Aber dieses ganze bunte Bild, das die Inselgruppe der Andamanen bietet, verschwand bald vor den Blicken der Reisenden, und der »Rangun« eilte mit Geschwindigkeit der Meerenge von Malakka entgegen, die ihn in die chinesischen Gewässer führen sollte.

Was trieb nun während dieser Überfahrt der Polizeikommissar Fix, der auf so unglückselige Weise in eine Weltumsegelung hineingezogen worden war? Nachdem er in Kalkutta Weisungen hinterlassen hatte, daß ihm der Haftbefehl, wenn er endlich einliefe, nach Hongkong nachgesandt würde, hatte er sich an Bord des »Rangun« einschiffen können, ohne daß ihn Passepartout gesehen hatte. Er trug sich auch mit der Hoffnung, seine Anwesenheit an Bord bis zur Ankunft des Dampfers verborgen zu halten. Es wäre auch wirklich für ihn eine sehr schwierige Sache gewesen, hierüber eine befriedigende Erklärung zu geben, die Passepartouts Argwohn nicht wachgerufen hätte; denn Passepartout war doch der Meinung, Herr Fix befände sich in Bombay. Aber es wurde durch die Logik der Verhältnisse von selbst gefügt, daß er seine Bekanntschaft mit dem wackeren Gesellen wieder anknüpfen mußte.

Alle Hoffnungen und Wünsche des Kommissars richteten sich auf einen einzigen Punkt der Erde, auf Hongkong, denn in Singapur nahm das Schiff einen zu kurzen Aufenthalt, um irgendwelche Maßregeln treffen zu können. In Hongkong mußte die Festnahme des Spitzbuben erfolgen, wenn er nicht sozusagen ohne Wiederkehr entwischen sollte. Hongkong war noch englische Besitzung, aber auch die letzte, die sich auf der ganzen Reise noch antreffen ließ. War Herr Fogg über Hongkong hinaus, so fand er in China, Japan, Amerika Zuflucht von fast unbedingter Sicherheit.

Wenn Herr Fix den Haftbefehl, der ganz sicher hinter ihm herlief, endlich in Hongkong vorfand, so nahm er dort Fogg einfach fest und lieferte ihn in die Hände der Ortspolizei.

Nichts leichter und einfacher als das! Aber hinter Hongkong war ein bloßer Haftbefehl nicht mehr genügend. Dann mußte noch ein Auslieferungsschein beschafft werden.

Das machte Aufenthalt und Hindernisse aller möglichen Art, die nur langsam beseitigt werden konnten, und die hierzu notwendige Zeit würden die Gauner doch ausnützen, um sich endlich in volle Sicherheit zu bringen. Ging die Festnahme auch in Hongkong noch fehl, dann würde es, wenn auch nicht unmöglich, so doch schwierig werden, sie anderswo mit einiger Aussicht auf Erfolg von neuem zu versuchen.

»Wenn mir der Kerl auch in Hongkong entwischt«, sagte sich Herr Fix zum soundsovielten Male während der langen Stunden, die er in seiner Kabine zubrachte, »wie er mir in Bombay und in Kalkutta entwischt ist, dann ist's mit meinem Renommee zum Geier! Diesmal muß ich seine Weiterreise um jeden Preis verhindern; mag es kosten, was es wolle! Diesmal muß es mir gelingen! Aber wie halte ich den verwünschten Kerl, wenn es sich notwendig erweist, fest? Wie hindere ich seine Weiterreise?«

Seine letzte Zuflucht sollte, wie es sein fester Entschluß war, Passepartout sein. Ihm wollte er alles offenbaren, ihm ein Licht aufstecken über diesen Herrn, in dessen Dienst er sich begeben hatte und zu dessen Mitschuldigen er sich doch ganz gewiß nicht machen wollte.

Passepartout würde sich ihm aus Furcht, mit ins Verderben gezogen zu werden, dann ohne Zweifel gefügig zeigen. Schließlich war es aber doch auch ein sehr gewagtes Mittel, daß nur in Ermangelung jedes anderen in Anwendung treten durfte.

Ein Wort Passepartouts zu seinem Herrn wäre hinreichend gewesen, die ganze Geschichte auf unverbesserliche Weise zu verderben.

Der Polizeikommissar befand sich also in höchster Verlegenheit, als ihm die Anwesenheit der Frau Auda an Bord des »Rangun« und die Gesellschaft des Herrn Fogg neue Aussichten eröffnete.

Wer war diese Frau? Durch welche Verkettung von Umständen war sie Foggs Reisegefährtin geworden? Offenbar hatte sich ihr Zusammentreffen zwischen Bombay und Kalkutta vollzogen.

Hatte ein Zufall sie beide zusammengeführt? Oder war nicht vielmehr die Reise quer durch Indien von diesem Herrn in der Absicht unternommen worden, dieses nette, liebreizende Geschöpf für sich zu gewinnen? Denn nett und liebreizend war die Dame, das stand fest! Hatte sie Fix doch im Gerichtssaale zu Kalkutta aus nächster Nähe gesehen.

Man begreift, bis zu welchem Grade den Polizeikommissar diese Angelegenheit aufregen mußte! Er erwog die Frage, ob nicht etwa in der ganzen Geschichte eine sträfliche Entführung zu suchen sei! Wahrscheinlich, nein, ganz bestimmt verhielt es sich so! Diese Idee setzte sich in Fix' Gehirn fest, und es wurde ihm nach und nach klar, welchen Vorteil er aus diesem Umstande würde ziehen können. Ob die junge Frau nun verheiratet war oder nicht, eine Entführung war hier ganz gewiß im Spiele, und es war nicht ausgeschlossen, daß dem Ränkebold, der all diese Dinge anzettelte, in Hongkong von Fix eine Suppe eingebrockt werden würde, so schwer verdaulich, daß ihm die weitere Reise vergehen sollte! Mit Geld sollte er sich wenigstens nicht wieder aus der Patsche helfen!

Aber bis zur Ankunft des »Rangun« in Hongkong durfte Herr Fix unter keinen Umständen warten.

Denn dieser Herr Fogg hatte die abscheuliche Gewohnheit, aus einem Schiff ins andere zu springen, und konnte, ehe die Sache eingeleitet war, schon längst wieder über alle Berge sein.

Es war also von Wichtigkeit, die englischen Behörden vorher zu benachrichtigen und das Signalement des »Rangun«-Passagiers früher dorthin gelangen zu lassen, als die Ausschiffung erfolgte.

Das war insofern leicht, als das Schiff in Singapur anlegte und Singapur mit Hongkong durch den Telegraph verbunden war.

Immerhin nahm Fix sich vor, Passepartout vorher auszufragen; er wollte diesmal ganz sichergehen, bevor er handelte. Daß es nicht schwer war, den Burschen zum Reden zu bringen, wußte er ja, und er nahm sich vor, das Inkognito zu brechen, das er bis dahin aufrechterhalten hatte. Es war keine Zeit mehr zu verlieren. Man hatte den 31. Oktober, und schon am anderen Tage sollte der »Rangun« in Singapur einlaufen.

Fix verließ deshalb an diesem Tage seine Kabine und begab sich auf das Deck, in der Absicht, Passepartout unter Bekundung des größten Erstaunens anzusprechen. Passepartout ging auf dem Vorderdeck spazieren. Der Kommissar rannte mit den Worten auf ihn zu:

»Was! Sie auf dem ›Rangun‹?«

»Herr Fix an Bord!« erwiderte Passepartout, aufs höchste betroffen, als er seinen Reisekameraden von der »Mongolia« erkannte. »Nanu! Ich lasse Sie in Bombay und treffe Sie auf der Fahrt nach Hongkong wieder! Aber Sie machen wohl auch die Reise um die Erde?«

»Nein, nein«, antwortete Fix – »ich gedenke mich in Hongkong aufzuhalten, wenigstens doch einige Tage!«

»So, so!« machte Passepartout, der eine Zeitlang verwundert zu sein schien – »aber wie kommt es denn, daß ich Sie seit der Abfahrt von Kalkutta noch kein einziges-mal auf Deck gesehen habe?«

»Hm, Unwohlsein … ein bißchen Seekrankheit … bin deshalb in meiner Kabine geblieben. Der Meerbusen von Bengalen bekommt mir nicht so gut wie der Indische Ozean. Aber was macht denn Herr Phileas Fogg?«

»Befindet sich bei sehr guter Gesundheit und ist so pünktlich und gewissenhaft wie sein Reisebuch! Kein einziger Tag Versäumnis! Ei, Herr Fix! Das wissen Sie gewiß noch nicht – wir haben jetzt eine junge Dame bei uns!«

»Eine junge Dame?« antwortete der Kommissar, dessen Miene ganz so aussah, als verstände er nicht, was der andere gesagt hatte.

Aber Passepartout war bald im schönsten Erzählen. Von dem dummen Vorfall in der Pagode fing er an, ging dann über zum Ankauf des Elefanten für bare 2000 Pfund, schilderte die unserm Leser als »Sutty« bekannt gewordenen Vorgänge, kam auf die Entführung der jungen Frau Auda und zuletzt auf die Gerichtsverhandlung in Kalkutta zu sprechen, und schloß mit dem Urteilsspruch und ihrer Freilassung gegen Hinterlegung einer hohen Bürgschaft.

Fix tat so, als wenn er von alledem nicht das geringste wisse, obwohl er die letzten Szenen zum Teil veranlaßt, zum Teil miterlebt hatte, und Passepartout wußte sich vor Freude kaum zu fassen, daß er seinem so aufmerksamen Zuhörer all seine vielen Abenteuer so ausführlich erzählen durfte.

»Aber hat denn Ihr Herr etwa die Absicht«, fragte Fix, »die junge Frau mit nach Europa zu nehmen?«

»Ganz und gar nicht, Herr Fix! Wir bringen sie bloß zu einem ihrer Verwandten, einem sehr reichen Kaufmann in Hongkong.«

»Nichts zu machen!« sagte der Detektiv bei sich, indem er sich bemühte, seine Enttäuschung zu verbergen. »Ein Gläschen Branntwein mit Wasser gefällig, Herr Passepartout?«

»Gern, Herr Fix, gern! Das ist doch das wenigste, womit wir unser Zusammentreffen auf dem ›Rangun‹ begießen müssen.«

17

**Während der Fahrt von Singapur
nach Hongkong ist
von allerhand Dingen die Rede**

Von nun an trafen sich Passepartout und Fix öfter, aber der Kommissar verhielt sich sehr zurückhaltend gegen seinen Reisegefährten und machte keinen Versuch, ihn zum Sprechen anzuspornen. Ein paarmal sah er auch Herrn Fogg, der sich gern im großen Saale des »Rangun« aufhielt, wo er entweder Frau Auda Gesellschaft leistete oder seiner unabänderlichen Gewohnheit gemäß eine Partie Whist spielte.

Passepartout hatte sich sehr ernste Gedanken über den sonderbaren Zufall gemacht, der Herrn Fix neuerdings seinem Herrn in den Weg gestellt hatte. Es war allerdings auch guter Grund zum Staunen vorhanden! Aber Passepartout hätte getrost ein ganzes Jahrhundert nachsinnen können und würde doch niemals erraten haben, mit welcher Mission sein Reisekamerad betraut war. Worauf er schließlich kam, war, daß Fix

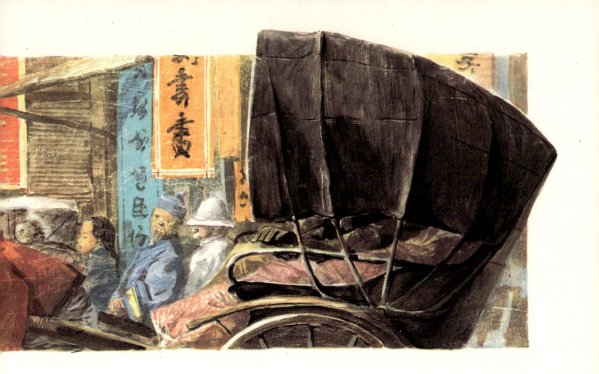

nichts anders sein könne als ein Abgesandter des Reform-Klubs, um zu kontrollieren, daß sich die Reise des Herrn Fogg auch wirklich nach den ausgemachten Bedingungen um die Erde herum vollzöge!
Daß dieser sehr liebenswürdige und jedenfalls außerordentlich gefällige Herr, der ihm zuerst in Suez zu Gesicht gekommen war, auf der »Mongolia« mitfuhr, in Bombay ausstieg, wo er zu einem Aufenthalt genötigt zu sein behauptete, und dann auf dem »Rangun« wiedererschien, um gleichfalls nach Hongkong zu fahren – kurz, daß dieser Herr der Route des Herrn Fogg Schritt für Schritt folgte, dies allerdings verlohnte des Nachdenkens. Hier lag ein zum mindesten sehr eigentümliches Zusammentreffen, eine absonderliche Übereinstimmung vor. Was führte dieser Fix im Schilde? Passepartout hätte auf der Stelle seine Babuschen – die er wie seinen Augapfel hütete und sorgsam verwahrt hatte – darauf gewettet, daß dieser Fix Hongkong zur selben Zeit mit ihnen und wahrscheinlich auch auf demselben Dampfer verlassen werde.
»So ist's! Ganz gewiß, so ist's!« sagte der wackere Bursche, von Stolz erfüllt über seine Scharfsinnigkeit. »Ein Spion ist's, den uns diese Herren an die Fersen gehängt haben! Na, so was ist aber nicht schön! Herr Fogg ist doch ein so rechtschaffener, ehrenhafter Mann! Ihn durch einen Spitzel kontrollieren zu lassen! Warten Sie nur, meine Herren vom Reform-Klub! Das soll Sie was kosten!«
Außer sich vor Freude über seine Entdeckung, gelangte Passepartout doch zu dem Schlusse, seinem Herrn nichts davon zu sagen, weil er fürchtete, derselbe möchte in gerechten Zorn geraten über dieses schmähliche Mißtrauen seiner Gegner. Aber er nahm sich vor, Fix bei Gelegenheit, aber ohne sich bloßzustellen, recht tüchtig aufzuziehen.
Am Mittwoch, den 30. Oktober nachmittags, lief der »Rangun« in die Straße von Malakka ein, welche die gleichnamige Halbinsel von der Insel Sumatra scheidet. Gebirgige, steile und stark zerrissene Eilande von höchst malerischer Gestalt ver-

bargen den Passagieren den Anblick der großen Insel. Am andern Morgen gegen 4 Uhr ging der „Rangun«, nachdem er einen halben Tag über die regelmäßige Fahrzeit gewonnen hatte, vor Singapur vor Anker, um Kohlen einzunehmen.

Phileas Fogg vermerkte diesen Vorsprung in der Gewinnspalte und ging diesmal an Land, als Begleiter der Frau Auda, die den Wunsch geäußert hatte, sich ein paar Stunden zu ergehen.

Fix folgte ihm, ohne sich sehen zu lassen, denn ihm war jede Handlung Foggs verdächtig. Passepartout lachte sich ins Fäustchen, als er Fixens Manöver sah, ging aber ruhig seinen gewöhnlichen Einkäufen nach.

Um zehn Uhr begab sich Herr Fogg mit Frau Auda, nachdem sie eine zweistündige Spazierfahrt durch die weder große noch imposante, aber immerhin einem schönen Park vergleichbare Insel Singapur gemacht hatten, in die Stadt zurück, einem weitläufigen Gewirr von schweren niedrigen Bauten, die von reizenden Gärten umschlossen sind, in denen Mangusten, Ananas und die besten Früchte der ganzen Welt gedeihen.

Noch immer, ohne es zu ahnen, von dem Kommissar gefolgt, der sich gleichfalls die Kosten einer Kutsche hatte auferlegen müssen, schifften sie sich kurz darauf wieder auf dem »Rangun« ein.

Passepartout erwartete sie auf Deck. Er hatte einige Dutzend Mangusten gekauft von der Größe mittelgroßer Birnen, außen tiefbraun, innen hellrot, deren Fleisch, wenn es zwischen den Lippen schmilzt, dem echten Feinschmecker einen Genuß ohnegleichen bereitet. Passepartout fühlte sich überglücklich, Frau Auda mit ihnen eine Aufmerksamkeit zu erweisen. Sie dankte ihm mit herzlichen Worten.

Um elf Uhr machte sich der »Rangun«, der seinen Kohlenvorrat inzwischen ergänzt hatte, zur Fahrt zurecht, und wenige Stunden später verloren die Passagiere jene hohen Gebirge von Malakka aus dem Gesicht, deren Wälder den schönsten Tigern der Erde Unterschlupf bieten.

1360 Meilen ungefähr liegen zwischen Singapur und Hongkong, dem kleinen, von der chinesischen Küste abgelösten englischen Gebiete. Phileas Fogg kam es viel darauf an, diese Strecke in 6 Tagen hinter sich zu bringen, um in Hongkong noch den Dampfer zu erreichen, der am 6. November nach Yokohama, einem der wichtigsten Hafenplätze von Japan, abgehen sollte.

Der »Rangun« war schwer befrachtet. Zahlreiche Passagiere hatten sich in Singapur eingeschifft, Hindus, Ceylonesen, Chinesen, Malaien, Portugiesen, die zumeist zweiter Kajüte fuhren.

Das bisher noch ziemlich schöne Wetter schlug mit dem letzten Mondviertel um. Der Wind blies zuweilen sehr heftig, aber zum Glück aus Südosten, also die Fahrt des Dampfers begünstigend. Sobald es anging, setzte deshalb der Dampfer Segel auf. Unter der Wirkung von Dampf und Wind mehrte sich die Geschwindigkeit des »Rangun« erheblich. So ging die Fahrt an den Küsten von Annam und Cochinchina entlang. Aber die Überlast bedingte unter dem Einfluß der schlechter werdenden Witterung sehr bald eine Verringerung der Fahrgeschwindigkeit, die sich schließlich bis auf die halbe Dampfkraft beschränken mußte. Dadurch entstand ein Zeitverlust, der Phileas Fogg zwar nicht zu stören schien, der aber Passepartout schier aus dem Häuschen zu bringen drohte. Er machte dem Kapitän, dem Maschinisten, der ganzen Handelsgesellschaft die schlimmsten Vorwürfe und wünschte schließlich alle und jeden zum Teufel, der sich mit der Beförderung der Passagiere befaßte. Vielleicht fiel ihm dabei auch wieder jene Gasflamme ein, die in dem Hause der Saville-Row auf seine Rechnung weiterbrannte, ein Umstand, der seine Ungeduld gewiß nicht verringern konnte.

»Aber haben Sie es denn gar so eilig, nach Hongkong zu kommen?« fragte ihn eines Tages der Detektiv.

94

»Gewiß, sehr eilig!« gab Passepartout zur Antwort.

»Sie meinen, Herr Fogg habe Eile, den Dampfer nach Yokohama zu erreichen?«

»Eine ganz infame Eile sogar!«

»Sie glauben also jetzt selbst an diese merkwürdige Reise um die Erde?«

»Unbedingt! Sie doch auch, Herr Fix?«

»Ich? Mit keinem Gedanken!«

»Schwindler!« antwortete Passepartout, die Augen zusammenkneifend.

Dieses Wort gab dem Kommissar zu denken. Es beunruhigte ihn, sich also bezeichnet zu fühlen, ohne daß er wußte warum. Hatte der Franzose ihn schon durchschaut? Das konnte man sich doch gar nicht denkenl Wie hätte Passepartout dahinterkommen sollen, daß er Geheimpolizist sei, da er doch ganz allein im Besitze dieses Geheimnisses war!

Und doch hatte Passepartout, wenn er solche Reden fallen ließ, gewiß einen Hintergedanken dabei gehabt.

Es ereignete sich sogar, daß der wackere Gesell an einem andern Tage noch weiterging; aber nicht ohne Schaden für sich selbst, denn er konnte nun einmal seine Zunge nicht halten.

»Sagen Sie mal, Herr Fix«, fragte er seinen Reisegefährten in boshaftem Tone – »werden wir denn in Hongkong das Unglück haben, Sie dort zu lassen?«

»Aber«, erwiderte Fix ziemlich betreten, »ich kann es nicht sagen; vielleicht …«

»Ei!« sagte Passepartout, »für mich wäre es ein Glück, wenn Sie uns begleiten würden! Sagen Sie mal, ein Beamter der Ostindischen Handelsgesellschaft kommt wohl unterwegs überhaupt nicht zur Ruhe? Sie wollten bloß bis Bombay fahren und sind nun schon bald in China! Amerika ist nicht mehr weit, und von Amerika nach Europa ist's ja bloß noch ein Schritt!«

Fix sah Passepartout mit einem aufmerksamen Blick an; dieser aber zeigte das gemütlichste Gesicht von der Welt, und Fix lachte mit dem Bedienten mit. Der Bediente aber war nun einmal im Zuge und fragte, ob denn ein solches Geschäft Herrn Fix ein hübsches Stück Geld einbrächte?

»Ja und nein«, erwiderte Fix, ohne mit der Wimper zu zucken. »Es kommen gute Geschäfte und schlechte Geschäfte dabei vor. Aber Sie begreifen doch, daß ich nicht auf eigene Kosten reise!«

»Oh! Was das betrifft, da bin ich meiner Sache freilich sicher!« rief Passepartout, lachend wie ein Unkluger.

Hiermit hörte die Unterhaltung auf. Fix ging wieder in seine Kabine und fing an zu überlegen. Also war er doch erkannt? So oder so hatte der Franzose herausbekommen, daß er Geheimpolizist sei. Aber hatte er auch seinen Herrn schon davon unterrichtet? Welche Rolle fiel ihm bei der ganzen Sache zu? War er mitschuldig oder nicht?

Der Kommissar verlebte nun einige sehr unangenehme Stunden, bald glaubte er alles verloren, bald hoffte er wieder. Schließlich wußte er nicht, wofür er sich entschließen solle.

Mittlerweile aber wurde es ruhig in seinem Gehirn, und er nahm sich vor, mit Passepartout frei und offen vorzugehen. Fand er in Hongkong den Haftbefehl nicht vor und sollte Fogg sich anschicken, dort das englische Gebiet wirklich zu verlassen, so wollte er einfach mit Passepartout von der Leber weg reden. Entweder war der Lakai Mitschuldiger seines Herrn, und dann wußte er von allem, in welchem Falle der Karren dann gänzlich verfahren war – oder der Lakai stand dem Diebstahl fern, und dann lag es unbedingt in seinem Interesse, sich von dem Spitzbuben loszusagen.

So standen die Dinge zwischen den beiden Männern, über denen Phileas Fogg in seiner majestätischen Gleichgültigkeit schwebte. In rationellster Weise zog er sei-

95

nen Kreis um die Erde, ohne sich um Asteroiden zu bekümmern, die um ihn herum gravitierten.

Und doch befand sich in der Nähe – um in der Ausdrucksweise der Astronomen zu sprechen – ein beunruhigendes Gestirn, das auf das Herz dieses Herrn einen einigermaßen verwirrenden Einfluß hätte ausüben müssen. Doch nein! Zur großen Verwunderung Passepartouts war der Reiz der Frau Auda ohne Wirkung, und die Ablenkungen – wenn überhaupt welche vorhanden waren – hätten sich viel schwerer berechnen lassen als die des Uranus, die zur Entdeckung des Neptun geführt haben.

Ja! Hierüber konnte sich Passepartout wundern, da er doch in den Augen der jungen Frau soviel Zuneigung für seinen Herrn las! Sicherlich hatte Phileas Fogg, wenn es galt, sich heroisch zu zeigen, Herz genug, aber zum Liebhaber schien er nicht geschaffen! Von Besorgnis, die er sich um die Zufälle seiner Reise etwa machen mochte, war nichts zu merken. Passepartout selber aber kam aus den Ängsten nicht heraus. Eines Tages sah er, gestützt auf die vordere Brüstung des Maschinenraums, der riesigen Maschine zu. Als das Schiff gerade sehr heftig stampfte, faßte die gewaltig arbeitende Schraube kein Wasser, da sie über die Welle herausstand. Der Dampf entwich daher durch die Ventile, worüber der wackere Diener in helle Wut geriet.

»Die Ventile sind nicht genügend beschwert!« rief er. »Wir haben ja gar keine Fahrt! Ihr Engländer seid schöne Kerle! Wenn das ein amerikanisches Schiff wäre, dann ging's schneller vorwärts, wenn wir auch meinetwegen in die Luft flögen!«

18

Phileas Fogg, Passepartout und
Fix handeln nach dem Motto: jeder macht seins

In den letzten Tagen der Fahrt war das Wetter recht schlimm geworden. Der Wind wurde sehr stark und blies aus Nordwesten, also dem Lauf des Dampfers entgegen. Der »Rangun« schlingerte viel, und die Passagiere fühlten sich nichts weniger als behaglich.

Am 3. und 4. November setzte ein Sturm ein, der das Wasser heftig peitschte. Die See ging hoch. Der »Rangun« mußte auf zehn Radumdrehungen stoppen. Alle Segel wurden gekappt. Die Fahrgeschwindigkeit verringerte sich merklich, und es ließ sich schon berechnen, daß der »Rangun« in Hongkong mit 20 Stunden Verspätung einlaufen würde, falls der Sturm nicht nachließe.

Phileas Fogg wohnte diesem Schauspiel einer wilden See, die unmittelbar gegen ihn im Kampf zu stehen schien, mit seiner gewohnten Gleichgültigkeit bei. Seine Stirn verfinsterte sich nicht eine Sekunde, und doch konnte eine Verspätung von 20 Stunden seine ganze Reise in Frage stellen, weil er dann außerstande war, den Dampfer in Yokohama noch zu erreichen. Aber dieser Mensch ohne Nerven zeigte weder Ungeduld noch Ärger. Es sah wirklich so aus, als wenn dieser Sturm in seinem Programm stünde, als wenn er vorgesehen wäre. Frau Auda, die sich mit ihrem Reisegefährten über diesen widrigen Zufall unterhielt, gewahrte nicht die geringste Veränderung an ihm.

Fix sah die Dinge mit anderen Augen an. Ihm gefiel der Sturm über alles. Seine Befriedigung wäre schier grenzenlos gewesen, wenn der »Rangun« gezwungen worden wäre, vor dem Sturm beizulegen. Ihm war jede solche Verspätung recht, denn durch sie würde Herr Fogg genötigt werden, in Hongkong ein paar Tage zu bleiben. Zuletzt kam ihm also der Himmel mit seinen Böen und seinen Stürmen zu Hilfe. Er war zwar nicht ganz wohl und munter; aber was kam es darauf an? Er zählte die verschiedenen Fälle von Erbrechen nicht, und wenn sich sein Leib unter den Folgen der Seekrankheit krümmte, so schwelgte sein Geist in einer unermeßlichen Wonne.

Passepartout verlebte diese stürmische Zeit in einer sehr stürmischen Gemütsstimmung, aus der er wenig Hehl machte. Bisher war alles so ausgezeichnet gegangen! Erde und Wasser schienen seinem Herrn ergeben zu sein. Dampfschiffe und Eisenbahnen gehorchten ihm. Wind und Dampf vereinigten sich, um seine Reise zu begünstigen. Hatte denn wirklich die Stunde der Mißgunst nun geschlagen? Passepartout war es ganz so zumute, als wenn die zwanzigtausend Pfund aus seiner Börse hätten wandern müssen. Dieser Sturm machte ihn rasend, diese Bö setzte ihn in Wut, und gern hätte er dieses ungehorsame Meer gezüchtigt! Armer Kerl! Fix hielt ihm die persönliche Genugtuung, die er fühlte, sorgsam verborgen, und er tat wohl daran, denn hätte Passepartout nur die leiseste Ahnung davon gehabt, so wäre es Fix eine Viertelstunde lang miserabel ergangen!

Passepartout blieb, so lange der Sturm dauerte, auf dem Verdeck des »Rangun«. Es wäre ihm nicht möglich gewesen, unten zu verweilen; er kletterte in den Masten herum, setzte die Schiffsmannschaft durch seine affenähnliche Gewandtheit in Staunen und half überall mit. Hundertmal fragte er den Kapitän, die Offiziere, die Matrosen, die sich alle das Lachen nicht verhalten konnten über einen so außer Rand und Band geratenen Menschen. Passepartout wollte unbedingt wissen, wie lange der Sturm noch dauern wurde. Man sagte ihm dann, er solle doch nach dem Barometer sehen, das aber nicht die geringste Lust bezeigte zu steigen. Passepartout rüttelte und schüttelte das Barometer, aber es wollte alles nichts helfen, auch

Schimpfworte nicht, mit denen er das unschuldige Instrument überhäufte.

Endlich legte sich der Sturm. Am 4. November änderte sich das Meer. Der Wind sprang nach Süden herum und würde der Fahrt wieder günstig.

Aber die ganze verlorene Zeit einzubringen war nicht möglich. Darein mußte man sich finden, und erst am 6., um 5 Uhr morgens, wurde Land gemeldet. Nach Foggs Reisetaschenbuch sollte der Dampfer am 5. einlaufen. Mithin hatte er 24 Stunden Verspätung, und die Abfahrt nach Yokohama mußte natürlich verpaßt werden.

Um 6 Uhr kam der Lotse an Bord des »Rangun«, um den Dampfer durch die Engen bis in den Hafen von Hongkong zu führen.

Passepartout trieb es mit allen Fasern, den Mann zu fragen, ob der Dampfer nach Yokohama schon Hongkong verlassen habe. Aber er wagte es nicht, weil es ihm wohltat, sich noch einen Funken von Hoffnung bis zum letzten Augenblick zu erhalten. Er hatte Fix seine Ängste mitgeteilt; der schlaue Fuchs versuchte ihn damit zu trösten, daß Herr Fogg doch ebenso gut fahren würde, wenn er das nächste Dampfschiff benützte. Diese Worte setzten Passepartout in blinden Zorn.

Wenn sich aber Passepartout nicht getraute, den Lotsen zu fragen, so tat es Herr Fogg, nachdem er seinen »Bradshaw« zu Rate gezogen hatte, und zwar mit einer so gelassenen, ruhigen Miene, als wüßte er ganz genau, wann ein Dampfboot von Hongkong nach Yokohama gehen müsse.

»Morgen früh, wenn die Flut einsetzt«, antwortete der Lotse.

»So, so!« machte Herr Fogg, ohne die geringste Verwunderung zu zeigen.

Passepartout stand dabei und hätte gern den Lotsen umarmt, dem Fix am liebsten den Hals umgedreht hätte.

»Wie heißt der Dampfer?« fragte Herr Fogg.

»Der ›Carnatic‹«, antwortete der Lotse.

»Er sollte doch schon gestern abgehen?«

»Jawohl, Herr! Aber ein Kessel mußte ausgebessert werden, darum fährt er erst morgen.«

»Ich danke Ihnen«, versetzte Herr Fogg und begab sich mit seinem automatischen Schritt wieder in den Salon des »Rangun«.

Passepartout aber packte die Hand des Lotsen und drückte sie ihm kräftig mit den Worten:

»Lotse! Ihr seit ein braver Kerl!«

Der Lotse hat nie erfahren, warum ihm seine Antworten diesen Ausbruch von Freundschaft eintrugen. Er stieg wieder auf den

98

Ausguck und steuerte das Schiff mitten durch jene Flottille von Dschunken, Tankas, Fischerbooten und Schiffen aller Art, die den Vorhafen von Hongkong zu bevölkern pflegen.

Um 1 Uhr lag der »Rangun« am Kai vor Anker, und die Passagiere wurden ausgeschifft.

Unter solchen Umständen hatte der Zufall, wie man zugeben muß, Phileas Fogg einen bemerkenswerten Dienst geleistet. Wenn der »Carnatic« seine Kessel nicht ausbessern zu lassen brauchte, so wäre er am 5. November abgefahren, und wer nach Japan wollte, hätte acht Tage lang auf den nächsten Dampfer warten müssen. Herr Fogg hatte nun allerdings 24 Stunden Verspätung, aber für den Rest der Reise konnte dies keine verhängnisvollen Folgen haben.

Der Dampfer, der von Yokohama über den Stillen Ozean nach San Franzisko fuhr, richtete seine Fahrzeit genau nach dem Dampfer von Hongkong und konnte also vor dessen Ankunft gar nicht in See stechen. Augenscheinlich würde es bis Yokohama bei einer Verspätung von 24 Stunden bleiben. Aber während der 22 Tage, die die Fahrt über den Stillen Ozean dauerte, mußte es eine Kleinigkeit sein, dieselbe wieder einzubringen.

Demnach befand sich also Herr Fogg, trotz der 24 Stunden Verspätung, noch immer in Übereinstimmung mit seinem Reisetagebuch, am 35. Tage nämlich seiner Abfahrt von London.

Der »Carnatic« sollte erst am andern Morgen um 5 Uhr abfahren. Also hatte Herr Fogg 16 Stunden Zeit vor sich, um sich seinen, das heißt denjenigen Angelegenheiten, die seine Reisegefährtin, Frau Auda, angingen, zu widmen. Als er den Fuß aus dem Boot setzte, bot er der jungen Dame den Arm und führte sie zu einer Sänfte.

Er fragte die Träger nach einem Hotel, und sie nannten ihm das »Klub-Hotel« – die Sänfte setzte sich in Bewegung, und nach 20 Minuten war der Ort ihrer Bestimmung erreicht.

Phileas Fogg ließ für die Dame ein Zimmer herrichten und wachte persönlich darüber, daß es nicht an dem geringsten fehlte. Dann sagte er der Dame, daß er sich sogleich nach einem Verwandten erkundigen wolle, unter dessen Fürsorge er sie in Hongkong zurücklassen könne. Gleichzeitig gab er Passepartout Weisung, bis zu seiner Rückkunft im Hotel zu verweilen, damit die junge Dame dort nicht allein sein müsse.

Der Kavalier ließ sich nach dem Börsengebäude fahren. Dort mußte man ja eine Persönlichkeit vom Rufe des ehrenwerten Herrn Dschi-Dschi kennen, der ja zu den reichsten Finanzleuten der Stadt zählen sollte.

Der Makler, an den sich Herr Fogg um Auskunft wandte, kannte allerdings den parsischen Kaufmann. Der wohnte aber seit etwa zwei Jahren nicht mehr in China, sondern war, nachdem er sein Schäfchen ins trockene gebracht, nach Europa – Holland, wie es heißt – gezogen, und zwar infolge der zahlreichen Beziehungen, die er in seinem kaufmännischen Berufe mit diesem Lande angeknüpft hätte.

Phileas Fogg kehrte nach dem Klub-Hotel zurück, ließ dort sogleich bei Frau Auda um die Erlaubnis bitten, sich vorführen zu lassen, und teilte ihr ohne jede Vorrede mit, daß der ehrenwerte Herr Dschi-Dschi nicht mehr in China, sondern jetzt wahrscheinlich in Holland wohne.

Darauf sagte Frau Auda zuerst gar nichts. Dann fuhr sie sich mit der Hand über die Stirn, blieb ein paar Augenblicke in Sinnen versunken und fragte dann mit ihrer milden Stimme:

»Was soll ich nun machen, Herr Fogg?«

»Sehr einfache Sache!« antwortete der Kavalier – »mit nach Europa kommen.«

»Aber ich darf doch keinen Mißbrauch treiben mit ...«

»Von Mißbrauch ist keine Rede – Ihre Anwesenheit bildet keine Behinderung meines Programms – Passepartout!«

»Herr Fogg«, antwortete Passepartout.

»Gehen Sie an Bord des ›Carnatic‹ und belegen Sie drei Kabinen!«

Passepartout war außer sich vor Freude darüber, die Reise in Gesellschaft der jungen Frau fortsetzen zu dürfen, die sehr nett und lieb gegen ihn war, und war im Nu aus dem Klub-Hotel verschwunden.

19

Passepartout nimmt ein zu eifriges Interesse an
seinem Herrn, und was daraus folgt

Hongkong ist nur ein Eiland, dessen Besitz Großbritannien nach dem Kriege von 1842 im Vertrage von Nanking sichergestellt wurde. Binnen weniger Jahre hat das kolonisatorische Genie Großbritannien hier eine bedeutende Stadt gegründet, und einen Hafen, den Victoriahafen, geschaffen. Die Insel liegt an der Mündung des Canton, und bloß sechzig englische Meilen trennen sie von der auf dem anderen Ufer des Flusses erbauten Portugiesenstadt Macao. Hongkong mußte in einem handelspolitischen Kampfe notwendigerweise den Sieg über Macao behalten, und jetzt nimmt der Ausfuhrhandel zum weitaus größten Teile seinen Weg durch diese englische Stadt, die in ihren weltstädtischen Einrichtungen hinter keiner der Großhandelsstädte in England zurücksteht.

Passepartout promenierte mit den Händen in den Taschen in der Richtung nach dem Victoriahafen und sah sich die Sänften, die damals im himmlischen Reiche noch beliebten Schleierkarossen und das ganze Gewimmel von Chinesen, Japanern und Europäern an, das in den Straßen der großen Stadt herrschte. Als er an den Hafen selbst kam, staunte er schier über das Heer von Schiffen aller Nationen, das vor der Mündung des Canton lag:

Engländer, Franzosen, Amerikaner, Holländer, Deutsche, sowohl Kriegs- als Handelsschiffe, japanische oder chinesische Fahrzeuge, Dschunken, Sampas, Tankas und sogar Blumenboote, die gleich ebensovielen auf dem Wasser schwimmenden Gärten aussahen.

Unterwegs bemerkte Passepartout eine gewisse Anzahl von gelbgekleideten Eingeborenen, die alle schon recht weit im Alter heraufgerückt waren. Als er bei einem chinesischen Barbier eintrat, um sich »à la Chinese« rasieren zu lassen, erfuhr er von dem anwesenden Figaro, der ziemlich gut englisch sprach, daß diese Greise alle wenigstens 80 Jahre alt seien und vom 80. Jahre an das Vorrecht besäßen, die gelbe Farbe zu tragen, die bekanntlich die kaiserliche Farbe ist. Passepartout fand das höchst komisch, ohne zu wissen, warum.

Als ihm der Bart elegant zurechtgestutzt worden war, begab er sich nach dem Kai des »Carnatic« und sah dort Herrn Fix auf und ab promenieren, worüber er sich indes gar nicht wunderte.

Der Polizeikommissar aber zeigte auf seinem Antlitz die Furche einer sehr starken Enttäuschung.

»Recht so«, sagte Passepartout bei sich, »die Sache steht faul für die Herren vom Reform-Klub.«

Mit seinem fröhlichen Lachen trat er zu Fix heran, als bemerke er dessen ärgerliches Gesicht nicht.

Nun hatte der aber allen Grund, das höllische Unglück zu verwünschen, das ihn verfolgte. Noch immer kein Haftbefehl! Ganz ohne Frage lief derselbe hinter ihm her und konnte ihn auch nur erreichen, wenn er ein paar Tage in dieser Stadt verweilte.

Da nun Hongkong das letzte britische Gebiet auf der ganzen Reise war, mußte ihm Herr Fogg auf Nimmerwiedersehen entwischen, wenn es ihm nicht gelang, ihn hier festzuhalten.

»Nun, Herr Fix, haben Sie sich entschlossen, mit uns bis nach Amerika zu fahren?« fragte Passepartout.

»Jawohl«, antwortete Fix, indem er die Zähne zusammenpreßte.

»Ach, machen Sie doch keine Scherze!« rief Passepartout und stimmte ein Gelächter an, das man Häuser weit hören mußte – »ich hab's ja gewußt, daß Sie sich nicht von uns trennen können. Belegen Sie nur gleich Ihren alten Platz wieder! Kommen Sie, kommen Sie!«

Sie traten zusammen in das Fahrkartenkontor ein und belegten Kabinen für vier Personen. Aber der Kassier machte ihnen die Mitteilung, daß der »Carnatic«, da die Ausbesserungsarbeiten fertig seien, schon abends acht Uhr, und nicht erst am anderen Morgen, wie zuerst bekanntgegeben worden, abfahren werde.

»Sehr gut!« rief Passepartout, »das wird meinem Herrn fein in den Kram passen. Ich will's ihm nur gleich sagen.«

Da faßte Fix einen letzten Entschluß. Er wollte Passepartout alles erzählen. Es war vielleicht das einzige Mittel.

Als sie aus dem Schiffskontor gingen, machte Fix seinem Kameraden den Vorschlag, sich in einer Taverne durch einen Schluck zu erfrischen. Passepartout hatte noch Zeit und nahm die Einladung an.

Am Kai lag eine Taverne, und da sie ein einladendes Aussehen hatte, traten sie dort ein. Es war ein großer, hübsch dekorierter Saal, in dessen Hintergrund ein Feldbett mit Kissen und Pölstern stand. Auf diesem Bett lagen Leute und schliefen. Etwa dreißig Gäste saßen in dem Saal an kleinen Tischen aus Binsen. Manche tranken englisches Bier aus Gläsern, Ale oder Porter, andere tranken Branntwein mit Wasser oder reinen Branntwein. Die meisten rauchten aus langen roten Tonpfeifen, die mit kleinen Opiumkugeln, mit Rosenessenz befeuchtet, vollgestopft waren. Von Zeit zu Zeit fiel einer der Raucher entkräftet unter den Tisch, und die Kellner der Gastwirtschaft packten ihn beim Kopf und bei den Beinen und trugen ihn auf das Feldbett.

Etwa zwanzig solcher Trunkenbolde lagen dort nebeneinander im letzten Stadium des viehischsten Rausches.

Fix und Passepartout begriffen, daß sie in eine von jenen Unglücklichen frequentierte Tabagie eingetreten waren, die ihre Gesundheit, ihren Verstand und ihr Seelenheil im Genuß jenes unheimlichen Saftes vergeuden, der unter dem Namen Opium bekannt ist.

In eine der zahlreichen Höhlen dieser Art waren Fix und Passepartout eingetreten, um sich durch einen Schluck zu erfrischen. Passepartout hatte kein Geld, aber er nahm das Anerbieten seines Gefährten an, in der Absicht allerdings, es gelegentlich wettzumachen.

Es wurden zwei Flaschen Portwein bestellt, denen der Franzose fleißig zusprach, während Fix sich sehr zurückhielt, aber seinen Kameraden gespannt im Auge hielt. Man plauderte von allerhand und vornehmlich von jener ausgezeichneten Idee, die Fix gehabt hätte, die Reise auf dem »Carnatic« mitzumachen. Als die Flaschen leer waren, stand Passepartout auf, um seinem Herrn von der um einige Stunden früher angesetzten Abfahrt in Kenntnis zu setzen.

Fix hielt ihn zurück.

»Einen Augenblick«, sagte er.

»Was wünschen Sie, Herr Fix?«

»Ich habe mit Ihnen noch über sehr ernste Dinge zu sprechen.«

»Über ernste Dinge!« rief Passepartout und schlürfte noch einige Tropfen, die in seinem Glase zurückgeblieben waren. »Nun! Wir können ja morgen darüber reden. Heute habe ich keine Zeit.«

»Bleiben Sie«, erwiderte Fix, »es betrifft Ihren Herrn!«

Bei diesen Worten sah Passepartout seinen Gefährten sehr aufmerksam an. Fixens Gesichtsausdruck kam ihm höchst sonderbar vor.

Er setzte sich wieder.

Fix stützte die Hand auf den Arm Passepartouts und fragte mit gesenkter Stimme: »Sie haben also erraten, wer ich bin?«

»Das will ich meinen!« sagte Passepartout lächelnd.

»Nun, so will ich Ihnen alles offenbaren …«

»Jetzt, nachdem ich alles weiß, Gevatter? Ach, wissen Sie, das ist aber nicht mehr viel wert. Legen Sie indes ruhig los! Zuvor aber will ich Ihnen doch sagen, daß sich die Herrschaften ganz unnützerweise in Kosten gestürzt haben!«

»Unnützerweise!« sagte Fix. »Sie reden, wie Ihnen der Schnabel gewachsen ist! Man merkt gleich, Sie haben keine Ahnung von der Bedeutung der Summe!«

»Aber ich kenne doch die Höhe der Summe!« versetzte Passepartout. »20.000 Pfund!«

»55.000 Pfund!« versetzte Fix, dem Franzosen die Hand pressend.

»Was!« rief Passepartout, »so viel sollte Herr Fogg riskiert haben »55.000 Pfund! Nun, ein Grund mehr, um keinen Augenblick zu verlieren!« setzte er hinzu, von neuem aufstehend.

»55.000 Pfund!« sagte Fix noch einmal, indem er Passepartout zwang, sich wieder zu setzen, und bestellte eine Flasche Branntwein mit Wasser – »und wenn's mir gelingt, dann verdiene ich eine Prämie von 2000 Pfund. Wollen Sie 500 Pfund davon verdienen? Bedingung ist, daß Sie mir helfen!«

»Ich Ihnen helfen?« rief Passepartout, dessen Augen aus ihren Höhlen zu treten schienen.

»Ja! Helfen sollen Sie mir, Herrn Fogg einige Tage in Hongkong festzuhalten.«

»Nanu!« rief Passepartout, »was schwatzen Sie da? Sind die Herrschaften denn noch nicht zufrieden damit, meinem Herrn hinterhersetzen zu lassen? Wollen sie ihm auch noch Hindernisse bereiten? Schämen sollen sie sich!«

»Wa – Was meinen Sie?« fragte Fix.

»Daß es die höchste Gemeinheit ist! Das meine ich! Da können sie ja Herrn Fogg gleich ausplündern und ihm das Geld aus der Tasche stehlen!«

»Nun! Dahin zu kommen ist ja gerade, was wir wollen!«

»Aber das ist ja eine Falle«, rief Passepartout, bei dem sich der Einfluß des Branntweins geltend zu machen anfing, den Fix ihm einschenkte und den er trank, ohne es zu merken – »eine richtige Falle! Und das wollen Kavaliere sein! Das wollen Kameraden sein!«

Fix fing an, ihn für unverständlich zu halten.

»Kameraden wollen das sein? Mitglieder vom Reform-KIub?« rief Passepartout wieder. »Wissen Sie, Herr Fix, mein Herr ist ein Ehrenmann, und wenn er eine Wette eingegangen ist, so sucht er sie auf redliche Weise zu gewinnen!«

»Aber – für wen halten Sie mich denn?« fragte Fix, seinen Blick auf Passepartout heftend.

»Schwerenot! Für einen Spitzel des Reform-Klubs!« platzte Passepartout heraus, »der die Aufgabe hat, die Reise meines Herrn zu kontrollieren, und das nenne ich entehrend! Gemein! Ich habe schon seit einiger Zeit bemerkt, was hinter Ihnen steckt; aber ich habe mich sehr gehütet, Herrn Fogg etwas zu sagen!«

»Er weiß nichts?« fragte Fix lebhaft.

»Nein! Nichts!« antwortete Passepartout und leerte noch einmal sein Glas.

Der Polizeikommissar fuhr sich mit der Hand über die Stirn. Er zauderte noch, bevor er das Wort ergriff. Was sollte er machen? Passepartouts Irrtum schien echt zu sein, aber er machte sein Vorhaben noch schwieriger. Offenbar redete dieser Gesell in unbedingt gutem Glauben und war keinesfalls ein Mitschuldiger seines Herrn – was Fix hätte befürchten können.

»In diesem Falle«, sprach er bei sich, wird er mir doch helfen!« Der Detektiv hatte seinen Entschluß zum zweitenmal gefaßt.

Im übrigen hatte er keine Zeit mehr zu warten. Um jeden Preis wollte er Fogg in Hongkong festhalten.
»Hören Sie zu«, sagte Fix mit scharfer Betonung, »hören Sie aufmerksam zu! Ich bin nicht, was Sie glauben, also kein Spitzel der Mitglieder des Reform-Klubs …«
»Pah!« machte Passepartout, indem er ihn mit höhnischer Miene vom Kopf bis zu den Füßen betrachtete.
»Ich bin Polizeikommissar und von der Londoner Stadtpolizei beauftragt …«
»Sie? Polizeikommissar?«
»Jawohl! Und ich beweise es Ihnen«, sagte Fix – »hier, meine Legitimation!«
Mit diesen Worten nahm er aus seiner Brieftasche ein Papier und zeigte es seinem Gefährten. Es trug den bekannten Stempel des Londoner Polizeiamtes.
Passepartout sah Fix wie versteinert an. Er konnte kein Sterbenswörtchen über seine Lippen bringen
»Die Wette des Herrn Fogg«, fuhr er fort, »ist bloß ein Vorwand, durch den Sie an der Nase herumgeführt worden sind! Sie und seine Kollegen vom Reform-Klub; denn in seinem Interesse lag es, sich Ihres guten Glaubens zu versichern.«
»Aber warum denn bloß?« rief Passepartout.
»Hören Sie! Am 28. September ist in der Bank von England ein Diebstahl verübt

worden, von 55.000 Pfund, durch ein Individuum, dessen Signalement noch aufgenommen werden konnte. Hier haben Sie das Signalement! Es paßt Wort für Wort auf Herrn Fogg.«

»Ach reden Sie doch keinen Unsinn!« rief Passepartout und schlug mit der Faust auf den Tisch. »Mein Herr ist der rechtschaffenste Mensch in der Welt!«

»Woher wissen Sie das?« antwortete Fix. »Sie kennen ihn nicht einmal! Sie sind am Tage seiner Abreise bei ihm in Dienst getreten, und er ist unter einem unsinnigen Vorwand abgereist, ohne Koffer, mit einer bedeutenden Summe in Banknoten! Und Sie wollen behaupten, er sei ein rechtschaffener Mann?«

»Ja! ja!« wiederholte mechanisch der arme Kerl.

»Haben Sie denn Lust, sich als sein Mitschuldiger verhaften zu lassen?«

Passepartout hatte den Kopf zwischen beide Hände genommen. Er sah sich nicht mehr ähnlich. Er traute sich nicht, den Kommissar anzusehen. Phileas Fogg ein Dieb, Phileas Fogg, der Frau Auda errettet hatte? Dieser edelmütige, brave Herr? Und doch, was sprach nicht alles gegen ihn! Passepartout versuchte den Argwohn, der sich in seinen Geist schlich, zu verjagen. Er wollte nicht an die Schuld seines Herrn glauben.

»Was wollen Sie nun eigentlich von mir?« fragte er den Kommissar, indem er sich zu einer äußersten Anstrengung aufraffte.

»Hören Sie«, antwortete Fix. »Ich habe den Herrn Fogg bis hierher verfolgt, habe aber noch keinen Haftbefehl in Händen. Ich habe ihn von London verlangt. Er ist unterwegs. Sie sollen mir helfen, Herrn Fogg in Hongkong festzuhalten …«

»Ich soll! … Ich soll …«

»Und ich teile mit Ihnen die Prämie von 2000 Pfund, die von der Bank von England ausgesetzt worden ist!«

»Niemals!« rief Passepartout, der aufstehen wollte, aber wieder umsank, denn er fühlte, daß ihn Verstand und Kräfte verließen.

»Herr Fix«, lallte er, »wenn auch alles wahr sein sollte, was Sie mir gesagt haben ... Wenn mein Herr wirklich der Dieb sein sollte, auf dessen Suche Sie sind ... was ich entschieden leugne ... so bin ich doch in seinem Dienste ... er ist gut und edel gegen mich gewesen ... Ihn verraten ... niemals! Nein! Nicht um alles Gold in der Welt ... ich bin aus einem Dorfe, wo solches Brot nicht gegessen wird!«

»Sie weigern sich?«

»Ich weigere mich!«

»Nun! So nehmen wir an, ich habe nichts gesagt!« antwortete Fix, »und trinken wir noch einmal!«

»Ja! Trinken! Noch einmal!«

Passepartout fühlte sich mehr und mehr vom Rausch umfangen. Fix begriff, daß er ihn um jeden Preis von seinem Herrn fernhalten müsse, und wollte ihn betrunken machen.

Auf dem Tische standen noch ein paar Opiumpfeifen herum. Fix schob eine in Passepartouts Hand. Passepartout nahm sie, setzte sie an die Lippen, steckte sie an, tat einige Züge daraus und fiel um, benebelt von dem schweren Narkotikum.

»Endlich«, sagte Fix, als er Passepartout besinnungslos daliegen sah; »nun wird Herr Fogg wohl nichts erfahren von der früheren Abfahrt des ›Carnatic‹, und wenn er fährt, so wird er wenigstens ohne diesen vermaledeiten Franzosen fahren!«

Dann ging er, nachdem er die Zeche bezahlt hatte.

109

20

Fix tritt direkt zu Phileas Fogg in Beziehung

Während dieses Vorganges, der für seine Zukunft am Ende gefährlich werden konnte, ging Herr Fogg in Begleitung von Frau Auda in den Straßen der britischen Stadt spazieren. Seit Frau Auda sein Anerbieten, sie bis nach Europa zu geleiten, angenommen hatte, hatte er es für seine Pflicht erachtet, alles genau zu erwägen, was eine so lange Reise erheischt. Daß ein Engländer wie er, die Reise um die Erde mit einer Tasche in der Hand macht, mag ja noch angehen. Aber eine Dame konnte eine solche Reise nicht unter solchen Bedingungen machen. Kleider und alle für die Reise irgendwie notwendigen Dinge kaufte Herr Fogg ein und entledigte sich seiner Aufgabe mit der ihn charakterisierenden Ruhe.

Alle Entschuldigungen oder Einwendungen der jungen Witwe, die vor so viel Aufopferung ganz verlegen wurde, wies er mit den Worten ab:

»Es liegt im Interesse meiner Reise – es gehört zu meinem Programm!« Als alle Einkäufe erledigt waren, kehrte Herr Fogg mit der jungen Dame nach dem Hotel zurück und speiste mit ihr an der lukullischen Table d'hote. Hierauf begab sich Frau Auda, die sich ein wenig ermüdet fühlte, in ihr Zimmer hinauf. Von ihrem undurchdringlichen Erretter verabschiedete sie sich durch einen leichten Händedruck.

Der ehrenwerte Kavalier vertiefte sich den Abend über in die »Times« und in die »Londoner Illustrierte«.

Wäre er ein Mann, fähig irgendwelcher Beunruhigung gewesen, so wäre in dem Umstande, daß sich sein Bedienter zur Schlafenszeit mit keinem Blicke sehen ließ, wohl Ursache dazu vorhanden gewesen. Aber da er wußte, daß der Dampfer nach Yokohama von Hongkong erst am andern Tag früh abfahren sollte, beschäftigte er sich nicht weiter damit. Aber am andern Morgen ließ sich Passepartout auch nicht sehen, als Herr Fogg klingelte.

Was der ehrenwerte Kavalier denken mochte, als er erfuhr, sein Bedienter sei überhaupt nicht ins Hotel zurückgekehrt, wäre wohl niemand imstande zu sagen. Herr Fogg begnügte sich, seinen Reisesack zu nehmen, ließ Frau Auda benachrichtigen und eine Sänfte holen.

Es war gerade acht Uhr, und die Flut, die der »Carnatic« zur Fahrt durch die Insel benutzen wollte, war auf halb neun angezeigt.

Als die Sänfte vor der Tür des Hotels stand, stieg Herr Fogg mit Frau Auda ein. Das Gepäck wurde auf einem Karren nachgefahren. Eine halbe Stunde später betraten die Reisenden den Kai, und dort erfuhr Herr Fogg, daß der »Carnatic« bereits am Abend in See gestochen sei.

Herr Fogg hatte gedacht, Dampfer und Bedienten hier zu finden, und sah sich nun genötigt, auf beide zu verzichten. Aber keinerlei Zeichen von Enttäuschung zeigte sich auf seinem Gesicht, und als Frau Auda ihn mit Unruhe ins Auge faßte, begnügte er sich mit der Antwort:

»Ein Unfall, Madame, weiter nichts.«

In diesem Augenblick trat eine Persönlichkeit auf ihn zu, die ihn aufmerksam beobachtet hatte; es war der Polizeikommissar. Nach flüchtiger Begrüßung sagte er: »Sind Sie nicht auch gestern, so wie ich, mit dem ›Rangun‹ angekommen, mein Herr?«

»Jawohl, mein Herr«, antwortete kühl Herr Fogg, »aber ich habe nicht die Ehre –«

»Verzeihen Sie, bitte, ich glaubte Ihren Bedienten hier zu finden.«

»Wissen Sie, wo er sich befindet, mein Herr?« fragte lebhaft die junge Dame.

»Was?« antwortete Fix, Erstaunen heuchelnd – »ist er denn nicht bei Ihnen?«

»Nein«, erwiderte Frau Auda. »Seit gestern hat er sich nicht wieder sehen lassen. Sollte er sich etwa ohne uns auf dem ›Carnatic‹ eingeschifft haben?«

»Ohne Sie, meine Dame? ...« antwortete der Kommissar.

»Aber entschuldigen Sie meine Frage! Wollten Sie denn mit diesem Schiffe reisen?«

»Jawohl, mein Herr.«

»Nun, ich auch, gnädige Frau, und Sie sehen wohl, wie enttäuscht ich bin! Der ›Carnatic‹ hat Hongkong, nachdem seine Reparaturarbeiten fertig waren, um zwölf Stunden früher verlassen, und nun werden wir acht Tage warten müssen, ehe der nächste Dampfer fährt!«

Als er die Worte acht Tage aussprach, hüpfte sein Herz schier vor Freude. Acht Tage! Fogg acht Tage in Hongkong festgehalten! Nun würde sich doch Zeit finden, auf den Haftbefehl zu warten! Endlich bot das Glück dem Vertreter des Gesetzes die Hand.

Nun stelle man sich den Keulenschlag vor, als er Phileas Fogg mit seiner ruhigen Stimme sagen hörte:

»Aber es gibt ja in Hongkong, wie mir scheint, noch mehr Fahrzeuge als den ›Carnatic‹!«

Hierauf bot Herr Fogg Frau Auda den Arm und lenkte die Schritte nach den Docks, um sich nach einem andern Schiffe zu erkundigen.

Fix folgte ihm wie betäubt. Es war, als ob ein Seil ihn mit diesem Menschen verknüpft hielte.

Indessen schien das Glück den Mann, dem es bis dahin so treu gedient hatte, nun wirklich zu verlassen. Phileas Fogg irrte drei Stunden durch den Hafen nach allen Richtungen, entschlossen, ein Schiff für sich allein zu mieten, wenn es nicht anders ginge. Aber er sah nur Schiffe, die mit Aus- und Einladen zu tun hatten und also nicht in See gehen konnten. Fix fing wieder an, Hoffnung zu fassen.

Herr Fogg ließ sich aber noch immer nicht aus der Fassung bringen. Er setzte seine Nachforschungen fort und war entschlosscn, sie bis nach Macao hinüber auszudehnen, als er sich im Außenhafen von einem Seemann angesprochen sah.

»Euer Gnaden suchen ein Schiff?« sagte der Seemann, die Mütze lüftend.

»Haben Sie ein Schiff, das sofort in See gehen kann?« fragte Herr Fogg.

»Jawohl, Euer Gnaden, ein Lotsenboot, Nr. 43, das beste auf der Reede.«

»Läuft es schnell?«

»Zwischen acht und neun Meilen etwa. Wollen Sie es ansehen?«

»Ja.«

»Euer Gnaden werden zufrieden sein. Wollen Euer Gnaden aufs Meer hinausfahren?«

»Nein – abreisen will ich!«

»Abreisen? Wohin, Euer Gnaden?«

»Nach Yokohama! Wollen Sie mich hinüberbringen?«

Bei diesen Worten stand der Seemann da, wie vom Donner getroffen, und stierte Herrn Fogg blöde an.

»Euer Gnaden machen wohl Spaß?« fragte er.

»Nein, ich habe die Abfahrt des ›Carnatic‹ verpaßt und muß am 14. spätestens in Yokohama sein, um den Dampfer nach San Franzisko zu erreichen.«

»Das bedaure ich«, antwortete der Lotse, »aber es ist ein Ding der Unmöglichkeit!«

»Ich biete Ihnen 100 Pfund für den Tag und eine Prämie von 200 Pfund, wenn ich rechtzeitig ankomme!«

»Ist das Ihr Ernst?« fragte der Lotse.

»Mein voller Ernst«, antwortete Herr Fogg.

Der Lotse war beiseite getreten. Er studierte das Meer augenscheinlich im Kampfe mit sich zwischen dem Wunsche, eine so ungeheure Summe zu verdienen, und zwischen der Furcht, sich so weit hinaus zu wagen.

Fix befand sich in tödlicher Unruhe. Unterdessen war Herr Fogg zu Frau Auda getreten.

»Sie werden sich doch nicht fürchten, gnädige Frau?« fragte er sie.

»In Ihrer Gesellschaft nicht, Herr Fogg!« antwortete die Dame.

Der Lotse war neuerdings auf Herrn Fogg zugetreten und drehte seine Mütze zwischen den Händen.

»Nun, Lotse?« fragte Herr Fogg.

»Hm, Euer Gnaden«, antwortete dieser, »ich kann's nicht riskieren, kann weder mich, noch meine Mannschaft, noch Euer Gnaden selbst in die Gefahr einer so langen Fahrt setzen auf einem Schiff von kaum 20 Tonnen und zu dieser Jahreszeit! Übrigens würden wir doch nicht zur rechten Zeit ankommen, den von Hongkong nach Yokohama sind's 1650 Meilen!«

»1600 bloß«, sagte Herr Fogg.

»Das ist ein und dasselbe!«

114

Fix atmete tief auf. »Aber«, setzte der Lotse hinzu, »die Sache ginge vielleicht anders zu machen.« Fix ging im Nu der Atem aus.
»Wie?« fragte Phileas Fogg.
»Wenn wir nach Nagasaki führen, an der Südspitze von Japan, 1100 Meilen, oder bloß nach Shanghai, 800 Meilen von Hongkong. Auf dieser letzten Strecke würde man sich nicht von der chinesischen Küste zu entfernen brauchen, was schon ein sehr großer Vorteil sein würde, um so mehr, als die Strömung dort nordwärts trägt.«
»Lotse«, antwortete Phileas Fogg, »ich muß in Yokohama den amerikanischen Postdampfer treffen, und nicht in Shanghai oder Nagasaki!«
»Warum denn nicht?« antwortete der Lotse. »Der Dampfer nach San Franzisko geht nicht von Yokohama ab. Er legt in Yokohama und Nagasaki an; Abfahrtshafen ist aber Shanghai.«
»Wissen Sie das ganz genau?«
»Ganz genau!«
»Und wann fährt der Dampfer von Shanghai ab?«
»Am 11. abends um 7 Uhr. Wir haben also noch vier Tage vor uns. Vier Tage macht 96 Stunden, und bei einer mittleren Fahrgeschwindigkeit von 8 Meilen in der Stunde können wir, wenn sich der Wind südöstlich halt, bei ruhigem Meere die 800 Meilen, die uns von Shanghai trennen, in dieser Zeit zurücklegen.«
»Und wann können Sie fahren?«
»In einer Stunde! Soviel Zeit brauche ich für den Proviant und für die Ausrüstung.«
»Abgemacht! Sie sind der Bootsherr?«
»Jawohl, John Bunsby, Patron der ›Tankadere‹!«
»Wollen Sie Handgeld?«
»Wenn es Euer Gnaden nicht stört!«
»Hier Sind 200 Pfund à conto ... Mein Herr«, setzte Phileas Fogg hinzu, sich zu Herrn Fix wendend, »wenn Sie die Gelegenheit benützen wollen ...«
»Es war fast meine Absicht, mein Herr«, versetzte Fix entschlossen, »Sie hierum zu ersuchen!«
»Gut, also! In einer halben Stunde müssen wir an Bord sein!« – »Aber der arme Mensch ...« sagte Frau Auda, die sich über Passepartouts Verschwinden noch immer nicht beruhigen konnte.

»Was ich für ihn tun kann, werde ich tun«, antwortete Phileas Fogg.

Während sich nun Fix in nervöser Hast und Unruhe zu dem Lotsenboote hin verfügte, begaben sich die beiden nach dem Hongkonger Polizeibüro. Dort hinterlegte Phileas Fogg Passepartouts Signalement und eine für seine Rückfahrt nach England ausreichende Surnme. Als die gleiche Förmlichkeit auch im französischen Konsulat vollzogen worden war, führte die Sänfte sie zurück nach dem Hotel, um das Gepäck abzuholen, und von dort nach dem Außenhafen.

Es schlug 3 Uhr. Das Lotsenboot Nr. 43 hatte bereits Mannschaft an Bord und Proviant verstaut. Es war also zur Seefahrt fertig.

Die »Tankadere« war eine allerliebste kleine Goelette von 20 Tonnen Last, schlank und spitz gebaut, fast wie eine Rennjacht. Ihr blitzender Kupferbeschlag, ihre vernickelten Wände, ihr Deck weiß wie Elfenbein, sprachen dafür, daß ihr Patron John Bunsby was darauf gab, sie in gutem Stande zu halten. Ihre breiten Maste standen etwas achterwärts geneigt. Sie führte Briggsegel, Focksegel und Gaffeltopsegel und konnte bei Achterwind noch ein Hilfssegel setzen. Sie mußte vorzüglich rennen können und hatte auch schon bei Wettfahrten zwischen Lotsenbooten mehrere Preise gewonnen.

Die Mannschaft setzte sich zusammen aus dem Schiffsherrn John Bunsby und vier Matrosen, sämtlich aus jener Schar kühner Seeleute rekrutiert, die bei jedem Wetter sich aufs hohe Meer hinauswagt, um Schiffen Rettung zu bringen, und mit diesen Meeren bekannt ist wie mit ihrem bißchen Häuslichkeit! John Bunsby, ein Mann von etwa 45 Jahren, kräftig, tiefgebräunt, mit lebendigen Augen, energischem Gesicht, eiserner Haltung und tüchtig in seinem Fache, hätte dem furchtsamsten Hasen Vertrauen einflößen müssen.

Phileas Fogg und Frau Auda begaben sich an Bord. Herr Fix befand sich schon an Bord. Am Hintersteven der Goelette führte eine Treppe in einen viereckigen Raum hinunter, an dessen Wänden sich ein Diwan entlang zog. In der Mitte hing von der Decke eine Lampe herab. Alles war klein und niedlich, aber sehr reinlich.

»Bedaure lebhaft, Ihnen nichts Besseres bieten zu können«, sagte Herr Fogg zu Herrn Fix, der sich statt einer Antwort verbeugte.

Der Polizeikommissar empfand es als eine Art von Demütigung, daß er die Gefälligkeit des Herrn Fogg in solcher Weise für sich ausnutzte.

»Auf alle Fälle«, dachte er bei sich, »ist er ein sehr höflicher Gauner! Aber ein Gauner ist und bleibt er doch!«

Um 3 Uhr 10 Minuten wurden die Segel gehißt. Die Flagge Englands stieg am Maste herauf. Die Passagiere hatten auf dem Verdeck Platz genommen. Herr Fogg und Frau Auda warfen einen letzten Blick auf den Kai, um zu sehen, ob Passepartout nicht in letzter Minute noch in Sicht käme.

Fix war nicht ohne Befürchtungen, denn der Zufall hätte den unglücklichen Burschen, dem er so schmählich mitgespielt hatte, noch jetzt hierher führen können, und dann würde es eine Auseinandersetzung gegeben haben, die gar nicht zum Vorteil des Detektivs ausgefallen wäre. Aber der Franzose wurde nicht sichtbar; ohne Zweifel hielt ihn das schlimme Narkotikum, das den Menschen zum Tiere macht, noch immer in seiner Gewalt.

Endlich stieg John Bunsby ab, und die »Tankadere« schoß ins Meer hinaus, auf seinen Wogen sich schaukelnd.

21

Der Patron der »Tankadere« gerät in starke Gefahr, eine Prämie von 200 Pfund zu verlieren

Es war ein gefahrvolles Unternehmen, diese Seefahrt von 800 Meilen auf einem Fahrzeuge von 20 Tonnen und vor allem zu dieser Jahreszeit. Die chinesischen Meere sind im allgemeinen tückisch, denn sie sind gefährlichen Windstößen ausgesetzt, ganz besonders aber zur Zeit der Tag- und Nachtgleiche, und man befand sich in den ersten Novembertagen.

Es wäre offenbar vorteilhafter für den Lotsen gewesen, seine Passagiere bis Yokohama zu fahren, da er ja für soundso viele Tage mehr bezahlt worden wäre.

Aber es wäre sehr unklug von ihm gewesen, unter solchen Verhältnissen eine solche Fahrt zu wagen. Es war schon eine Kühnheit, um nicht von Tollkühnheit zu sprechen, daß er die Fahrt bis Shanghai unternahm. Aber John Bunsby hatte Vertrauen zu seiner »Tankadere«, die auf den Wogen wie eine Möwe tanzte; und vielleicht war er nicht im Unrecht.

In den letzten Stunden des ersten Tages steuerte die »Tankadere« durch die gefahrvollen Engen von Hongkong, überwand aber alle Hindernisse dieser beschwerlichen Strecke mit bewunderungswürdigem Geschick.

»Ich habe wohl nicht nötig, Lotse«, sagte Phileas Fogg in dem Augenblick, als die Goelette ins offene Meer hinaussteuerte, »Euch die möglichste Geschwindigkeit anzuempfehlen.«

»Euer Gnaden dürfen sich auf mich verlassen«, antwortete John Bunsby. »Wir segeln so schnell, wie es der Wind irgend erlaubt, rudern würde uns nichts nützen, im Gegenteil!«

»Das ist Ihre Sache, Lotse, und geht mich nichts an«, sagte Phileas Fogg – »ich rede Ihnen nicht hinein in Ihr Handwerk, sondern verlasse mich auf Sie!«

Phileas Fogg stand kerzengerade, mit ausgespreizten Beinen standfest wie ein Seemann neben dem Patron; die junge Dame saß auf dem Hinterdeck und betrachtete tief ergriffen den schon von der abendlichen Dämmerung verfinsterten weiten Ozean, dem sie auf einem gebrechlichen Fahrzeuge zu trotzen unternahm. Über ihrem Haupte blähten sich die weißen Segel, die sie gleich mächtigen Fittichen in den Weltenraum hinaustrugen.

Die vom Winde getragene Goelette schien durch die Luft zu fliegen.

Die Nacht sank hernieder. Der Mond trat in sein erstes Viertel; sein unzureichendes Licht sollte bald in den Nebeln am Horizonte verlöschen. Wolken jagten von Osten her und überzogen einen Teil des Himmels.

Der Lotse hatte seine Lichter in Ordnung gebracht – eine unerläßliche Vorsicht auf diesen besonders im Küstengebiete vielbefahrenen Meeren. Begegnungen mit Schiffen gehörten dort nicht zu den Seltenheiten, und bei der Geschwindigkeit, mit der die Goelette fuhr, wäre sie beim schwächsten Anprall zerschellt wie eine Nußschale.

Fix saß träumend auf dem Vorderdeck. Er hielt sich abseits, da er Foggs schweigsame Haltung kannte. Auch widerstrebte es ihm, mit diesem Menschen zu sprechen, dessen Gefälligkeit er für sich in Anspruch nahm. Er dachte auch an die Zukunft. Es schien ihm sicher zu sein, daß Fogg sich in Yokohama nicht aufhalten, sondern direkt mit dem Dampfer nach San Franzisko reisen würde, um so früh wie möglich Amerika zu erreichen, dessen weite Länderflächen ihm Sicherheit und Straflosigkeit gewähren würden. Der Plan, den Phileas Fogg verfolgte, schien so einfach zu sein, wie man ihn sich einfacher gar nicht denken konnte.

Statt sich in England direkt nach den Vereinigten Staaten einzuschiffen, wie es der Durchschnittsverbrecher getan haben würde, hatte dieser Fogg sich auf eine Reise um die Erde begeben, um das amerikanische Festland mit desto größerer Sicherheit zu erreichen, wo er die Millionen der Bank ruhig verzehren konnte, nachdem er die Polizei auf eine falsche Fährte gelockt hatte.

Was aber sollte Fix tun, sobald Fogg das Ländergebiet der Union betreten hatte? Sollte er den Menschen dort laufen lassen? Nimmermehr! Nicht eher wollte er ihm von den Fersen gehen, als er einen Auslieferungsbefehl in der Tasche hätte! Das war seine Pflicht, und seine Pflicht wollte er bis zum äußersten Maß erfüllen! Jedenfalls hatte sich ein glücklicher Umstand gefügt: Passepartout war nicht mehr bei seinem Herrn, und nach allem, was Fix bereits wußte und Passepartout gesagt hatte, war es von großer Wichtigkeit, daß sich Herr und Diener nicht fanden.

Phileas Fogg mußte wohl auch mit seinen Gedanken bei seinem auf so seltsame Weise verschwundenen Diener weilen. Nachdem er den Fall nach allen Seiten hin überlegt hatte, schien es ihm nicht unmöglich zu sein, daß sich der arme Kerl zufolge eines Mißverständnisses im letzten Augenblicke noch auf dem

119

»Carnatic« eingeschifft hätte. Das war auch die Meinung von Frau Auda, die den Verlust dieses braven Dieners, dem sie so viel verdankte, lebhaft beklagte. Es war also vielleicht nicht ausgeschlossen, daß man ihn in Yokohama wiedertraf, wenn ihn der »Carnatic« mit dorthin genommen hatte.

Um 10 Uhr setzte eine frische Brise ein. Vielleicht wäre es klug gewesen, ein Notsegel aufzumachen, aber der Lotse traf, nachdem er den Himmel einer sorgfältigen Beobachtung unterzogen hatte, keinerlei Änderung im Stande der Segel. Die »Tankadere« lief mit wunderbarer Stetigkeit.

Um Mitternacht begaben sich Phileas Fogg und Frau Auda in die Kabine hinunter. Fix war bereits unten und hatte sich auf einen der Diwans gestreckt. Der Lotse und seine Mannschaft blieben die ganze Nacht auf Deck.

Am anderen Morgen, dem 8. November, bei Sonnenaufgang, hatte die Goelette schon mehr als 100 Meilen hinter sich. Das oft ausgeworfene Logg wies eine mittlere Fahrgeschwindigkeit von 8 bis 9 Meilen nach. Wenn der Wind aushielt, standen die Chancen für die Reisenden günstig.

Den ganzen Tag über entfernte sich die »Tankadere« nicht merklich von der Küste, wo ihr die Strömung günstig war. Um Mittag herum flaute die Brise ab und sprang nach Südosten herum. Der Lotse ließ die Focksegel setzen; aber nach zwei Stunden mußte er sie wieder reffen lassen, denn die Brise versteifte sich von neuem.

Zum Glück waren sowohl Herr Fogg wie Frau Auda seefest und blieben von Seekrankheit verschont. Sie verspeisten mit Appetit die mitgenommenen Konserven und den Schiffszwieback. Fix wurde aufgefordert, mitzuessen und mußte annehmen, wußte er doch, daß es notwendig war, den Magen zu versorgen. Aber verdrießlich war es ihm doch, auf Kosten dieses Mannes zu reisen, sich auch noch von seinem Proviant zu mästen, das kam ihm doch wenig anständig vor. Er aß, allerdings gezwungen, aber schließlich aß er doch eben mit.

Als die Mahlzeit vorüber war, meinte er Herrn Fogg beiseite nehmen zu sollen, und redete ihn an. Aber die Anrede, obgleich sie bloß aus den Worten »Mein Herr« bestand, schnitt ihm förmlich die Lippen entzwei, und er mußte mit Gewalt an sich halten, um nicht diesen »Herrn« am Kragen zu packen!

»Mein Herr! Sie haben mir einen sehr großen Dienst erwiesen, indem Sie mir die Überfahrt auf Ihrem Schiff anboten. Obwohl mir aber meine Geldmittel keine solche freigebige Hantierung erlauben, wie Ihnen, so möchte ich doch bitten, mir zu sagen, wieviel auf meinen Anteil …«

»Sprechen wir nicht weiter hievon, mein Herr«, antwortete Herr Fogg.

»Aber ich bitte …«

»Nicht doch, mein Herr«, wiederholte Herr Fogg in einem Tone, der keine Erwiderung zuließ. »Das kommt zu den allgemeinen Unkosten!«

Fix verneigte sich. Aber er erstickte fast vor Ärger, sprach den ganzen Tag kein Wort mehr, sondern streckte sich auf dem Vorderteil der Goelette auf die Planken.

Unterdes nahm die Fahrt ihren flotten Fortgang. John Bunsby hatte gute Hoffnung. Zu wiederholten Malen schon hatte er Herrn Fogg gesagt, daß man zur gewünschten Zeit in Shanghai ankommen würde. Herr Fogg antwortete immer nur, daß er sich darauf verlasse. Die Mannschaft der kleinen Goelette arbeitete mit allem Eifer. Die ausgeschriebene Prämie spornte die Leute an. Auf einer Regatta des Königlichen Jachtklubs hätte die Bedienung nicht schneller und exakter sein können als hier!

Gegen Abend hatte der Lotse am Logg eine Fahrtstrecke von 220 Meilen ab Hongkong festgestellt. Phileas Fogg konnte Hoffnung schöpfen, bei der Ankunft in Yokohama der Notwendigkeit, eine Verspätung in seinem Reisetagebuch zu registrieren, überhoben zu werden. Demnach würde also das erste ernste Hindernis, das ihm seit seiner Abfahrt von London widerfuhr, wahrscheinlich noch ohne

wirklichen Nachteil für ihn sich beseitigen lassen!

In der Nacht, um die ersten Morgenstunden herum, fuhr die »Tankadere« in die Meerenge von Fo-Kien ein, die die große Insel Formosa von der chinesischen Küste trennt, und durchlief den Wendekreis des Krebses. In dieser Enge ist das Meer äußerst gefährlich; die zahlreichen Klippen verursachen starke Gegenströmungen. Die Goelette arbeitete schwer. Die kurzen Wellen hemmten ihren Lauf.

Mit Tagesanbruch verschärfte sich der Wind noch. Am Himmel erhob sich Sturmgewölk. Das Barometer zeigte einen nahe bevorstehenden Luftwechsel an; das Quecksilber wies bedenkliche Schwankungen auf. Gegen Südost hin sah man das Meer aufrührerisch werden. Die Sonne war am Abend in einem roten Nebel untergegangen, der Ozean hatte weithin wie Phosphor geleuchtet.

Der Lotse prüfte lange Zeit dieses schlimme Aussehen des Himmels und murmelte Dinge zwischen seinen Zähnen, für die sich kein rechtes Verständnis gewinnen ließ. Als kurz darauf sein Passagier neben ihm stand, fragte er mit leiser Stimme: »Darf man mit Euer Gnaden über alles reden?«

»Über alles!« versetzte Phileas Fogg.

»Nun, es wird Sturm setzen, Euer Gnaden!«

»Wird er aus Süden kommen oder aus Norden?« fragte Herr Fogg einfach.

»Aus Süden! Hm, ein Taifun ist im Zuge!«

»Hoch der Taifun aus dem Süden!« sagte Herr Fogg; »denn er wird uns vorwärts jagen!«

»Wenn Sie die Sache von der Seite aus ansehen«, erwiderte der Lotse, »dann bleibt mir nichts mehr zu sagen übrig!«

John Bunsbys Ahnungen betrogen ihn nicht und er traf beizeiten alle Vorkehrungen, ließ die Segel reffen, die Rahen einziehen, die Masten umlegen, die Luken schließen, so daß kein Tropfen Wasser ins Schiff eindringen konnte. Ein einziges Dreiecksegel wurde gehißt, daß die Goelette den Wind achtern behielt. Dann wartete man ab.

John Bunsby hatte die Passagiere aufgefordert, sich in die Kabine zu begeben; aber der Aufenthalt in einem so engen Raum, dem es fast ganz an Luft fehlte, konnte bei den fortwährenden Stößen, die das Fahrzeug erlitt, ganz sicher nicht zu den Annehmlichkeiten gehören. Weder Herr Fogg noch Frau Auda noch sogar Fix mochten das Deck verlassen.

Gegen acht Uhr fegte ein schwerer Regensturm über das Deck. Mit ihrem bißchen Leinwand wurde die »Tankadere« von diesem Sturm wie eine Feder gehoben. Wer ihre Geschwindigkeit mit der vervierfachten Geschwindigkeit einer mit voller Dampfkraft fahrenden D-Zugslokomotive verglichen hätte, würde weit hinter der Wahrheit geblieben sein.

Den ganzen Tag lief das Fahrzeug in nördlicher Richtung, getragen von den ungeheuren Wogen. Zwanzigmal war es dem Zerschellen auf einem dieser Wasserberge nahe, die sich hinter ihm aufrichteten, aber ein geschickter Druck, den der Lotse dem Steuer gab, parierte jedesmal die Katastrophe. Die Passagiere wurden manchmal von einem Flutregen überschüttet, den sie aber mit philosophischer Ruhe nahmen. Fix fluchte ohne Zweifel in den Bart, aber die unerschrockene Auda hielt die Augen unverwandt auf ihren Reisegefährten geheftet, dessen kaltblütiges Temperament sie bewunderte, und zeigte sich seiner würdig, indem sie dem Sturme standhaft Trotz bot. Für Phileas Fogg schien dieser Taifun einen Teil seines Programms zu bilden.

Bisher hatte die »Tankadere« nördlichen Kurs gehalten; aber gegen Abend schwenkte der Kurs, wie man befürchten mußte, da der Wind aus drei Richtungen blies, nach Nordwest herum. Die Goelette, die nun den Wogen die Flanke bot, wurde furchtbar herumgestoßen. Das Meer schlug mit Gewalt an sie heran.

Mit Einbruch der Nacht verschärfte sich der Sturm. John Bunsbys fühlte lebhafte Sorge, als er sah, wie die Dunkelheit und mit ihr die Sturmgefahr zunahm.

Er legte sich die Frage vor, ob es nicht Zeit sei, die Sache aufzugeben, und zog seine Mannschaft zu Rate. Dann trat er zu Herrn Fogg heran mit den Worten: »Euer Gnaden, ich glaube, wir täten besser, in einen Küstenhafen einzulaufen.«

»Das glaube ich auch«, erwiderte Phileas Fogg.

»So!« meinte der Lotse – »aber in welchen?«

»Ich kenne nur einen«, antwortete mit Seelenruhe Herr Fogg.

»Und der heißt?«

»Shanghai.«

Ein paar Augenblicke fand der Lotse für den Sinn dieser Antwort kein Verständnis. Dann aber wurde ihm das Übermaß von Starrsinn und Zähigkeit klar, das in ihr enthalten war, und er rief laut: »Jawohl! Euer Gnaden haben recht! Also nach Shanghai!«

Eine furchtbare Nacht! Ein Wunder, daß die kleine Goelette nicht kenterte! Zweimal stand sie in dieser Gefahr und alles würde von Bord gefegt worden sein, wenn die Taue nachgelassen hätten. Frau Auda war wie zerschlagen, aber sie ließ keine Klage verlauten. Mehr als einmal mußte sich Herr Fogg zu ihr begeben, um sie gegen die Gewalt der Wogen zu schützen.

Dann wurde es Tag. Der Sturm tobte mit noch stärkerer Wut. Indessen schlug der Wind nach Südosten um.

Das schuf eine wesentliche Erleichterung und die »Tankadere« gewann von neuem Kurs auf diesem entfesselten Meere.

Um die Mittagszeit herum traten die ersten Anzeichen in Sicht, daß sich der Sturm beruhigte; und je mehr sich die Sonne zum Horizonte neigte, desto bestimmter traten diese Anzeichen hervor.

Die Nacht war verhältnismäßig ruhig. Die Passagiere konnten Nahrung zu sich nehmen und ausruhen. Der Lotse ließ wieder Segel setzen. Das Schiff fuhr mit beträchtlicher Geschwindigkeit. Am 11. November früh, bei Tagesgrauen, kam die Küste wieder in Sicht, und John Bunsby konnte feststellen, daß die Entfernung bis Shanghai keine hundert Meilen mehr betrug.

Keine hundert Meilen mehr! Aber bloß dieser eine Tag noch, um sie zurückzulegen! Am Abend mußte Herr Fogg in Shanghai ankommen, wenn er nicht die Abfahrt des Dampfbootes nach Yokohama verpassen wollte. Ohne diesen Sturm, der mehrere Stunden gekostet hatte, würde er noch dreißig Meilen von dem Hafen entfernt gewesen sein.

Die Brise flaute merklich ab, leider aber wurde auch das Meer glatt wie ein Tuch. Die Goelette setzte Segel über Segel. Aber gegen Mittag war sie trotz allem noch immer 45 Meilen von Shanghai entfernt. Noch sechs Stunden hatte sie zur Verfügung, um vor der Abfahrt des Dampfers nach Yokohama den Hafen von Shanghai zu erreichen.

An Bord der Goelette hielten lebhafte Befürchtungen Einzug. Man wollte die Ankunft erzwingen um jeden Preis. Allen schlug das Herz vor Ungeduld, natürlich mit Ausnahme des Herrn Fogg! Die Goelette mußte eine mittlere Geschwindigkeit von neun Meilen in der Stunde beibehalten; und noch immer flaute die Brise ab!

Um sechs Uhr rechnete John Bunsby noch immer zehn Meilen bis zum Shanghai-Flusse, denn die Stadt selbst liegt 12 Meilen weit oberhalb der Mündung.

Um 7 Uhr hatte man noch drei Meilen bis Shanghai. Ein entsetzlicher Fluch nahm seinen Weg über die Lippen des Lotsen. Die Prämie von 200 Pfund sollte ihnen offenbar verlorengehen! Er sah Herrn Fogg an. Herr Fogg war unempfindlich für alles, obwohl sein ganzes Vermögen an diesem einzigen Augenblicke hing ...

Da erschien es wie eine lange schwarze Rakete, von einem Rauchhelm gekrönt, über der Wasserfläche. Das war der amerikanische Dampfer, der zur fahrplanmäßigen Zeit abfuhr!

»Himmel und Hölle!« schrie John Bunsby, mit verzweifeltem Arm das Steuer herumreißend.

»Signale!« sagte Phileas Fogg bloß.

Am Vorderseven der »Tankadere« stand ein kleiner Bronzemörser, um bei nebeligem Wetter Signale zu schießen.

Der Mörser war bis zum Rande geladen; in dem Augenblick aber, als der Lotse ihn mit einer glühenden Kohle in Brand setzen wollte, sprach Herr Fogg:

»Den Wimpel halbmast!«

Das war ein Notsignal, und man durfte hoffen, daß der Amerikadampfer, wenn er es sähe, seine Fahrtgeschwindigkeit auf eine kurze Zeit verringern würde, um dem Fahrzeuge das Anlegen zu ermöglichen.

»Feuer!« sprach Herr Fogg.

Und der Knall des kleinen Bronzemörsers erschütterte die Luft.

123

22

**Passepartout lernt einsehen, daß es selbst bei den
Antipoden ein Gebot der Klugheit ist,
ein wenig Geld in seiner Tasche zu haben**

Der »Carnatic« befand sich, seitdem er Hongkong am 7. November um halb sieben Uhr abends verlassen hatte, in voller Fahrt nach den Inseln Japans. Er führte volle Ladung und zahlreiche Passagiere mit sich. Zwei Kabinen im Achterteil waren nicht besetzt; diejenigen nämlich, die für Herrn Phileas Fogg reserviert worden waren!
Am anderen Morgen bot sich der Mannschaft im Vorderschiff ein Anblick, der sie nicht wenig in Erstaunen setzte. Ein Passagier mit halb blödem Auge, ohne Halt am ganzen Leibe, mit wirrem Haar stieg aus der zweiten Kajüte herauf und setzte sich taumelnd auf einen Lukendeckel.
Dieser Passagier war kein anderer als Passepartout. Man höre, was sich zugetragen hatte.

Wenige Augenblicke nachdem Fix die Tabagie verlassen hatte, hatten zwei Kellner Passepartout, der in tiefem Schlafe lag, aufgehoben und auf das Bett gelegt, das für die Raucher hergerichtet war. Aber drei Stunden später war Passepartout, dem eine fixe Idee selbst in seinem Alpdruck keine Ruhe ließ, aufgewacht und hatte sich der betäubenden Wirkung des Narkotikums zu erwehren gesucht. Der Gedanke an die unerfüllte Pflicht rüttelte ihn aus seiner Lähmung. Er wich von diesem Trunkenboldsbett, und schwankend, an den Wänden sich haltend, stürzend und wieder auf die Beine gelangend, aber immer und unwiderstehlich von einer Art Instinkt gejagt, fand er den Weg aus der Tabagie wie im Traume nach dem Hafen, Carnatic! Carnatic! schreiend.

Der Dampfer lag da, zur Abfahrt bereit. Passepartout brauchte nur wenige Schritte zu machen, um ihn zu erreichen. Er flog über die fliegende Brücke, sprang auf Deck hinüber und wie eine leblose Masse auf die Planken im nämlichen Augenblick, als der »Carnatic« die Ankertaue anzog.

Ein paar Matrosen, gewöhnt an solche Vorgänge, trugen den armen Kerl in eine Kabine zweiter Klasse.

Dort wachte Passepartout erst am andern Morgen auf, 150 Meilen von der chinesischen Küste entfernt.

Also kam es, daß sich Passepartout an diesem Morgen auf dem Deck des »Carna-

tic« befand und mit vollen Zügen die frische Seebrise in seine Lungen führte. Diese frische Luft befreite ihn von seinem Rausche. Er fing seine Gedanken zu sammeln an, was ihm nicht ohne Mühe gelang. Aber endlich entsann er sich der Erlebnisse vom vergangenen Tage, der vertraulichen Mitteilungen, die ihm Herr Fix gemacht hatte, und der Tabagie, in der sie sich durch einen Schluck hatten erfrischen wollen.

»Es ist gar keine Frage«, sprach er bei sich, »daß ich sternhagelbesoffen gewesen bin! Was wird Herr Fogg dazu sagen? Jedenfalls habe ich wenigstens das Schiff nicht verpaßt, und das ist die Hauptsache.«

Dann besann er sich auf Fix.

»Na, den Kerl«, sprach er vor sich hin, »sind wir nun hoffentlich

los! Hoffentlich hat er's nicht gewagt, nach den Zumutungen, die er mir gemacht, uns auf den ›Carnatic‹ zu folgen! Ein Polizeikommissar, ein Detektiv hinter meinem Herrn her! Mein Herr unter der Anklage, diesen Diebstahl in der Bank von England verübt zu haben! Na, solche Faseleien! Herr Fogg ist ein Dieb, genau so gut wie ich ein Mörder!«

Sollte Passepartout diese Sachen seinem Herrn erzählen? War es angezeigt, ihn über die Rolle zu unterrichten, die Fix in dieser Sache gespielt hatte? Wäre es nicht am Ende besser, bis zur Ankunft in London zu warten, um ihm zu sagen, daß ihm ein Londoner Polizist während der ganzen Reise um die Erde auf den Fersen gewesen sei, und dort mit ihm über solche bodenlose Dummheit zu lachen? Jawohl, ganz ohne Zweifel!

Jedenfalls mußte man es sich reiflich überlegen. Was am eiligsten war, das war jetzt, Herrn Fogg aufzusuchen und ihn wegen dieser unverantwortlichen Aufführung um Verzeihung zu bitten.

Passepartout stand auf. Das Meer ging hoch; das Dampfschiff schlingerte stark; dem braven Kerl, der noch keinen rechten Halt auf seinen Beinen hatte, fiel es sehr sauer, bis aufs Achterschiff zu gelangen.

Auf Deck sah er niemand, der Ähnlichkeit mit seinem Herrn oder mit Frau Auda hatte.

»Gut«, sagte er bei sich, »Frau Auda ruht gewiß noch in ihrem Bett, und Herr Fogg wird wohl nach seiner Gewohnheit am Whisttische sitzen!«

In dieser Meinung verfügte sich Passepartout hinunter in den Salon. Auch dort war von Herrn Fogg nichts zu sehen.

Passepartout blieb nun nichts anderes übrig, als den Zahlmeister zu fragen, welche Kabine Herr Fogg innehabe. Der antwortete ihm, ein Passagier dieses Namens sei ihm nicht bekannt.

»Verzeihen Sie, bitte«, sagte Passepartout, der an seiner Meinung, Herr Fogg müsse an Bord sein, festhielt, »Herr Fogg ist ein feiner Herr, groß, wenig zugänglich, in Begleitung einer jungen Dame ...«

»Wir haben keine junge Dame an Bord«, antwortete der Zahlmeister. »Hier haben Sie die Passagierliste! Sehen Sie selbst nach!«

Passepartout sah die Liste durch. Den Namen seines Herrn fand er nicht darauf. Es traf ihn wie eine Blendung.

Dann fuhr ihm ein Gedanke durch den Sinn.

»Donnerwetter! Ich bin doch auf dem ›Carnatic‹!« rief er.

»Jawohl!« antwortete der Zahlmeister.

»Unterwegs nach Yokohama?«

»Stimmt!«

Passepartout hatte einen Moment lang befürchtet, sich in dem Schiffe geirrt zu haben. Aber wenn er auf dem »Carnatic« war, so stand doch fest, daß sich sein Herr nicht auf dem »Carnatic« befand.

Passepartout sank in einen Stuhl. Das kam einem Blitzschlage gleich. Und plötzlich ward es Licht in ihm!

Es fiel ihm ein, daß die Abfahrtzeit des »Carnatic« verschoben worden war, daß er seinem Herrn hatte Nachricht geben sollen, und daß er das unterlassen hatte! Also seine Schuld war es, wenn Herr Fogg und Frau Auda die Abfahrt des Dampfers verpaßt hatten!

Seine Schuld freilich, aber in weit höherem Maße noch die Schuld jenes Verräters, der, um ihn von seinem Herrn zu trennen, um diesen in Hongkong festzuhalten, ihn betrunken gemacht hatte! Dann endlich ging ihm das Verständnis auf für das Manöver des Polizeikommissars!

Und Herr Fogg war nun ohne Frage ein ruinierter Mann! Denn er hatte seine Wette verloren, war festgenommen, vielleicht eingesteckt worden! Bei diesem Gedanken zerraufte sich Passepartout die Haare! Ha, wenn ihm dieser Fix jemals unter die Finger käme, wie wollte er ihn verhauen!

Nach der ersten Betäubung aber gewann Passepartout schließlich seine Kaltblütigkeit wieder und prüfte die Sachlage eingehender. Sie war kaum beneidenswert! Er befand sich unterwegs nach Japan. Die Ankunft dort stand fest. Wie aber würde es sich mit der Rückfahrt gestalten? Er hatte keinen Pfennig in der Tasche! Seine Reise und sein Unterhalt an Bord war freilich bezahlt. Demnach gehörten ihm fünf bis sechs Tage, um einen Entschluß zu fassen. Ob er nun während der Fahrt gegessen und getrunken habe, würde sich schwerlich feststellen lassen. Wenn er aß, so aß er um seinen Herrn und Audas willen und erst in letzter Reihe um seiner selbst willen.

Am 13., mit der Morgenflut, fuhr der »Carnatic« in den Hafen von Yokohama ein. Yokohama ist ein wichtiger Anlegeplatz im Stillen Ozean, für alle Post- und Passagierdampfer zwischen Nordamerika, China, Japan und den Malaischen Inseln. Es liegt in der Bucht von Yeddo, in kurzer Entfernung von der zweiten Hauptstadt des japanischen Kaiserreichs.

Der »Carnatic« ging am Kai von Yokohama vor Anker, dicht neben den Werften und Zollgebäuden, mitten unter Schiffen aller Völkerschaften der Erde.

Passepartout setzte den Fuß ohne jede Begeisterung auf dieses so merkwürdige Land der Söhne der Sonne. Es blieb ihm nichts Besseres übrig, als den Zufall zum Führer zu nehmen und auf gut Glück einen Weg durch die Stadt zu machen.

Passepartout sah sich in einer europäischen Stadt. Häuser mit niedrigen Fassaden, mit Veranden geschmückt, eine Stadt, die mit ihren Straßen, Plätzen, Docks den ganzen Raum vom Vorgebirge des Traktats bis zum Flusse hin bedeckte. Dort wimmelte es, wie in Hongkong und wie in Kalkutta, von Menschen aller Rassen, Amerikaner, Engländer, Chinesen, Holländer, kauften und verkauften hier, und in ihrer Mitte stand nun der Franzose so fremd, als wenn er ins Land der Hottentotten geschleudert worden wäre!

Passepartout hatte freilich eine Hilfsquelle: er konnte um Unterstützung und Hilfe bei den französischen oder englischen Geschäftsträgern in Yokohama nachsuchen, aber es widerstrebte ihm, von seinen Erlebnissen, die in so engem Zusammenhange mit denen seines Herrn standen, zu fremden Leuten zu sprechen. Bevor er sich dazu entschloß, wollte er alle anderen Möglichkeiten erschöpft haben.

Deshalb begab er sich, nachdem er die europäische Stadt in ihrer ganzen Länge und Breite durchwandert hatte, ohne daß ihm der Zufall irgendwie zu Hilfe gekommen wäre, in die japanische Stadt mit dem festen Entschlusse, wenn es gar nicht anders ginge, zu Fuß bis nach Yeddo zu pilgern.

Diese Eingeborenenstadt von Yokohama heißt Benten, und zwar nach dem Namen einer Meeresgöttin, die auf den benachbarten Inseln angebetet wird. Dort sah Passepartout wunderbare Alleen aus Sandelholz- und Zederbäumen, geheiligte Tore einer fremdartigen Architektur, Brücken mitten in Bambus- und Rosendickichten, Tempel unter dem undurchdringlichen und melancholischen Schatten jahrhundertealter Zedern, Pagoden, in deren Innern die Priester des Buddhismus und die Sektierer der Religion des Konfuzius ihr beschauliches Dasein führten, endlose Straßen, in denen man Scharen von rosig angehauchten Kindern sich tummeln sah, mitten zwischen kleinen kurzbeinigen Hunden und Katzen ohne Schwanz mit gelblichem Fell.

In den Straßen herrschte ein Gewimmel wie in einem Ameisenhaufen. Bonzen wanderten in langen Zügen einher und schlugen auf ihren eintönigen Tamburins – Yakunine, Zoll- oder Polizeibeamte mit spitzen, grell lackierten Hüten, die in ihrem Gürtel zwei Säbel trugen, Soldaten in blauen Uniformen mit weißen Litzen

129

und Zündnadelgewehren bewaffnet, Waffenträger des Mikado in ihren seidenen Wämsern und anderes Militär aller möglichen Gattungen – denn in Japan ist der Soldat ebenso geschätzt wie er in China verachtet wird. Dann gingen Bettelmönche an ihm vorbei, dann Pilger in langen Gewändern, einfache Zivilisten mit glattem, tiefschwarzem Haar, großem Kopf, langem Oberkörper, mageren Beinen, mit einer Hautfärbung in den verschiedensten Schattierungen, vom tiefen Kupferbraun bis zum hellen Weiß, aber niemals gelb wie die Chinesen, von denen sich die Japaner wesentlich unterscheiden.

Passepartout spazierte stundenlang zwischen dieser buntscheckigen Menge, betrachtete auch die merkwürdigen, reich ausgestatteten Läden, die Bazare, wo sich all der japanische Reichtum an Goldschmiede- und Juwelierwaren aufgespeichert findet, die mit Wimpeln und Bannern geschmückten »Restaurants«, wo ihm der Eintritt verboten war, und jene Teehäuser, wo man das heiße duftige Wasser aus offenen Tassen trinkt, mit dem »Saki«, einem aus Reis durch Gärung gewonnenen Branntwein, endlich jene behaglichen Tabagien, wo man einen sehr feinen Tabak raucht, aber kein Opium, dessen Genuß in ganz Japan so gut wie unbekannt ist.

Dann befand sich Passepartout draußen vor der Satdt, mitten zwischen unheuren Reisfeldern. Dort blühten, neben Blumen von herrlicher Färbung und lieblichstem Duft, hellflammende Kamelien, nicht auf Sträuchern, sondern auf Bäumen gezogen, und in Bambuseinfriedungen standen Kirschen-, Pflaumen-, Apfelbäume, die von den Japanern weniger ihrer Früchte als ihrer Blüten wegen gezogen werden, von grimassenschneidenden Affen bevölkert, die ihre Früchte gegen Sperlinge, Tauben, Raben und anderes freßlustiges Geflügel verteidigen.

Keine majestätische Zeder, die nicht irgendeinen großen Adler beherbergt hätte; keine Hängeweide, in deren Laub nicht ein Reiher, melancholisch auf eine Kralle gestützt, genistet hätte; endlich überall Raben, Kanarienvögel, Sperber, wilde Gänse und unzählige Scharen von jenen Kranichen, die von den Japanern als »edle Herren« angesehen werden und ihnen als Symbol eines langen und glücklichen Lebens gelten.

Also umherschweifend, bemerkte Passepartout einige Veilchen im Wiesengrase.

»Ah!« rief er – »was zum Abendbrot!« Aber als er an ihnen roch, merkte er, daß sie nicht dufteten.

»Wieder kein Glück!« dachte er.

Der wackere Bursche hatte nun zwar zur Vorsorge reichlich zum Frühstück gegessen, ehe er den »Carnatic« verließ. Aber nachdem er einen ganzen Tag lang umhergestiefelt war, fühlte er eine arge Leere im Magen. Daß Schafe, Ziegen und Schweine in den Auslagen der Schlächter fehlten, hatte er freilich bemerkt, und da ihm bekannt war, daß es für ein Verbrechen galt, Ochsen zu töten, die einzig und allein für die Bedürfnisse des Ackerbaues vorhanden waren, so war er zu dem Schlusse gelangt, daß in Japan das Fleisch selten sein müsse. Er irrte sich hierin nicht. Aber statt dieses Fleisches von Haustieren hätte sich sein Magen ein Gütchen tun können an Wildschwein- oder Damhirschkeulen, Rebhühnern oder Wachteln, an Geflügel oder an Fischen, von denen sich die Japaner fast ausschließlich als Beispeisen zu ihren Reisprodukten nähren. Aber heute hieß es bei ihm gute Miene zum bösen Spiel machen, denn die Sorge für seine Leibesnahrung mußte für den andern Tag bleiben.

Die Nacht kam. Passepartout kehrte in die Japanerstadt zurück und irrte in den Straßen mitten zwischen buntfarbigen Laternen umher, sah den zahlreichen Gruppen von Bandaninen, wie sie ihre erstaunlichen Künste produzierten, und den Astrologen zu, die im Freien, mitten auf der Straße, die Menschen um ihre Fernrohre scharten.

Dann kam er wieder auf die Reede, die von unzähligen Fischerfeuern besetzt war, denn in Japan fängt man die Fische beim Scheine von Pechfackeln.
Endlich wurden die Straßen menschenleer. Auf die Menge folgten nun Jakuninenrunden. Diese Offiziere in ihren prächtigen Gewändern und in der Mitte ihres zahlreichen Gefolges sahen ganz aus wie Botschafter, und Passepartout sagte jedesmal im Scherz, wenn er auf eine Patrouille von so blendendem Glanze stieß: »Na ja doch! Schon wieder eine japanische Botschaft, die nach Europa aufbricht!«

23

Passepartouts Nase verlängert sich um ein gehöriges Stück

Am andern Morgen knurrte Passepartout der Magen gehörig. Er mußte essen um jeden Preis, und zwar je früher desto besser. Seine Uhr hätte er wohl verkaufen können, aber lieber wäre er verhungert. Jetzt oder nie trat an den braven Kerl die Frage heran, die kräftige, wenn auch nicht melodische Stimme zu verwerten, mit der ihn die fürsorgliche Natur ausgestattet hatte.

Er kannte ein paar französische und englische Lieder und entschloß sich, es mit ihnen zu versuchen. Die Japaner mußten ja Musikliebhaber sein, da sich alles bei ihnen mit Cymbeln und Pauken und Trommeln vollzog und es gar nicht anders anzunehmen war, als daß sie die Talente eines europäischen Virtuosen zu schätzen wissen würden.

Vielleicht war er aber noch zu nüchtern, um ein Konzert zu veranstalten, und die Liebhaber, die unfreiwillig aufgeweckt würden, hätten ihn am Ende mit anderer als Münze mit dem Bilde des Mikado bezahlt.

Deshalb entschied sich Passepartout, noch ein paar Stunden zu warten. Aber unterwegs fiel ihm ein, er sähe in seiner jetzigen Kleidung vielleicht zu vornehm aus für einen fahrenden Künstler, und hieraus folgerte nun der weitere Einfall, seine jetzigen Kleider gegen ein Gewand umzutauschen, das zu seiner derzeitigen Situation in besserem Einklange stände. Aus solchem Umtausch mußte übrigens ein Gewinn herausspringen, den er zur Stillung seines Appetits aufwenden konnte.

Diesen Entschluß säumte er nicht, auszuführen. Nach langem Suchen fand er endlich einen japanischen Trödler, dem er sein Ansuchen vorbrachte. Das europäische Gewand gefiel dem Trödler, und bald trat Passepartout wieder auf die Straße hinaus in einem alten japanischen Gewande, auf dem Haupte einen alten eckigen Turban, den die Zeit stark gebleicht hatte. Dafür klimperten aber einige Silbermünzen in seiner Tasche.

»Gut«, dachte er bei sich, »ich will mir einbilden, ich sei auf dem Karneval!«

Passepartouts erste Sorge nach seiner also bewirkten Japanisierung war, daß er sich in ein »Teehaus« von bescheidenem Aussehen begab und dort als Mensch, für den das Problem eines Mittagessens noch seiner Lösung harrte, sich über ein Frühstück, einen Rest von Geflügel und etwas Reis, hermachte.

»Nunmehr handelt es sich darum«, sprach er bei sich, als er sich in so üppiger Weise restauriert hatte, »nicht den Kopf zu verlieren! Eine andere Möglichkeit, als dieses japanische Gewand gegen eins von noch stärkerem Japangepräge umzusetzen, habe ich nicht mehr. Ich muß mich also auf ein Mittel besinnen, möglichst rasch aus diesem Lande der Sonne hinaus zu gelangen, von dem mir eine sehr klägliche Vorstellung in der Erinnerung bleiben wird!«

Passepartout dachte nun, daß es gut sein werde, die nach Amerika fälligen Dampfer abzusu-

chen, in der Absicht, sich als Koch oder Kellner anzubieten. Als Lohn wollte er weiter nichts als freie Fahrt und freie Beköstigung bedingen. War er nur erst in San Franzisko, dann würde er schon Mittel und Wege finden, sich aus der Verlegenheit herauszuziehen.

Das wichtigste war, die 4700 Meilen des Stillen Ozean hinter sich zu bekommen, die zwischen Japan und der anderenWelt liegen.

Passepartout war nicht der Mann, einen Gedanken einschlummern zu lassen. Er lenkte die Schritte nach dem Hafen hinaus. Aber je näher er an die Docks kam, desto schwieriger schien ihm sein Vorhaben, das ihm im ersten Augenblick so leicht und einfach vorgekommen war.

Aus welchem Grunde sollte man an Bord eines amerikanischen Dampfbootes einen Koch oder Kellner brauchen? Und welches Vertrauen konnte er in einem solchen Aufputz einflößen? Auf welche Empfehlungen konnte er sich stützen? Welche Zeugnisse konnte er vorweisen?

Während er so überlegte, fielen seine Bicke auf einen Zettel von Riesenformat, den eine Art von Clown in den Straßen von Yokohama spazieren trug. Auf diesem Zettel stand in englischer Sprache zu lesen:

WILLIAM BATULCARS
JAPANESISCHE AKROBATENGRUPPE
Allerletzte Vorstellung der
Langnasen-Indianer – Langnasen-Indianer –
Langnasen-Indianer
vor ihrer definitiven Abreise nach den
Vereinigten Staaten von Nordamerika
Anbetung des Gottes Tingu – Tinguon
Großes Spektakelstück – Großes Kassenstück
Zu recht zahlreichem Besuche ladet ein
Die Direktion:
WILLIAM BATULCAR

»Juch!« rief Passepartout – »nach den Vereinigten Staaten? Das ist gerade mein Fall!«

Er ging dem Zettelträger nach und gelangte bald wieder zurück in die Japanerstadt. Eine Viertelstunde später stand er vor einem geräumigen Bau, den verschiedene Wimpelbündel krönten und dessen Außenwände ohne alle Perspektive, aber in allen möglichen grellen Farben, eine ganze Jongleurbande darstellten.

Dies war das Haus des ehrsamen Herrn Batulcar, einer Art von amerikanischem Barnum, der als Direktor einer Truppe von Seiltänzern, Jongleuren, Clowns, Akrobaten, Trapez- und anderen Künstlern, dem Wortlaut des Zettels nach, seine letzten Vorstellungen gab, um sodann aus dem Reich der Sonne nach den Vereinigten Staaten zu ziehen.

Passepartout trat unter eine Säulenhalle, die vor dem Gebäude stand, und fragte nach Herrn Batulcar.

Herr Batulcar erschien in Person.

»Was wünschen Sie?« fragte er Passepartout, den er im ersten Augenblick für einen Japaner hielt.

»Brauchen Sie vielleicht einen Bedienten?« fragte Passepartout.

»Einen Bedienten?« rief der moderne Barnum, indem er sich mit der Hand durch den dichten grauen Bart strich, der unter seinem Kinne in üppiger Saat schoß – »ich habe ihrer zwei gehorsame und getreue Gesellen, die mir noch nie den Dienst aufgekündigt haben, die mich umsonst bedienen und bloß ihre Nahrung verlangen

– da sind sie!« setzte er hinzu und zeigte seine beiden kräftigen Arme, die von Adern so dick wie die Saiten einer Baßgeige durchfurcht wurden.

»Also kann ich Ihnen in keiner Weise nützen?«

»Ich wüßte nicht.«

»Teufel auch! Und mir hätte es doch so ausgezeichnet in den Kram gepaßt, mit Ihnen übers Meer zu setzen!«

»Ach so«, sagte der ehrenwerte Batulcar. »Sie sind soviel Japaner, wie ich ein Affe bin? Warum stecken Sie denn in solchem Kostüm?«

»Man zieht sich an, so wie man kann.«

»Stimmt. Also Franzose sind Sie?«

»Jawohl! Pariser aus Paris.«

»Dann müssen Sie doch auch Fratzen schneiden können?«

»Meiner Treu«, antwortete Passepartout, den es ärgerte, seiner Nationalität wegen mit einer solchen Frage beehrt zu werden; »wir Franzosen verstehen freilich Fratzen zu schneiden, aber so gut wie die Amerikaner noch lange nicht!«

»Stimmt! Nun, wenn ich Sie auch nicht als Bedienten gebrauchen kann, so kann ich sie doch als Clown gebrauchen! Sie verstehen, mein Bursche? In Frankreich tritt man mit fremden Possenreißern an, und in der Fremde mit französischen!«

»So!«

»Ja! Sie sind übrigens ein ganz kräftiger Kerl!«

»Ganz besonders, wenn ich vom Tisch aufstehe.«

»Und singen können Sie auch?«

»Ja«, antwortete Passepartout, der vor Zeiten bei einem Straßenmusikkorps mitgewirkt hatte.

»Aber können Sie auch singen und auf dem Kopf stehen? Dabei auf dem linken Fuß einen drehenden Teller und auf dem rechten einen Säbel in der Balance halten?«

»Das will ich meinen«, antwortete Passepartout, indem er an die ersten Kunststücke seiner Jugend dachte.

»Nun sehen Sie, das ist alles!« antwortete der ehrenwerte Herr Batulcar.

Der Vertrag wurde nun geschlossen.

Endlich hatte also Passepartout wieder eine Stellung. Er war gedungen, als »Mädchen für alles« in der berühmten japanischen Truppe zu dienen. Keine sehr schmeichelhafte Aussicht; aber ehe acht Tage vergingen, würde er ja unterwegs nach San Franzisko sein!

Die mit so großem Lärm von Herrn Batulcar angekündigte Vorstellung sollte um 3 Uhr beginnen, und bald machten die gewaltigen Instrumente eines japanesischen Orchesters, die Trommeln und Tamtams, ihren Höllenlärm vor der Tür. Daß Passepartout für sein erstes Auftreten kein Rollenstudium machen konnte, begreift man; aber er sollte vorläufig zu nichts anderem dienen als den Langnasen des Gottes Tingu beim großen Exerzitium der »menschlichen Traube« mit seinen kräftigen Schultern als Sockel.

Dieses »große Zugstück« der Vorstellung sollte den Abschluß der Produktion bilden.

Lange vor 3 Uhr hatten die Zuschauer schon das geräumige Haus gefüllt. Europäer und Japaner, Chinesen und Inder, Männer, Weiber und Kinder stürzten sich auf die schmalen Bänke und in die Logen, die der Bühne gegenüber lagen. Die Musiker hatten sich ins Innere begeben, das Orchester war vollständig; Gongs, Tamtams, Klarinetten, Flöten, Tamburins und große Trommeln machten einen Heidenspektakel.

Die Vorstellung verlief wie all diese Akrobatenvorstellungen. Aber man muß doch zugeben, daß die Japaner die ersten Equilibristen der Welt sind.

Der eine führte mit einem Fächer und kleinen Papierstückchen die so überaus graziöse Nummer »Schmetterling und Blumen« aus.

Ein anderer zog mit dem wohlduftenden Rauch seiner Pfeife im Fluge eine Reihe von bläulichen Wörtern in der Luft, die im Zusammenhange eine schmeichelhafte Anrede an das versammelte Publikum bildeten.

Dieser jonglierte mit brennenden Lichtern, die er nacheinander auslöschte, wenn sie den Weg an seinen Lippen vorbeinehmen, und die er nacheinander wieder anzündete, ohne einen einzigen Augenblick seine Jongleurstückchen zu unterbrechen.

Jener brachte durch das Drehen von Kreiseln die unwahrscheinlichsten Kombinationen zustande; unter seiner Hand schienen sich diese kleinen Dinger zu ihren endlosen Bewegungen um sich selbst mit einem ganz eigenen Leben zu erfüllen; sie liefen über Pfeifenrohre, über Säbelschneiden, über Drahtfäden, ja über Haare, die von der einen Bühnenseite zur andern hinübergespannt waren.

Die wunderbaren Leistungen der Akrobaten und Gymnastiker der Truppe zu beschreiben, wäre müßiges Beginnen. Die verschiedenen Nummern der Leiter, der Stange, der Kugel, der Fässer und so weiter, wurden vorzüglich vorgeführt.

Aber das eigentliche Kraftstück der Vorstellung bildete die Produktion der Langnasen, Equilibristen von einem Range, wie sie Europa noch nicht kennt.

Diese Langnasen bilden eine besondere Körperschaft, die unter den direkten Schutz des Gottes Tingu gestellt ist. Gekleidet wie Herren des Mittelalters, trugen sie ein herrliches Flügelpaar an den Schultern. Was sie aber vor allem auszeichnete, war die lange Nase, die ihnen ins Gesicht gesetzt war, und der Gebrauch, den sie von ihr machten. Diese Nasen waren weiter nichts als Bambusstengel von 5, 6, 10 Fuß Länge; die einen waren gerade, die andern krumm, die einen glatt, die andern mit Warzen bedeckt. Auf diesen Anhängseln oder Vorbauten, die auf besondere Art befestigt wurden und sehr fest im Gesicht saßen, führten sie nun all ihre equilibristischen Kunststücke aus. Ein Dutzend von diesen Sektierern des Gottes Tingu legte sich auf den Rücken, und ihre Kameraden, wie Vögel kostümiert, purzelten auf ihre Nasen, hüpften und sprangen von der einen Nase auf die andere und führten auf ihnen die unwahrscheinlichsten Dinge aus.

Zum Schlusse kam nun als besondere Kraftnummer die menschliche Pyramide, bei welcher an die fünfzig Langnasen den »Wagen von Dschaggernaut« darstellen sollten. Aber statt nun diese Pyramide mit den Schultern als Stützpunkt zu bauen, sollten sich die Equilibristen Batulcars nur ihrer Nase hierzu bedienen. Nun hatte aber einer von den Langnasen, welche dem Wagen als Fuß dienten, der Truppe Valet gesagt, und da hierfür ein kräftiger, gewandter Mann ausreichte, ohne vorgebildet zu sein, war als Ersatzmann Passepartout gewählt worden.

Freilich kam sich der wackere Bursch recht kläglich vor, als er sein mit bunten Federn geschmücktes mittelalterliches Kostüm anlegen und sich eine sechs Fuß

lange Nase ins Gesicht setzen lassen mußte. Aber was war zu machen? Die Nase war sein Broterwerb, und so mußte er sich dareinfinden.

Passepartout trat auf die Bühne und stellte sich mit seinen Kameraden, die gleich ihm den Fuß des Wagens von Dschaggernaut bilden sollten, in Reih und Glied. Alle streckten sich, die Nase gen Himmel gerichtet, auf die Erde. Eine zweite Gruppe stellte sich auf diese langen Gesichtserker, eine dritte postierte sich auf die zweite, dann eine vierte auf die dritte, und auf diesen Nasen, die einander nur mit der Spitze berührten, erhob sich ein Monument, das bald bis zur Decke des Theatersaales hinaufreichte.

Ein endloses Beifallklatschen! Dazu der heillose Lärm des Orchesters, das gleich ebensoviel Donnerschlägen wirkte – als mit einemmal die Pyramide ins Wanken geriet, das Gleichgewicht flöten ging, eine der Nasen am Fuße zu wackeln anfing und das ganze Monument wie ein Kartenhaus in sich selbst zusammenpurzelte.

Passepartout war der Missetäter – er war von seinem Posten gewichen, war, ohne von seinen Fittichen Gebrauch zu machen, über die Rampe gesprungen und an der rechten Galerie entlang gekrochen und lag nun vor einem Zuschauer auf den Knien, den Ruf ausstoßend:

»Ach, mein gnädiger Herr! Mein Herr! Mein gnädiger Herr!«

»Du hier?«

»Ja ich! Mein gnädiger Herr!«

Herr Fogg, Frau Auda, die sich in seiner Begleitung befand, und Passepartout waren zu den Gängen hinaus vor das Haus gestürzt. Aber dort stießen sie auf den ehrenwerten Herrn Batulcar, der wütend Schadenersatz für »den Zusammensturz« verlangte. Herr Fogg besänftigte seine Wut, indem er ihm eine Faust voll »grüner Lappen« hinwarf. Und um halb sieben Uhr, in dem Augenblick der Abfahrt, setzten Herr Fogg und Frau Auda, gefolgt von Passepartout, noch mit den Fittichen auf dem Rücken und mit der Nase von sechs Fuß Länge im Gesicht, denn er hatte noch nicht soviel Zeit gehabt, Rücken und Nase von ihren Vorbauten zu befreien, den Fuß auf den Dampfer.

24

In diesem Kapitel vollzieht sich die Fahrt
über den Stillen Ozean

Was in Sicht von Shanghai passiert war, wird der Leser begriffen haben. Die von der »Tankadere« gegebenen Signale waren von dem Yokohamadampfer bemerkt worden. Als der Kapitän einen Wimpel halbmast sah, hatte er auf die kleine Goelette zugesteuert. Kurze Zeit darauf schob Phileas Fogg als den bedungenen Sold für die Fahrt dem Patron John Bunsby 550 Pfund in die Tasche. Dann wurden der ehrenwerte Kavalier Phileas Fogg, Frau Auda und Fix an Bord des Dampfers gelotst, der hierauf ohne Säumen nach Nagasaki und Yokohama weiterfuhr.

Am 14. November in aller Frühe zur vorschriftsmäßigen Zeit angekommen, hatte sich Fogg, indem er Fix seinen eigenen Geschäften nachgehen ließ, an Bord des »Carnatic« begeben und dort zur großen Freude der Frau Auda vernommen – vielleicht auch zu seiner eigenen, aber er ließ nichts davon merken –, daß der Franzose Passepartout am Abend vorher in Yokohama gelandet sei.

Phileas Fogg, der am nächsten Abend noch nach San Franzisko weiterdampfen mußte, begab sich sogleich auf die Suche nach seinem Diener. Er wandte sich vergebens an die französischen und englischen Konsularagenten, irrte vergebens durch die Straßen von Yokohama und verzweifelte schon an der Möglichkeit, Passepartout wiederzufinden, als ihn der Zufall oder vielleicht so etwas wie eine Ahnung in die Schaubude des Herrn Batulcar getrieben hatte. Er hätte unter diesem exzentrischen Reihenaufsatz seinen Bedienten ganz gewiß nicht wiedererkannt; dieser aber hatte in seiner Rückenlage seinen Herrn auf der Galerie sitzen sehen. Er konnte seine Nase unmöglich noch in seiner Gewalt halten. Daher die Störung des Gleichgewichts und was auf dieselbe folgte.

Nun vernahm Passepartout seinerseits aus dem Munde der Frau Auda, was sich zwischen Hongkong und Yokohama zugetragen und daß sie die Fahrt auf der Goelette »Tankadere« in Gesellschaft eines Herrn Fix zurückgelegt hätten.

Bei dem Namen Fix zuckte Passepartout mit keiner Wimper. Er meinte, der Augenblick, seinem Herrn reinen Wein über die Vorgänge zwischen dem Polizeikommissar und ihm einzuschenken, sei noch nicht gekommen. Darum gab er auch in der Schilderung seiner Abenteuer nur sich allein die Schuld an dem Besuche der Tabagie in Hongkong und an dem Opiumrausch, den er sich dort geholt hatte.

Herr Fogg hörte die Erzählung, ohne ein Wort dazu zu sagen, mit Kälte an. Dann eröffnete er seinem Diener einen Kredit, groß genug, damit er sich an Bord mit schicklicheren Kleidern ausstaffieren konnte. Und noch war keine Stunde verflossen, als der wackere Bursche in keiner Hinsicht mehr an den Sektierer des Gottes Tingu erinnerte. Allerdings hatte er sich vorher die Nase abschneiden und die Flügel rupfen lassen müssen.

Der Dampfer, der die Reisenden von Yokohama nach San Franzisko führte, gehörte der »Pacific Mail Steam« und führte den Namen »General Grant«. Es war ein großer Raddampfer von 2500 Tonnen. Er fuhr mit sehr großer Geschwindigkeit. Mehr als 21 Tage brauchte der »General Grant« nach der Versicherung seines Kapitäns nicht, um den Stillen Ozean zu durchqueren, denn er fuhr seine 12 Meilen in der Stunde. Phileas Fogg war also zu der Annahme berechtigt, daß er am 11. in New York und am 20. in London sein würde – mit einem Vorsprung also von einigen Stunden vor diesem verhängnisvollen Datum des 21. Dezember.

Passagiere waren zahlreich an Bord des Dampfers, darunter Engländer, viele Ame-

140

rikaner, eine richtige Völkerwanderung von Kulis nach Amerika, und eine Anzahl von Offizieren der indischen Armee, die ihren Urlaub zu einer Reise um die Welt benützten.

Während der ganzen Fahrt trug sich nicht ein einziger Zwischenfall zu, und am 23. November passierte der »General Grant« den 80. Meridian, auf welchem sich bekanntlich in der nördlichen Halbkugel die Antipoden von London befinden. Von 80 Tagen, die ihm zur Verfügung standen, hatte Herr Fogg allerdings 52 verbraucht, und es blieben ihm nur noch 28 übrig. Aber man darf nicht unbeachtet lassen, daß der Herr mehr als zwei Drittel der ganzen Reise hinter sich hatte, wenn er sich auch, »der Differenz der Meridiane zufolge«, erst auf der Hälfte der Tour befand. Wieviel gezwungene Umwege von London nach Aden, von Aden nach Bombay, von Kalkutta nach Singapur, von Singapur nach Yokohama! Hätte er die Reise immer im 50. Parallelkreise, also dem von London machen können, so würde die Entfernung nur ungefähr 12.000 Meilen betragen haben. Zufolge der Launen der Verkehrswege war er aber gezwungen gewesen, 26.000 Meilen zu reisen, von denen er bis zu diesem Tage, dem 23. November also, etwa 17.500 hinter sich hatte. Von nun an hatte er geraden Weg vor sich, und außerdem kam auch Fix nicht mehr als Mehrer der Hindernisse in Betracht!

Am 23. November erlebte Passepartout eine große Freude. Der Leser erinnert sich, daß der eigensinnige Bursche darauf versessen war, seine berühmte Familienuhr nach Londoner Zeit laufen zu lassen, da er alle Zeiten der Länder, durch die er reiste, für falsch erklärte. An diesem Tage nun zeigte sich seine Uhr, obwohl er sie weder vor noch nachgestellt hatte, in richtiger Übereinstimmung mit dem Chronometer an Bord.

Er triumphierte – obgleich die Sache ganz natürlich zuging. Er hätte nur zu gern gewußt, was Fix hätte sagen können, wenn er dabei gewesen ware.

»Dieser Schurke hat mir ja wer weiß was alles vorgefaselt von den Meridianen, von der Sonne, vom Monde!« sagte Passepartout zu sich selbst. »Ha, ha! So ein Volk! Man braucht bloß auf sie zu hören, dann ist man schon der perfekte Uhrmacher! Ich war fest überzeugt, daß zu guter Letzt sich selbst die Sonne nach meiner Uhr würde richten müssen!«

Passepartout war über folgendes nicht unterrichtet.

Wenn das Zifferblatt seiner Uhr in vierundzwanzig Stunden eingeteilt gewesen wäre, hätte er gar keine Ursache zu triumphieren gehabt; denn die Zeiger seiner Uhr hätten dann, wenn es an Bord neun Uhr morgens gewesen wäre, auf neun Uhr abends gestanden, das heißt, sie hätten die einundzwanzigste Stunde nach Mitternacht angezeigt – mithin einen Unterschied, der sich völlig mit der zwischen London und dem hundertvierundzwanzigsten Meridian liegenden Entfernung deckt.

Aber wenn Fix imstande gewesen wäre, diese physische Erscheinung zu erklären, so wäre Passepartout wahrscheinlich doch nicht fähig gewesen, sie zu begreifen, ganz abgesehen davon, daß er die Richtigkeit einer solchen Erklärung sowieso nie zugeben hätte. Wäre aber zufällig der Polizeikommissar unversehens in diesem Augenblick an Bord erschienen, so hätte der mit gutem Grund erboste Passepartout jedenfalls über eine andere Angelegenheit und in anderer Weise sich mit ihm auseinandergesetzt.

Wo war nun aber Fix in diesem Augenblick?

Fix war nirgends wo anders als an Bord des »General Grant«.

In Yokohama hatte der Kommissar allerdings Herrn Fogg aus den Augen gelassen, aber er rechnete darauf, daß er ihn im Laufe des Tages wiederfinden würde, und hatte sich sofort auf das englische Konsulat begeben. Dort endlich hatte er den Haftbefehl gefunden, der von Bombay ab hinter ihm herlief und schon vor vierzig

Tagen datiert war – und der ihm von Hongkong auf demselben Schiffe, dem »Carnatic«, nachgeschickt worden war, an dessen Bord man ihn glaubte. Nun denke man sich die Enttäuschung dieses Detektivs! Jetzt war der Haftbefehl nutzlos geworden! Herr Fogg hatte die englischen Besitzungen hinter sich. Jetzt war ein Auslieferungsdokument notwendig, um ihn festzunehmen!

»Meinetwegen!« sagte Fix bei sich, nachdem der erste Zorn verraucht war; »hier nutzt mir ja mein Haftbefehl nichts; aber in England wird er mir nützen. Dieser Schuft sieht ganz so aus, als wenn er wieder in seine Heimat zurückkehren wollte, in der Meinung, die Polizei auf eine falsche Fährte gelockt zu haben. Gut! Ich werde ihm bis dorthin folgen! Was das Geld betrifft, so gebe Gott, daß es nicht alle werde!

Aber an Reisespesen, Prämien, Prozeßgebühren, Geldstrafen, für Elefantenkauf und allerhand Ausgaben sonst hat mein Mann schon mehr als fünftausend Pfund unterwegs ausgegeben. Na, schließlich ist die Bank ja reich genug!«

Nachdem er sich hierüber klar geworden war, schiffte er sich ohne Säumen auf dem »General Grant« ein.

Er war an Bord, als Herr Fogg und Frau Auda dort anlangten. Zu seiner namenlosen Verwunderung erkannte er in dem Reiherkostüm Passepartout! Er versteckte sich in seiner Kajüte, um eine Auseinandersetzung zu vermeiden, die alles in Gefahr setzen konnte – und zufolge der großen Schar von Passagieren mochte er wohl darauf gerechnet haben, von seinem Feinde überhaupt nicht bemerkt zu werden, als er sich eines Tages plötzlich auf dem Vorderdeck Aug in Aug ihm gegenüberfand.

Passepartout sprang Fix an die Kehle, ohne auch nur ein Wort zu verlieren, und verabfolgte ihm zum großen Gaudium von mehreren Amerikanern, die sogleich eine Wette eingingen, eine Tracht Prügel, die nicht von Pappe war und die die hohe Überlegenheit der französischen über die englische Boxerkunst zur Genüge dartat. Als Passepartout fertig war, fühlte er sich ruhiger, gewissermaßen erleichtert. Fix krabbelte in einer ziemlich wüsten Verfassung auf die Beine, maß seinen Gegner mit den Blicken und fragte kaltblütig: »Ist's nun gut?«

»Ja, für den Augenblick!«

»Dann lassen Sie mich sprechen!«
»Ich will Ihnen …«
»Im Interesse Ihres Herrn!«
Passepartout, gleichsam überwältigt von dieser Kaltblütigkeit, folgte dem Polizeikommissar auf das Vorderdeck des Dampfers, wo sie sich beide setzten.
»Sie haben mich tüchtig gerbt«, sagte Fix. »Na, gut! Ich war gefaßt darauf. Aber jetzt hören Sie mir zu! Bis hierher war ich Herrn Foggs Widersacher, jetzt aber spiele ich mit ihm.«
»Endlich!« rief Passepartout – »Sie halten ihn für einen Ehrenmann?«
»Nein«, antwortete Fix kalt, »ich halte ihn für einen Schuft. Pst! Nicht gemuckst! Lassen Sie mich reden! So lange Herr Fogg auf den britischen Besitzungen war, lag es in meinem Interesse, ihn aufzuhalten, bis der Haftbefehl in meinen Händen war. Ich habe um deswillen alles mögliche angestellt, habe ihm die Priester von Bombay auf den Hals gehetzt, habe seinen Diener in Hongkong mit Opium berauscht, habe Herrn und Diener voneinander getrennt, habe es erreicht, daß er den Dampfer nach Yokohama verpaßte …«
Passepartout hörte ihm mit geballten Fäusten zu.
»Jetzt scheint Herr Fogg«, nahm Fix wieder das Wort, »nach England zurückzukehren? Soll er es! Ich werde ihm bis dorthin folgen. Aber hinfort werde ich mit demselben Eifer bemüht sein, alle Hindernisse aus seinem Wege zu räumen, wie ich bisher bemüht war, sie ihm in den Weg zu türmen. Sie sehen, mein Spiel ist jetzt anderer Art, und zwar deshalb, weil es mein Interesse so verlangt. Ich setze noch dazu, daß Ihr Interesse sich mit dem meinigen deckt, denn in England allein werden Sie erfahren können, ob Sie im Dienste eines Verbrechers oder eines Ehrenmannes standen!«
Passepartout hatte Fix sehr aufmerksam zugehört und hatte die Überzeugung gewonnen, daß Fix in Ehrlichkeit und in gutem Glauben sprach.
»Nun? Sind wir Freunde?«
»Freunde? Nein!« antwortete Passepartout. »Bundesgenossen, ja! Aber, das merken

Sie sich, beim geringsten Anzeichen von Verräterei drehe ich Ihnen den Hals um!«
»Abgemacht!« versetzte der Polizeikommissar mit Seelenruhe.
Elf Tage nachher, am 3. Dezember, steuerte der »General Grant« in die Bai der Goldenen Pforte und legte in San Franzisko an.
Herr Fogg hatte bis jetzt weder einen Tag verloren noch einen Tag gewonnen.

25

Hier wird ein flüchtiger Blick auf San Franzisko und auf einen Wahltag geworfen

Es war sieben Uhr vormittags, als Phileas Fogg, Frau Auda und Passepartout den Fuß auf den amerikanischen Boden setzten, wenn man den schwimmenden Kai, auf dem sie ausgeschifft wurden, mit diesem Worte benennen darf. Diese mit der Flut steigenden und fallenden Kais erleichtern das Einfrachten und Ausfrachten der Schiffe. Dort finden sich die »Klipper« in allen Größenverhältnissen ein, ebenso die Dampfschiffe aller Nationen und jene mehrere Stockwerke hohen Dampfkähne, die den Dienst auf dem Sakramento und seinen Zuflüssen verrichten. Dort häufen sich auch die Produkte für einen Handel, der sich nach Mexiko, Peru, Chile, Brasilien und bis nach Europa, Asien und allen Inseln des Stillen Ozeans erstreckt.

Passepartout hatte in seiner Freude, endlich amerikanischen Boden zu betreten, einen gefährlichen Kopfsprung eleganten Stiles machen zu sollen geglaubt. Aber als er auf dem schlüpfrigen Boden des Kais niederfiel, war ihm zumute, als wenn er durchbräche. Viel hätte auch nicht dazu gefehlt. Ganz außer Fassung gebracht durch die Art, wie er auf dem neuen Erdteil Fuß gefaßt hatte, stieß der wackere Gesell ein fürchterliches Geschrei aus, das eine zahllose Schar Kormorane und Pelikane, die Stammgäste dieser Kais, aufscheuchte.

Herr Fogg war kaum von Bord, so erkundigte er sich auch schon, wann der erste Zug nach New York fahre. Um zwei Uhr nachts war der Bescheid da. Herr Fogg hatte daher einen vollen Tag in der kalifornischen Hauptstadt zuzubringen. Er bestellte für Frau Auda und sich einen Wagen. Passepartout stieg auf den Bock, und der Wagen, der zwei Dollar kostete, fuhr nach dem Hotel International.

Passepartout sah sich von seinem erhabenen Platz aus mit lebhaftem Interesse die große amerikanische Stadt an: breite Straßen, niedrige, schnurgerade angebaute Häuser, Kirchen und Tempel in gotisch-angelsächsischem Stil, ungeheure Docks, palastartige Speicher, die einen aus Holz, die andern aus Ziegelsteinen; in den Straßen zahllose Wagen, Omnibusse, Fuhrwerke, Pferdebahnen, und auf den Gehsteigen in dichter Menge nicht nur Amerikaner und Europäer, sondern auch Chinesen und Indianer – zählte doch die Stadt mehr als zweihunderttausend Einwohner.

Passepartout traute seinen Augen kaum. Er hatte sich immer nur die sagenhafte Stadt von 1849 vorgestellt, die Stadt der Banditen, Brandstifter und Mörder, die alle herbeigekommen waren, um Goldbarren zu finden – den ungeheuren Sammelpunkt allen Auswurfs, wo man, den Revolver in der einen und das Messer in der andern Hand, Goldstaub gewann. Aber diese »schöne Zeit« war vorbei. San Franzisko bot jetzt das Bild einer großen Handelsstadt. Der hohe Turm des Rathauses, wo die Wächter Dienst haben, ragte über dieses Netz von Straßen und Alleen, die sich in rechten Winkeln kreuzten, zwischen welchen sich grüne Plätze entfalteten; dann eine Chinesenstadt, die in einer Spielzeugschachtel aus dem himmlischen Reiche hierhergebracht worden zu sein schien. Keine Sombreros mehr, keine roten Hemden mehr, wie sie die Goldsucher trugen, keine Indianer im Federschmucke – nein, seidene Hüte und schwarze Kleider sah man bei einer großen Zahl von Herren, die einen fieberhaften Geschäftseifer zu besitzen schienen. In einigen Straßen – darunter in der Montgomerystraße, in der Regentstraße (ganz wie in London), auf dem Boulevard der Italiener (ganz wie in Paris), auf dem Broadway (ganz wie in New York) – standen prächtige Warenhäuser eines neben dem andern, die in ihren Auslagen die Erzeugnisse der ganzen Welt zur Schau stell-

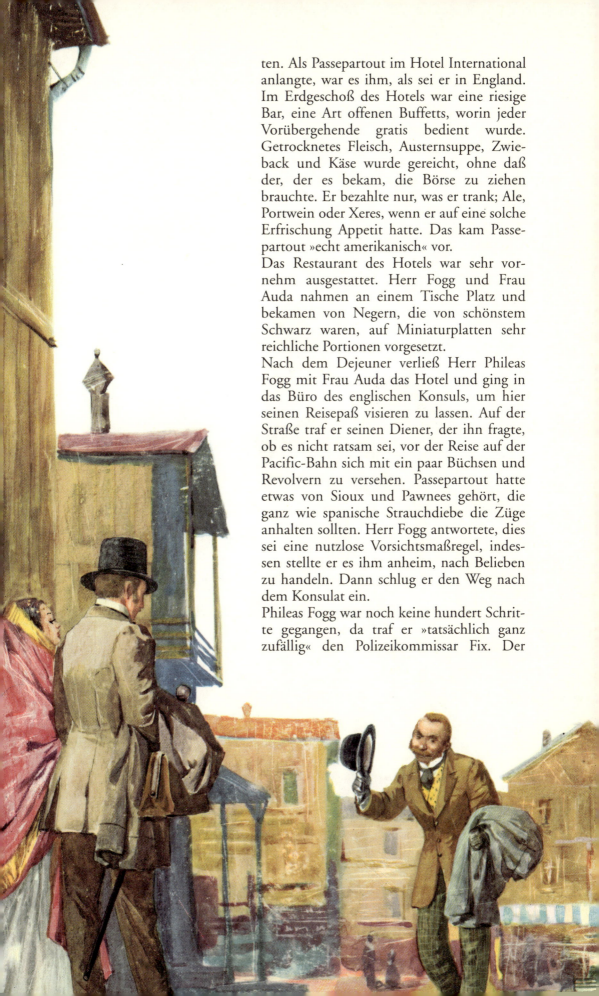

ten. Als Passepartout im Hotel International anlangte, war es ihm, als sei er in England. Im Erdgeschoß des Hotels war eine riesige Bar, eine Art offenen Buffetts, worin jeder Vorübergehende gratis bedient wurde. Getrocknetes Fleisch, Austernsuppe, Zwieback und Käse wurde gereicht, ohne daß der, der es bekam, die Börse zu ziehen brauchte. Er bezahlte nur, was er trank; Ale, Portwein oder Xeres, wenn er auf eine solche Erfrischung Appetit hatte. Das kam Passepartout »echt amerikanisch« vor.

Das Restaurant des Hotels war sehr vornehm ausgestattet. Herr Fogg und Frau Auda nahmen an einem Tische Platz und bekamen von Negern, die von schönstem Schwarz waren, auf Miniaturplatten sehr reichliche Portionen vorgesetzt.

Nach dem Dejeuner verließ Herr Phileas Fogg mit Frau Auda das Hotel und ging in das Büro des englischen Konsuls, um hier seinen Reisepaß visieren zu lassen. Auf der Straße traf er seinen Diener, der ihn fragte, ob es nicht ratsam sei, vor der Reise auf der Pacific-Bahn sich mit ein paar Büchsen und Revolvern zu versehen. Passepartout hatte etwas von Sioux und Pawnees gehört, die ganz wie spanische Strauchdiebe die Züge anhalten sollten. Herr Fogg antwortete, dies sei eine nutzlose Vorsichtsmaßregel, indessen stellte er es ihm anheim, nach Belieben zu handeln. Dann schlug er den Weg nach dem Konsulat ein.

Phileas Fogg war noch keine hundert Schritte gegangen, da traf er »tatsächlich ganz zufällig« den Polizeikommissar Fix. Der stellte sich sehr überrascht. Ei was! Herr Fogg und er hätten die Überfahrt übers Stille Meer zusammen gemacht und sich an Bord doch nicht gesehen! Jedenfalls könne sich Fix nur geehrt fühlen, daß er den Herrn wiedersehe, dem er soviel verdanke, und da er geschäftehalber nach Europa zurück müsse, so würde er mit dem größten Vergnügen seine Reise in so angenehmer Gesellschaft fortsetzen. Herr Fogg erwiderte, die Ehre läge auf seiner Seite, und Fix, dem daran gelegen war, ihn nicht aus den Augen zu verlieren, bat ihn um die Erlaubnis, mit ihm die Stadt San Franzisko zu besichtigen. Herr Fogg hatte nichts dagegen.

So schlenderten Frau Auda, Phileas Fogg und Fix durch die Straßen. Bald befanden sie sich in der Montgomerystraße, wo ein sehr starker Verkehr herrschte. Auf dem Bürgersteig, mitten auf dem Fahrdamm auf den Bahngleisen, trotz des Durcheinanders von Wagen und Omnibussen, auf den Schwellen der Läden, an

den Fenstern aller Häuser, ja selbst auf den Dächern – überall eine unzählige Menge. Wandelnde Plakate bahnten sich den Weg mitten durch die Masse. Banner und Flaggen wehten im Winde. Geschrei ertönte allerorten.
»Hurrah Mandiboy!«
»Hurrah Kamerfield!«
Es handelte sich hier um ein Zusammentreffen zweier Parteien, um ein »Meeting«. Wenigstens war Fix dieser Meinung und teilte seine Ansicht Herrn Fogg mit, indem er hinzufügte: »Wir täten vielleicht gut, uns nicht in dieses Gewühl zu mischen! Da könnte man am Ende böse Hiebe kriegen.«
»Allerdings«, erwiderte Phileas Fogg, »und wenn es auch aus politischen Gründen geschieht, Hiebe bleiben Hiebe.«
Fix meinte über diese Worte lächeln zu sollen, und um nicht ins Gedränge hinein-

gezogen zu werden, stellten sich Frau Auda, Phileas Fogg und er auf dem oberen Absatz einer Treppe auf, die von einer höheren als die Montgomerystraße gelegenen Terrasse herabführte.

Vor ihnen auf der andern Seite der Straße lag zwischen dem Lagerplatz eines Kohlenhändlers und dem Speicher eines Petroleumhändlers ein großer, freier, nach allen Seiten hin offener Raum, in den die verschiedenen Menschenströme einzumünden schienen.

Und zu welchem Zweck, aus welchem Anlaß fand wohl dieses Meeting statt? Phileas Fogg hatte keine Ahnung. Handelte es sich um die Ernennung eines hohen Militär- oder Zivilbeamten, eines Staatsgouverneurs oder eines Kongreßmitgliedes? Ein solcher Schluß lag nahe, wenn man die außerordentliche Aufregung betrachtete, in der die Stadt sich befand.

In diesem Augenblick ging eine starke Bewegung in der Menschenmenge vor sich. Alle Hände waren in der Luft. Einige, fest geballt, schienen unter lautem Gebrüll sich zu heben und niederzusausen – entschieden eine sehr energische Manier, eine Stimme abzugeben.

In wildem Durcheinander wogte die Menge hin und her. Banner schwankten, verschwanden auf einen Augenblick und tauchten zerfetzt wieder auf. Die Wogen der Masse liefen bis an die Treppe, alle Köpfe an der Oberfläche wogten hin und her wie ein von jäher Böe bewegtes Meer. Die Zahl der schwarzen Hüte nahm zusehends ab, und die meisten schienen an ihrer ursprünglichen Höhe Einbuße erlitten zu haben.

»Augenscheinlich ist's ein Meeting«, sagte Fix, »und nur eine brennende Frage kann es herbeigeführt haben. Mich sollte es nicht wundern, wenn es sich noch um die Alabama-Angelegenheit handelte, obgleich diese längst erledigt ist.«

»Vielleicht«, antwortete Herr Fogg kurz.

»Jedenfalls«, fuhr Fix fort, »stehen sich zwei Kämpen gegenüber, der ehrenwerte Kamerfield und der ehrenwerte Mandiboy.«

Frau Auda sah am Arme des Herrn Fogg dem Aufruhr mit Verwunderung zu, und Fix ging und fragte einen in der Nähe Stehenden nach der Ursache dieser Volksbewegung, als ein noch wilderer Tumult anhub. Das Hurrageschrei, durchsetzt mit Flüchen, erscholl noch lauter. Fahnenstangen wurden als Waffen gebraucht. Man sah keine Hände mehr, man sah nur noch Fäuste. Von den Wagen herab, die nicht weiter konnten, von den Omnibussen herab, deren Fahrt gesperrt war, regnete es kräftige Hiebe.

Alles diente zu Wurfgeschossen. Stiefel und Schuhe sausten schrägen Fluges durch die Luft, und fast schien es, als mischte sich unter das Gefluche der Menge auch der nationale Knall von Revolvern.

Das Gedränge schob sich zur Treppe heran und überschwemmte die ersten Stufen. Eine der Parteien war augenscheinlich zurückgedrängt worden, ohne daß sie, die bloß zusahen, gewahren konnten, wer den Sieg errungen hätte, ob Mandiboy oder ob Kamerfield.

»Ich halte es für ratsam, sich zurückzuziehen«, sagte Fix, dem nichts daran lag etwas abzubekommen oder gar übel zugerichtet zu werden. »Wenn bei dieser Affäre England mit im Spiele ist und wir erkannt werden, dann wird es uns schlechtgehen.«

»Ein englischer Bürger –«, entgegnete Phileas Fogg.

Aber der Herr konnte seinen Satz nicht beenden. Hinter ihm erscholl auf der Terrasse, die zu der Treppe führte, fürchterliches Gebrüll. Der Ruf erschallte: »Hurra! Hip-hip für Mandiboy!« Eine Schar von Wählern rückte zur Hilfe heran und fiel den Parteigängern Kamerfields in die Flanke.

Herr Fogg, Frau Auda und Fix befanden sich zwischen ihnen. Zum Entrinnen war

150

es zu spät. Gegen diesen mit Bleistöcken und Totschlägern bewaffneten Schwarm war kein Widerstand möglich. Phileas Fogg und Fix, die die junge Frau schützten, wurden hin und her gestoßen. Herr Fogg, der sein gewohntes Phlegma bewahrte, wollte sich mit den Waffen verteidigen, die die Natur jedem Engländer unten an die Arme angesetzt hat, doch war dies unmöglich. Ein riesiger Kerl mit rotem Bart, farbiger Haut und breiten Schultern, allem Anschein nach der Anführer der Bande, hob seine mächtige Faust über Herrn Fogg und würde ihm wohl einen wuchtigen Hieb versetzt haben, wenn nicht Fix aus Hingebung den Schlag für ihn aufgefangen hätte. Eine enorme Beule entwickelte sich auf der Stelle unter dem Seidenhut des Detektivs, der im Handumdrehen zu einer flachen Mütze zusammengeschrumpft war.

»Yankee!« rief Herr Fogg und schleuderte seinem Gegner einen Blick voll tiefster Verachtung zu.

»Engländer!« antwortete der andere.

»Wir sprechen uns noch!«

»Wann Sie wollen! Ihr Name?«

»Phileas Fogg, Ihrer?«

»Colonel Stamp Proctor.«

Nach diesen Worten flutete die Menge vorüber. Fix wurde über den Haufen gerannt und stand mit zerfetztem Anzug, aber ohne ernste Verletzung, wieder auf. Sein Reisemantel war in zwei ungleiche Teile zerschlissen, und sein Beinkleid glich jenen Hosen, aus denen manche Indianer – eine eigenartige Mode – den Boden heraustrennen, bevor sie sie anziehen. Schließlich aber war Frau Auda unversehrt und bloß Fix hatte einen Faustschlag abbekommen.

»Ich danke Ihnen«, sagte Herr Fogg zu dem Kommissar, als sie aus dem Gedränge heraus waren.

»Keine Ursache«, antwortete Fix, »aber kommen Sie.«

»Wohin?«

»In einen Kleiderladen.«

Dieser Gang war allerdings angebracht. Die Kleider Phileas Foggs und des Kommissars waren zerrissen, als ob diese beiden Herren sich wegen der ehrenwerten Herren Kamerfield und Mandiboy gerauft hätten.

Eine Stunde später waren sie wieder ordentlich gekleidet und frisiert. Dann kehrten sie in das Hotel International zurück. Dort erwartete Passepartout seinen Herrn mit einem halben Dutzend sechsläufiger Revolver. Als er Fix bei Herrn Fogg erblickte, runzelte er die Stirn.

Als aber Frau Auda in Kürze berichtet hatte, was vorgefallen war, heiterten sich Passepartouts Züge wieder auf. Augenscheinlich war Fix kein Feind mehr, sondern ein Verbündeter.

Er hielt Wort.

Nach beendeter Mahlzeit wurde eine Droschke geholt, die die Reisenden und ihr Gepäck nach dem Bahnhof schaffen sollte. Als Herr Fogg eben in den Wagen steigen wollte, fragte Herr Fix: »Sie haben diesen Colonel Proctor nicht wiedergesehen?«

»Ich werde noch einmal nach Amerika reisen und ihn aufsuchen«, sagte Phileas Fogg kalt. »Es geht nicht an, daß ein englischer Bürger sich in dieser Weise behandeln läßt.«

Der Kommissar lächelte und gab keine Antwort. Aber man sieht, Herr Fogg gehörte zu jener Klasse von Engländern, die zwar das Duell unter sich nicht dulden, sich aber im Auslande doch schlagen, wenn es gilt, ihre Ehre zu wahren.

Um ein Viertel vor sieben Uhr langten die Reisenden am Bahnhof an. Der Zug war zur Abfahrt fertig.

151

Herr Fogg wollte eben einsteigen, als er einen Beamten erblickte, auf den er zuging.

»Mein Freund«, sagte er, »ist nicht heute in San Franzisko ein kleiner Krawall vorgefallen?«

»Ein Meeting, mein Herr«, antwortete der Beamte.

»Mir war aber, als sei arger Tumult in den Straßen gewesen.«

»Es handelte sich bloß um ein zu einer Wahl veranstaltetes Meeting.«

»Wohl die Wahl eines Oberbefehlshabers?« fragte Herr Fogg.

»Nein, Herr, eines Friedensrichters.«

Auf diese Antwort stieg Phileas Fogg ein, und der Zug fuhr mit Volldampf ab.

26

Hier wird die Fahrt im Schnellzug der
Pacific-Bahn beschrieben

Von Meer zu Meer«, sagen die Amerikaner, und diese drei Worte sollten eigentlich der allgemeine Name der großen Bahnstrecke sein, die die Vereinigten Staaten Amerikas in ihrer größten Breite durchquert. Aber in Wahrheit zerfällt die Pacific-Bahn in zwei deutlich unterscheidbare Teile: die Zentral-Pacific-Bahn zwischen San Franzisko und Ogden und die Union-Pacific-Bahn zwischen Ogden und Omaha. Dort vereinigen sich fünf verschiedene Linien, die Omaha in regen Verkehr bringen mit New York.

New York und San Franzisko sind also durch ein zusammenhängendes metallenes Band miteinandcr verknüpft, das nicht weniger als 3786 Meilen mißt. Zwischen Omaha und dem Stillen Meer durchschneidet die Bahn einen Landstrich, der noch von den Indianern oder Rothäuten bewohnt ist – ein weites Gebiet, das die Mormonen nach 1845 zu kolonisieren begannen, nachdem sie aus Illinois vertrieben worden waren.

Früher brauchte man unter den günstigsten Umständen sechs Monate, um von New York nach San Franzisko zu gelangen. Jetzt fährt man sieben Tage.

Im Jahre 1862 wurde trotz des Widerspruches der Abgeordneten des Südens, die eine mehr südlich laufende Linie verlangten, die Bahnstrecke zwischen dem 41. und 42. Breitengrade gelegt. Der Präsident Lincoln bestimmte selbst im Staate Nebraska die Stadt Omaha zum Anfangspunkt des neuen Bahnnetzes. Die Arbeiten wurden sogleich begonnen und mit jener amerikanischen Energie fortgesetzt, die mit dem papiernen und mit dem bürokratischen Stile nichts gemein hat. Bei aller Schnelligkeit jedoch sollte die Ausführung nichts zu wünschen übrig lassen. In der Prärie kam man tagtäglich um anderthalb Meilen vorwärts. Eine Lokomotive, die auf den tags zuvor gelegten Schienen lief, trug die Schienen herbei, die am Tage darauf gelegt werden sollten, und befuhr die Lauffläche, soweit sie fertig war.

Die Pacific-Bahn entsendet unterwegs mehrere Zweigstrecken nach den Staaten Iowa, Kansas, Colorado und Oregon. Hinter Omaha läuft sie am linken Ufer des Platteflusses entlang bis zur Mündung der nördlichen Abzweigung, folgt dann der südlichen Abzweigung, durchschneidet das Gebiet von Laramie und den Wahsatchbergen, fährt um den Salzsee herum, kommt nach der Salzsee-City, der Hauptstadt der Mormonen, geht dann hinunter in das Tal der Tuilla, fährt an der amerikanischen Wüste, dem Cedar- und Humboldtgebirge, dem Humboldtfluß und der Sierra Nevada entlang und steigt dann über Sakramento wieder bergab nach dem Stillen Meer zu, ohne daß auf der ganzen Strecke, selbst auf der Fahrt durch die Rocky Mountains, die Senkung je 112 Fuß pro Meile überschritte. Dies war die lange Bahn, die die Züge in sieben Tagen zurücklegten, und die es dem ehrenwerten Phileas Fogg ermöglichen sollte – wenigstens hoffte er dies – am 11. in New York den Dampfer nach Liverpool zu besteigen.

Der Waggon, in dem Phileas Fogg saß, war ein langer Wagen, der auf zwei Untergestellen von je vier Rädern ruhte. Im Innern waren keine Abteilungen: zwei Reihen Sitze, auf beiden Seiten senkrecht zur Achse angebracht; und dazwischen war ein Gang vorgesehen, der zu den Toiletten und anderen Gemächern führte, womit jeder Wagen versehen war. In der ganzen Länge des Zuges waren die Wagen miteinander durch Übergangsbrücken verbunden, und die Fahrgäste konnten im Zuge von einem Ende zum anderen gehen; denn es waren Salonwagen, Terrassenwagen, Restaurationswagen und Kaffeewagen vorhanden.

Über die Übergangsbrücken wandelten fortwährend Bücher- und Zeitungshändler,

Verkäufer von Likören, Eßwaren und Zigaretten, und all dies fand regen Absatz. Die Reisenden waren um sechs Uhr abends von der Station Oakland abgefahren. Es war bereits Nacht – eine kalte, finstere Nacht mit bedecktem Himmel, dessen Wolken mit Schneestürmen drohten. Der Zug fuhr nicht sehr schnell. Wenn die Aufenthalte mitgerechnet wurden, legte er nicht mehr als zwanzig Meilen in der Stunde zurück, indessen mußte er auch bei dieser Fahrt die Vereinigten Staaten in der fahrplanmäßigen Zeit durchqueren.

Im Wagen wurde wenig gesprochen und die Reisenden waren bald eingenickt. Passepartout saß neben dem Polizeikommissar, aber er unterhielt sich nicht mit ihm. Seit den letzten Geschehnissen hatten sich ihre gegenseitigen Beziehungen abgekühlt. Es herrschte keine Sympathie, kein intimer Verkehr mehr zwischen ihnen. Fix hatte sich in seinem Benehmen nicht geändert, dafür aber war Passepartout sehr zurückhaltend. Er war entschlossen, beim geringsten Verdacht seinen ehemaliger Freund zu erdrosseln.

Eine Stunde nach der Abfahrt des Zuges begann es zu schneien. Es war ein feiner Schnee, der zum großen Glück der Fahrt des Zuges nicht hinderlich werden konnte. Durch die Fenster sah man nichts als eine ungeheure weiße Fläche, über die die Dampfwolken wie graue Nebelstreifen hinhuschten.

Um acht Uhr trat ein »Steward« in den Wagen und teilte den Reisenden mit, es sei Schlafenszeit. Dieser Wagen war ein »Schlafwagen«, das heißt, er wurde in wenigen Augenblicken zum Schlafwagen umgewandelt. Die Lehnen der Sitze senkten sich, sorgfältig verpackte Lagerstätten kamen durch eine sinnreiche Vorrichtung zum Vorschein, einzelne Kämmerchen waren binnen kurzem hergestellt, und jeder Reisende hatte ein behagliches Bett zur Verfügung, das dichte Vorhänge gegen jeden indiskreten Blick schützten. Die Bezüge waren weiß, die Kopfkissen gut gestopft. Man brauchte sich nur hinzulegen und zu schlafen, was auch jeder tat, ganz als befände er sich in der behaglichen Kabine eines Dampfers – während der Zug durch Kalifornien fuhr.

In dem Gebiet, das sich zwischen San Franzisko und Sakramento erstreckt, ist der Boden wenig uneben. Dieser Teil der Eisenbahn, Zentral-Pacific-Bahn genannt, hatte zuerst Sakramento zum Ausgangspunkt gehabt und rückte gegen Osten vor, bis er mit der von Omaha kommenden Bahn zusammenstieß. Von San Franzisko bis zur Hauptstadt Kaliforniens lief die Linie direkt nach Nordosten entlang des American-River, der sich in die Bai von San Pablo ergießt. Die 120 Meilen, die zwischen diesen beiden bedeutenden Städten liegen, wurden in sechs Stunden zurückgelegt, und gegen Mitternacht, als die Reisenden gerade im ersten Schlafe lagen, ging es durch Sakramento. Sie sahen daher nichts von dieser großen Stadt, weder die schönen Kais, noch die breiten Straßen, noch die prachtvollen Hotels, noch die Plätze.

Hinter Sakramento ging es an den Stationen Junction, Roclin, Auburn und Kolfax vorbei und dann betrat der Zug das Gebirgsgebiet der Sierra Nevada. Es war sechs Uhr morgens, als man an der Station Cisko vorüberfuhr. Eine Stunde darauf war der Schlafraum wieder zum gewöhnlichen Wagen geworden, und die Reisenden konnten durch die Scheiben hindurch den malerischen Anblick dieses Gebirgslandes genießen. Die Bahnstrecke kam der launischen Bodenbildung nach und lief hier am Hang eines Berges hin, dort hing sie hoch oben über Abgründen, hier umging sie die jähen Winkel durch kühne Schleifen, dort versank sie in enge Schluchten, aus denen es keinen Ausweg zu geben schien. Die Lokomotive, die wie eine große Feuerwarte rotes Licht warf, mischte ihr Pfeifen und Dröhnen in das Tosen der Wildbäche und Wasserstürze, und ihr Rauch wand sich durch das dunkle Gezweige der Tannen.

Wenig oder gar keine Tunnels, auch keine Brücken wurden passiert. Das Geleise lief an den Seiten um die Berge herum, statt in gerader Linie den kürzesten Weg zu wählen und der Natur Gewalt anzutun.

Gegen neun Uhr gelangte der Zug durch das Tal Carson in den Staat Nevada, stets in nordöstlicher Richtung laufend. Morgens verließ er Reno, wo die Reisenden zwanzig Minuten Frühstücksaufenthalt hatten.

Von hier aus lief die Bahn am Humboldt-River entlang einige Meilen weit in nördlicher Richtung. Dann bog sie nach Osten um und folgte so lange dem Lauf eines Flüßchens, bis sie die Humboldtberge erreicht hatte, wo die Quelle des Wassers sich befand, fast im äußersten Osten des Staates Nevada.

Nach dem Frühstück nahmen Herr Fogg, Frau Auda und ihre Gefährten wieder im Wagen Platz. Phileas Fogg, die junge Frau, Fix und Passepartout betrachteten, behaglich zurückgelehnt, die abwechslungsreiche Landschaft, die an ihren Augen vorbeiflog – weite Prärien, Berge, die sich am Horizont hinzogen, und »Creeks«, die ihre schäumenden Fluten wälzten. Mitunter erschien eine in der Ferne zusammengedrängte Masse von Bisons wie ein beweglicher Damm. Diese zahllosen Scharen von  Wiederkäuern setzten bisweilen der Weiterfahrt der Züge ein unüberwindliches Hindernis entgegen. Man hat schon Abertausende dieser Tiere in dichtgedrängten Reihen stundenlang quer über das Geleise hinziehen sehen. Dann muß die Lokomotive haltmachen und warten, bis der Weg frei ist.

So geschah es auch diesmal. Gegen drei Uhr abends versperrte eine Herde von zehn- bis zwölftausend Köpfen das Geleise. Nachdem die Maschine ihre Schnelligkeit verringert hatte, versuchte sie, sich durchzuwühlen, aber es blieb nichts weiter übrig, als vor der undurchdringlichen Masse haltzumachen. Man sah nun diese Wiederkäuer ruhigen Schrittes vorüberziehen, bisweilen fürchterliches Gebrüll ausstoßend. Sie waren von größerem Wuchse als die Stiere in Europa, Beine und Schwanz waren kurz, der vorspringende Widerrist bildete einen riesigen Buckel, die Hörner standen unten auseinander, Hals und Schultern waren mit einer langhaarigen Mähne bedeckt. Es war nicht daran zu denken, diesem Zuge Halt zu gebieten. Wenn die Bisons einmal eine Richtung eingeschlagen haben, kann nichts sie aufhalten oder vom Wege abbringen. Es ist ein reißender Strom lebenden Fleisches, den kein Damm hemmen kann.

Die Reisenden betrachteten dieses eigentümliche Schauspiel. Der es aber von allen wohl am eiligsten hatte, Phileas Fogg, war auf seinem Platze sitzen geblieben und wartet mit philosophischer Ruhe darauf, daß es den Büffeln belieben möge, die Passage freizugeben. Passepartout tobte über die Verzögerung, die dieser Haufen Rindvieh verursachte. Er hätte am liebsten seine sämtlichen Revolver gegen sie abgeschossen.

»Was für ein Land!« rief er. »Einfache Ochsen bringen Züge zum Stillstand und ziehen ruhig vorüber in langer Reihe, ohne sich zu beeilen, als ob sie ganz und gar keine Verkehrsstockung veranlaßten. Donnerwetter! Ich möchte wissen, ob Herr Fogg diesen Verzug in seinem Programm mitberücksichtigt hat. Das muß übrigens ein netter Maschinist sein, der nicht den Mut hat, seine Maschine durch diese Herde Vieh hindurchzuführen.«

Der Maschinist hatte überhaupt nicht versucht, das Hindernis zu überwinden. Ohne Zweifel hätte er die ersten vom Stoß der Lokomotive getroffenen Büffel zermalmt, aber wäre die Maschine noch so stark gewesen, sie wäre doch bald zum Stehen gebracht worden, eine Entgleisung wäre erfolgt, und der Zug hätte dann hilflos dagelegen.

Das Beste war daher, geduldig zu warten und nachher durch erhöhte Geschwindigkeit den Zeitverlust einzuholen. Der Vorbeizug der Bisons dauerte drei Stunden, und erst als die Nacht heranbrach, war das Geleise wieder frei.

Es war also acht Uhr, als der Zug in die Engpässe des Humboldtgebirges einfuhr, und halb zehn Uhr, als er das Gebiet von Utah betrat, die Region des Großen Salzsees, das seltsame Land der Mormonen.

27

Passepartout folgt mit einer Schnelligkeit von zwanzig Meilen in der Stunde einem Vortrag über Mormonengeschichte

In der Nacht vom 5. zum 6. Dezember legte der Zug in südöstlicher Richtung eine Strecke von etwa 50 Meilen zurück; dann legte er in nordöstlicher Richtung dieselbe Strecke zurück und näherte sich dem Großen Salzsee. Gegen 9 Uhr vormittags streckte Passepartout die Nase zum Fenster hinaus. Es war frisch draußen, ein grauer Himmel, aber es schneite nicht. Die von dem Nebelgewölk erweiterte Sonnenscheibe erschien wie ein riesiges Goldstück, und Passepartout befaßte sich damit, ihren Wert in Pfunde umzusetzen, als er von dieser nützlichen Arbeit durch die Erscheinung einer ziemlich seltsamen Persönlichkeit abgelenkt wurde.

Es war ein Mann von hohem Wuchse, der eingestiegen war, um bis Elko mitzufahren. Er war tief gebräunt, trug einen schwarzen Schnurrbart, schwarze Schuhe, einen schwarzseidenen Hut, schwarze Weste, schwarze Beinkleider, eine weiße Halsbinde und Handschuhe aus Hundsleder. Er sah ganz aus wie ein Geistlicher. Er ging von einem Wagenende zum andern und befestigte an jede Wagentür mit Oblaten eine handschriftliche Notiz.

Passepartout trat näher und las auf einer dieser Notizen, daß der sehr ehrenwerte »Älteste« William Hitch, Missionar der Mormonen-Gemeinde, seine Anwesenheit im Eisenbahnzug Nr. 48 benütze, um von elf Uhr vormittags an in dem Eisenbahnwagen Nr. 117 eine Diskussion über den Mormonismus zu halten, und daß er hierzu sämtliche Herren höflichst einlade, denen daran gelegen sei, sich in die Mysterien der Religion der »Heiligen der Jüngsten Tage« einen Einblick zu verschaffen.

»Natürlich gehen wir in diese Versammlung«, sprach Passepartout bei sich, der vom Mormonentum nichts weiter wußte, als daß es die Vielweiberei nicht bloß gestatte, sondern vielmehr als Hauptgrundlage ihres Glaubens betrachte.

Die Nachricht verbreitete sich rasch im ganzen Zuge, in welchem an die hundert Passagiere saßen. Von dieser Zahl saßen um elf Uhr etwa dreißig auf den Bänken des Wagens Nr. 117, um sich den Genuß einer solchen Diskussion zu verschaffen. Passepartout saß in der vordersten Reihe der Gläubigen. Weder sein Herr noch Fix hatten gemeint, sich deshalb in Ungelegenheiten setzen zu sollen.

Zur bezeichneten Stunde erhob sich der Älteste William Hitch und rief mit stark erregter Stimme, als wenn er einen Widerspruch im vorhinein hätte bannen wollen:

»Ich sage Ihnen, ich, William Hitch, daß Joe Smyth ein Märtyrer ist, daß sein Bruder Hyram ein Märtyrer ist, und daß die Verfolgungen, welche die Regierung der Union über die Propheten verhängt, aus Brigham Young ebenfalls einen Märtyrer machen werden! Wer wollte es wagen, das Gegenteil zu behaupten?«

Niemand getraute sich, dem Missionar zu widersprechen, dessen Überspanntheit mit der natürlichen Ruhe seines Gesichtes im scharfen Kontrast stand. Aber ohne Zweifel erklärte sich sein Zorn aus der Tatsache, daß das Mormonentum zur Zeit sehr harten Prüfungen ausgesetzt war. Die Regierung der Vereinigten Staaten hatte, und zwar nicht ohne große Mühe, diesen unabhängigen Schwärmern das Terrain stark beschnitten. Sie hatten sich der Herrschaft über Utah bemächtigt und es den Gesetzen der Union unterworfen, nachdem sie Brigham Young eingelocht, des Widerstandes gegen die Staatsgewalt und der Vielweiberei angeklagt hatten. Von dieser Zeit an verdoppelten die Jünger des Propheten ihre Anstrengungen und erhoben gegen die Anmaßung des Kongresses durch Wort und Schrift Widerspruch.

Der Älteste William Hitch verpflanzte, wie wir sehen, die Propaganda für seinen Glauben bis in den Eisenbahnwagen.

Mit leidenschaftlichem Feuer, verstärkt noch durch den hellen Klang seiner Stimme und durch die Heftigkeit seiner Gebärden, trug er die Geschichte des Mormonentums von der biblischen Zeit an vor: »Allwie in Israel ein mormonischer Prophet aus dem Stamme Josephs die Gesetztafeln der neuen Religion veröffentlichte und sie auf seinen Sohn Mormo vererbte; allwie dann viele Jahrhunderte später eine Übersetzung dieses köstlichen Buches, in ägyptischer Schrift, von Joseph Smyth dem Jüngeren, Landpächter im Staate Vermont, gefertigt worden sei, der sich als mystischer Prophet im Jahre 1825 offenbart habe, allwie endlich besagtem Joseph Smyth dem Jüngeren ein himmlischer Bote erschienen sei in einem feurigen Walde und ihm die Gesetzestafeln des Herrn überantwortet habe.«

In diesem Augenblick verließen mehrere Zuhörer, die an der rückläufigen Erzählung des Missionars kein Interesse hatten, den Bahnwagen Nr. 117. Aber William Hitch fuhr fort und erzählte: »Allwie Smyth junior sich mit seinem Vater, seinen zwei Brüdern und einigen Jüngern zusammengetan und die Religion der Heiligen der Jüngsten Tage begründet habe – eine Religion, die nicht allein in Amerika, sondern auch in England, Skandinavien und Deutschland Boden gefaßt habe, die unter ihren Gläubigen Handwerker und auch viele ausübende Personen der freien Künste zähle. Allwie eine Kolonie im Staate Ohio gegründet worden sei. Allwie ein Tempel errichtet worden sei für den Preis von zwei Millionen Dollar, und eine Stadt gegründet worden sei in Kirkland. Allwie Smyth zum kühnen Bankier geworden sei und aus der Hand eines schlichten Mumien-Demonstrators einen Papyrus bekommen habe, der einige von der Hand Abrahams und anderer berühmter Ägypter niedergeschriebene Geschichten enthalte.«

Da sich diese Erzählung ein bißchen in die Länge zog, lichteten sich die Reihen der Zuhörer noch mehr, und das Publikum bestand schließlich nur noch aus etwa zwanzig Personen.

Aber der Älteste ließ sich durch diese Fahnenflucht nicht beirren, sondern erzählte im einzelnen weiter: »Allwie besagter Joe Smyth im Jahre 1837 Bankerott gemacht habe. Allwie man ihn nach einigen Jahren, ehrenhafter und geehrter denn je, in Independence im Staate Missouri, als Häuptling einer blühenden Gemeinde wiedergefunden habe, die nicht weniger als dreitausend Jünger zählte, und daß er nun, verfolgt von dem Hasse der Heiden, in den weiten Westen der Union habe fliehen müssen.«

Es waren nur noch zehn Zuhörer anwesend, unter ihnen befand sich der ehrsame Passepartout, der mit beiden Ohren zuhörte. Nun vernahm er: »Allwie nach langen Verfolgungen Smyth im Staate Illinois erschienen sei und im Jahre 1839, an den Ufern des Mississippi, Nauvoo-la-Belle gegründet habe – eine Stadt, die jetzt 25.000 Seelen zähle. Allwie Smyth dort Bürgermeister, Oberrichter und Bürgergeneral geworden sei. Allwie er im Jahre 1843 sich als Präsidentschaftskandidat habe aufstellen lassen, und allwie er endlich in Carthago in einen Hinterhalt gefallen, ins Gefängnis geworfen und von einer Schar maskierter Männer ermordet worden sei.«

In diesem Augenblick befand sich Passepartout allein noch im Wagen, und der Älteste, der ihn mit seinen Augen ansah und mit seinen Reden bestrickte, erzählte ihm weiter, daß zwei Jahre nach dem Attentat auf Smyth sein Nachfolger, der vom Geist beschattete Brigham Young, Nauvoo verlassen und sich an die Ufer des Salzsees begeben habe, und daß dort, in diesem wunderbaren Landgebiete, inmitten dieser fruchtbaren Gegend, die auf der Auswandererroute nach Kalifornien gelegen sei, dank den die Vielweiberei zum Gesetz erhebenden Lehren des Mormonentums, die neue Kolonie eine ungeheure Ausdehnung gewinne.

»Und nun wissen wir«, fügte William Hitch hinzu – »nun wissen wir, warum sich die Eifersucht des Kongresses wider uns gewandt hat! Warum die Soldaten der Union den Boden von Utah zerstampft haben! Warum unser Oberhaupt, der Prophet Brigham Young, in Gefangenschaft geführt worden ist wider alles Recht und Gesetz. Werden wir der Gewalt weichen? Nie und nimmer! Aus Vermont verjagt, aus Utah verjagt, werden wir abermals ein unabhängiges Gebiet finden, wo wir unsere Zelte aufschlagen … Und du, mein Getreuer«, setzte der Älteste hinzu, feurige Blicke auf seinen einzigen Zuhörer werfend, »wirst du dein Zelt im Schatten unserer Flagge aufbauen?«

»Nein«, antwortete tapfer Passepartout, indem er nun gleich den übrigen floh und den Prediger in der Wüste sich selbst überließ.

Aber während der Predigt war der Zug mit Geschwindigkeit weitergefahren und berührte gegen halb zwölf Uhr mittags den Großen Salzsee an seiner nordwestlichen Spitze. Von da aus konnte man auf weitem Umkreis den Anblick dieses Binnenmeeres umfassen, der auch den Namen totes Meer führt und in den sich der Jordan Amerikas ergießt. Ein wunderbarer See, eingefaßt von herrlichen wilden Felsen, mit großen, von weißem Salz bedeckten Bänken, eine herrliche Wasserfläche, ehemals von weit erheblicherer Ausdehnung, aber langsam zurücktretend, infolgedessen aber an Tiefe zunehmend.

Der Salzsee ist etwa siebzig Meilen lang und fünfunddreißig breit und liegt 3800 Fuß über dem Meeresspiegel. Sehr verschieden vom Asphaltsee, der 1200 Fuß tiefer liegt, ist sein Salzgehalt bedeutend, und sein Wasser enthält im aufgelösten Zustande den vierten Teil seines Gewichtes an festen Stoffen. Das spezifische Gewicht des Wassers ist 1770, das des destillierten Wassers 1000. Fische können nicht darin leben. Die vom Jordan, vom Weberfluß und anderen »Creeks« dorthin gelangen, kommen bald um.

Um den See herum ist das Land in bewundernswerter Weise kultiviert, denn die Mormonen betreiben auch Ackerbau. »Ranchos« (Gehöfte) und »Corrals« (Hürden) für die Haustiere, Getreide-, Mais- und Hirsefelder, üppige Wiesen, Anlagen von Akazien und Euphorbien hätten die Reisenden sehen können, wenn sie sechs Monate später durch diese Gegend gekommen wären; jetzt aber lag eine feine Schneedecke, von der sie wie mit Zucker überzogen war, weit und breit auf dem Boden.

Um zwei Uhr stiegen die Reisenden auf der Station Ogden aus. Da der Zug erst um sechs Uhr weiterfahren sollte, so hatten Herr Fogg, Frau Auda und ihre Gefährten Zeit, mit der kleinen Zweigbahn, die von der Station Ogden abgeht, sich nach der Stadt der Heiligen zu begeben. Zwei Stunden genügten, diese durchaus amerikanische Stadt anzusehen, die nach Art aller Städte der Union in eintönigen breiten Schachfeldern mit – wie Viktor Hugo sagt – »der düsteren Öde der rechten Winkel« erbaut war. Auch der Gründer der Stadt der Heiligen war nicht frei von dieser zwingenden Vorliebe für Symmetrie, die das angelsächsische Volk besitzt. In diesem eigentümlichen Lande, wo die Einrichtungen vollendeter sind als die Menschen, kommt alles »viereckig« heraus, die Städte, die Häuser und die Albernheiten.

Um drei Uhr gingen die Reisenden in den Straßen der Stadt spazieren, die zwischen dem Ufer des Jordans und den ersten Hügeln der Wahsatch-Berge erbaut ist. Sie sahen wenige oder gar keine Kirchen, aber sie bewunderten die Monumentalbauten des Prophetenhauses, des »Courthouse« und des Arsenals. Dann bemerkten sie Häuser aus bläulichen Ziegeln mit Veranden und Galerien, umstanden von Akazien, Palmen und Johannisbrotbäumen. Eine Mauer von Ton und Kieselstei-

161

nen, die 1853 erbaut worden war, umgürtete die Stadt. In der Hauptstraße, wo der Markt abgehalten wird, erhoben sich einige mit Pavillons verzierte Hotels und darunter das Salzseehaus.

Herr Fogg und seine Reisegefährten fanden die Mormonenstadt nur schwach bevölkert. Die Straßen waren beinahe menschenleer, abgesehen allerdings von dem Teile, wo der Tempel stand, den sie erst erreichten, nachdem sie mehrere verpalisadierte Stadtviertel durchschritten hatten. Weiber waren in ziemlich reicher Zahl vorhanden: Ein Umstand, der sich durch die eigentümliche Zusammensetzung der mormonischen Haushaltungen erklärt. Man soll indessen nicht glauben, daß alle Mormonen der Vielweiberei huldigen. In dieser Hinsicht herrscht völlige Freiheit, aber die Bemerkung ist hier am Platze, daß es gerade die Bürgerinnen von Utah sind, die darauf sehen, daß sie geehelicht werden, denn nach der Landes-Religion verschließt sich der mormonische Himmel mit all seinen Wonnen den alten Jungfern. Diesen armen Wesen schien es weder gutzugehen, noch schienen sie sich glücklich zu fühlen.

Passepartout, in seiner Eigenschaft als Junggeselle aus Überzeugung, betrachtete nicht ohne einen gewissen Schrecken diese Mormonenweiber, die in mehrfacher Potenz dazu berufen waren, das Glück eines einzelnen zu stiften. Nach seinem gesunden Verstande war der Mann in diesem Falle am meisten zu beklagen. Es bedünkte ihn gräßlich, soviel Damen auf einmal durch die Lasten und Fährnisse des Lebens geleiten zu sollen, sie also rudel- oder scharenweise bis zum mormonischen Paradies hinauftragen zu sollen, mit jener einzigen Aussicht, sie dort in alle Ewigkeit vereint mit dem strahlenden Smyth wieder anzutreffen, der die Zierde dieser Stätte der Wonnen bilden sollte. Dazu fühlte er in seinem Busen ganz entschieden keine Berufung, und doch kam es ihm so vor – vielleicht irrte er sich allerdings hierin –, daß die Bürgerinnen der Stadt am Großen Salzsee recht beängstigende Blicke auf seine Person warfen.

Zum großen Glück für ihn sollte ihr Aufenthalt in der Stadt der Heiligen von keiner großen Dauer sein. Wenige Minuten vor vier fanden sich die Reisenden wieder auf dem Bahnhof zusammen und nahmen ihre Plätze in ihren Abteilen ein.

Die Lokomotive pfiff. In dem Augenblick aber, wo die Räder der Lokomotive ansetzten, um mit dem Zuge dahinzusausen, erschallte der laute Ruf: »Halt! Halt!« Einen im Gange befindlichen Eisenbahnzug hält man nun so ohne weiters nicht an, auch in Amerika nicht! Der Herr, der »Halt! Halt!« schrie, war augenscheinlich ein Mormone, der die Abfahrtszeit verpaßt hatte. Er lief, was seine Lungen herhielten. Ein Glück für ihn, das der Bahnhof weder Türen noch Barrieren hatte. So stürmte er über das Geleis, schwang sich auf das Trittbrett des letzten Wagens und sank keuchend und ächzend auf eine der Bänke.

Passepartout hatte diese turnerische Leistung in allen Einzelheiten mit gespanntem Blick verfolgt. Er fühlte ein lebhaftes Interesse für diesen Nachzügler von Passagier, und dieses Interesse verblaßte ganz gewiß nicht, als ihm gesagt wurde, dieser Bürger von Utah habe die Flucht ergriffen infolge einer dort eingegangenen Ehe.

Passepartout betrachtete den Mormonen mit ganz besonderer Aufmerksamkeit, und als er wieder zu Atem gekommen war, richtete er die höfliche Frage an ihn, wieviel Frauen er für sich allein gehabt habe, denn nach der Art und Weise, wie er das Weite suche, glaubte er meinen zu sollen, daß der Mann wenigstens ihrer zwanzig gehabt habe.

»Eine einzige, Menschenskind!« antwortete der Mormone, die Arme zum Himmel erhebend: »Aber ich hatte genug an ihr!«

28

Passepartout kommt nicht dazu, der
Sprache der Vernunft Gehör zu verschaffen

Vom Großen Salzsee ab stieg der Zug eine Stunde lang in nördlicher Richtung bis zum Weber-Flusse, nachdem er seit San Franzisko an die 900 Meilen zurückgelegt hatte. Von diesem Punkte aus nahm er östliche Richtung durch das wild zerklüftete Wahsatch-Gebirge.

Zwischen diesen Bergen und den eigentlichen Rocky Mountains haben die amerikanischen Ingenieure mit den größten Schwierigkeiten zu kämpfen gehabt. Auf dieser Strecke ist der Zuschuß der Regierung der Union auf 48.000 Dollar pro Meile erhöht worden, während er auf ebenem Terrain nur 16.000 Dollar betrug; aber die Ingenieure haben der Natur keine Gewalt angetan, sie haben sie sozusagen überlistet, und um das große Talbecken zu erreichen, ist nur ein einziger Tunnel von 40.000 Fuß Länge auf der ganzen Bahnstrecke gebohrt worden.

Am Salzsee hatte die Bahn bis dahin ihren höchsten Punkt erreicht. Von diesem Punkte an beschrieb sie eine sehr lange Kurve, senkte sich nach dem Tale des »Bittercreek« zu und stieg dann wieder bis zur Wasserscheide zwischen dem Atlantischen und Stillen Ozean. In dieser gebirgigen Gegend waren »Rios« in großer Zahl. Mit Brücken mußten der Schlammfluß, der Grüne Fluß und andere überschritten werden. Passepartout war immer unruhiger geworden, je näher man dem Ziele kam. Fix wäre am liebsten schon längst aus dieser wilden Gegend heraus gewesen; denn er befürchtete Verspätungen, Unfälle, Hindernisse, die ihre Reise verzögern konnten, und hatte es weit eiliger als Phileas Fogg, wieder auf englischen Boden zu kommen.

Um zehn Uhr abends hielt der Zug in Fort Bridger, aber kaum eine Minute, und betrat zwanzig Meilen weiter den Staat Wyoming – das ehemalige Dakota – fuhr durch das ganze Tal des Bittercreek, aus dem sich eine Reihe von Gewässern ergießen, die das hydrographische System des Colorado bilden.

Am Vormittag des 7. Dezember wurde in Green-River ein einviertelstündiger Halt gemacht. Nachts war viel Schnee gefallen, der nachfolgende Regen hatte ihn aber weggewaschen, so daß die Fahrt nicht beeinträchtigt wurde. Immerhin gab dies schlimme Wetter Passepartout dauernde Veranlassung zu Angst und Sorge, denn jeder anhaltende Schneefall mußte diesen vorletzten Teil der großen Reise in bedenkliche Gefahr setzen.

»Was das auch für eine Idee von meinem Herrn war«, sagte er bei sich, »mitten im Winter die Reise zu machen! Hätte er denn nicht bis zur schönen Jahreszeit warten können, die seine Chancen doch erheblich gesteigert hätte?«

In demselben Augenblick aber, wo sich der wackere Bursche mit der Beschaffenheit des Himmels und mit dem Sinken der Temperatur beschäftigte, fühlte Frau Auda weit lebhaftere Befürchtungen, die aus einer ganz anderen Ursache herstammten.

Es waren in Green-River einige Passagiere aus dem Zug gestiegen, um auf dem Bahnsteig bis zum Abgang auf und ab zu gehen. Durch die Scheiben hindurch erkannte die junge Frau darunter den Colonel Stamp Proctor, jenen Amerikaner, der sich am Wahltag von San Franzisko gegen Phileas Fogg so unmanierlich betragen hatte. Da Frau Auda sich nicht sehen lassen wollte, zog sie sich vom Fenster zurück.

Dieser Umstand beunruhigte lebhaft die junge Frau. Sie war von ganzem Herzen dem Manne zugetan, der bei aller Kaltblütigkeit ihr tagtäglich Zeichen abgöttischer Liebe gab.

Ohne Zweifel war sie sich noch nicht des Gefühls, das ihr Retter ihr einflößte, in seiner ganzen Tiefe bewußt, und für sie war dieses Gefühl vielleicht vorerst nur Dankbarkeit, aber ohne daß sie es wußte, lag es doch weit tiefer. So zog sich ihr denn das Herz im Busen zusammen, als sie den großen Kerl erblickte, von dem Herr Fogg früher oder später Rechenschaft verlangen wollte. Ohne Zweifel war Colonel Proctor aus Zufall in dem gleichen Zuge mit ihnen; aber er war doch einmal da, und es mußte um jeden Preis verhindert werden, daß Fogg seinen Feind bemerkte.

Als der Zug sich wieder in Bewegung setzte, nahm Frau Auda die Zeit wahr, in der Herr Fogg ein kurzes Schläfchen hielt, um Fix und Passepartout von dieser Sachlage in Kenntnis zu setzen.

»Was? Proctor im Zuge? Dieser Kerl?« rief Fix. »Aber beruhigen Sie sich, gnädige Frau! Bevor der Kerl an Herrn Fogg herankommt, soll er es mit mir zu tun bekommen! Mir scheint, bei der ganzen Geschichte habe ich das schlimmste Fett abbekommen!«

»Außerdem«, fügte Passepartout hinzu, »nehme ich den Kerl auch auf mich, mag er Colonel sein von welcher Truppe er will!«

»Herr Fix«, nahm Frau Auda wieder das Wort, »Herr Fogg wird niemand die Sorge abtreten, ihn zu rächen. Er ist Manns genug für sich selbst, so haben seine Worte gelautet, um nach Amerika zurückzukehren und diesen Grobian wieder aufzusuchen. Sieht er also diesen Kerl, so werden wir ein Duell nicht verhindern können, was schließlich beklagenswerte Folgen herbeiführen kann. Wir müssen also verhindern, daß er ihn sieht.«

»Sie haben recht, gnädige Frau«, versetzte Fix, »ein Duell könnte alles verderben. Ob Herr Fogg nun als Sieger oder als Besiegter vom Plane träte, eine Verspätung würde doch daraus hervorgehen, und …«

»Und«, ergänzte Passepartout, »die Herren vom Reform-Klub würden ihr Spiel gewinnen. In vier Tagen werden wir wieder in New York sein! Wenn nun mein Herr diese vier Tage lang nicht seinen Wagen verläßt, so läßt sich hoffen, daß ihn kein Zufall diesem vermaledeiten Amerikaner, den Gott vernichten möge, in den Weg führt! Wir müssen ihn daran mit allen Mitteln zu hindern suchen!«

Die Unterhaltung wurde unterbrochen. Herr Fogg war aufgewacht und betrachtete die Winterlandschaft durch die Fensterscheiben. Später aber, und ohne daß es weder Herr Fogg noch Frau Auda hören konnten, fragte Passepartout den Polizeikommissar:

»Würden Sie sich denn wirklich seinetwegen duellieren?«

»Ich werde alles tun, um ihn lebendig nach Europa zurückzuschaffen!« lautete Fixens einfache Antwort, in einem Tone aber, der einen unabänderlichen Willen bekundete.

Passepartout fühlte, wie ihn ein kalter Schauer überlief; aber sein fester Glaube an seinen Herrn erlitt keine Erschütterung.

Ob es aber ein Mittel geben würde, Herrn Fogg in diesem Wagenabteil zurückzuhalten, damit er an jedem Zusammentreffen mit dem Colonel gehindert werde? Schwierig konnte das nicht sein, insofern als dieser Kavalier ja von Haus aus wenig zu unnützer Bewegung neigte und auch frei von Neugierde war. Jedenfalls meinte der Kommissar das richtige Mittel gefunden zu haben, denn ein paar Augenblicke darauf redete er Phileas Fogg wie folgt an: »Es sind recht lange und langweilige Stunden, mein Herr, die man so auf der Bahn verfährt!«

»Allerdings«, antwortete der Kavalier, »aber sie vergehen!«

»An Bord der Dampfschiffe«, nahm der Kommissar wieder das Wort, »pflegten Sie Ihre Partie Whist zu spielen?«

»Jawohl«, antwortete Phileas Fogg, »aber hier würde das schwer sein. Ich habe weder Karten noch Partner.« – »Oh! Karten bekommen wir schon zu kaufen. Die gibt es doch in allen amerikanischen Eisenbahnwagen! Und bezüglich der Partner, so könnte vielleicht die gnädige Frau …«

»Gewiß, mein Herr«, antwortete mit Lebhaftigkeit die junge Dame – »ich spiele Whist! Das gehört doch zur englischen Bildung.«

»Und mir«, erwiderte Fix, »ist das Spiel auch nicht fremd. Wir spielen zu dritt mit dem Strohmann!«

»Wenn Sie Lust haben, mein Herr«, sagte Phileas Fogg, erfreut, sein Lieblingsspiel sogar hier spielen zu können.

Passepartout wurde zum Steward abgeschickt und kehrte bald mit zwei vollständigen Spielen, Anlegemarken und einem mit Tuch überzogenen Tischchen zurück. Es fehlte an nichts. Das Spiel begann.

Frau Auda spielte ganz vorzüglich, so daß selbst der gestrenge Herr Fogg ihr wiederholt sein Kompliment machte. Der Kommissar war ein Spieler erster Güte und durchaus würdig, seinem Partner die Spitze zu bieten.

»Jetzt haben wir ihn fest!« sagte Passepartout bei sich – »jetzt rührt er sich nicht mehr vom Flecke!«

Um elf Uhr vormittags hatte der Zug die Wasserscheide zwischen den beiden Meeren passiert. In Passe-Bridger, 7524 englische Fuß über dem Meeresspiegel, wurde der höchste Punkt auf dieser Fahrt durch das Felsengebirge erreicht. Nach etwa 200 Meilen würden die Reisenden endlich auf jene weiten Ebenen gelangen, die sich bis zum Atlantischen Ozean hin erstrecken.

Hier, wo das Gelände sich nach dem Atlantischen Ozean abzudachen begann, zeigten sich bereits die ersten Rios, Zuflüsse des North-Plate-River oder solcher Gewässer, die sich in diesen ergossen. Der ganze Horizont im Norden und Osten war bedeckt von diesem ungeheuren halbkreisförmigen Mittelwall, den der südliche Teil der Rocky Mountains bildet, in dem der

Pic Laramie der höchste Punkt ist. Zwischen diesem Höhenzug und der Bahn dehnten sich weite Ebenen. Auf der rechten Seite der Bahn erhoben sich terrassenförmig die ersten Höhen des Gebirgsmassivs, das im Süden bis zu den Quellen des Arkansas, eines der Hauptnebenflüsse des Missouri, reicht.

Um halb eins erblickten die Reisenden das Fort Halleck, das diese Gegend beherrschte. Noch ein paar Stunden, und die Fahrt durch die Rocky Mountains mußte beendet sein. Man durfte also hoffen, daß die Fahrt durch diese schwierige Gegend ohne Unfall stattfinden werde. Es schneite nicht mehr, es herrschte trockene Kälte. Große Vögel, von der Lokomotive aufgescheucht, flüchteten ins Weite. Kein Rotwild, Bär und Wolf zeigte sich auf der Ebene. Man hatte die Wüste in ihrer unermeßlichen Leere vor sich.

Nach einem im Wagen selbst eingenommenen Frühstück setzten Herr Fogg und seine Partner ihre endlose Whistpartie fort, als auf einmal schrille Pfiffe ertönten. Der Zug hielt.

Passepartout steckte den Kopf zum Fenster hinaus, konnte aber nicht unterscheiden, was diesen Aufenthalt verursachte. Es war keine Station in Sicht.

Frau Auda und Fix befürchteten, Herr Fogg würde aussteigen wollen. Aber er begnügte sich mit der Weisung an seinen Diener:

»Sieh doch nach, was es gibt!«

Passepartout sprang aus dem Wagen. Schon an die vierzig Passagiere waren ausgestiegen, darunter auch der Colonel Proctor.

Der Zug hielt vor einem Signal mit roter Scheibe, das die Strecke sperrte. Der Maschinist und der Zugführer waren ausgestiegen und sprachen lebhaft mit einem Bahnwärter, den der Stationsvorsteher von Medicine-Bow, der nächsten Haltstelle, dem Zuge entgegengeschickt hatte. Passagiere traten hinzu und beteiligten sich an der Diskussion – darunter auch Colonel Proctor mit seinem lauten Organ und seinem befehlshaberischen Wesen.

Als Passepartout zu der Gruppe hinzutrat, sagte der Bahnwärter eben:

»Nein! Der Zug kann nicht weiter. Die Brücke bei Medicine-Bow ist wackelig und kann die Last des Zuges nicht tragen!«

Die Brücke, um die es sich hier handelte, war eine Schwebebrücke, die eine Meile von dem Punkte, wo der Zug haltgemacht hatte, über einen Bergstrom hinüberführte. Wie der Bahnwärter sagte, drohte Zusammensturz, mehrere Ketten waren geplatzt, und es war unmöglich, die Überfahrt zu riskieren. Der Bahnwärter übertrieb keineswegs, wenn er versicherte, daß man nicht hinüber könne. Passepartout hatte nicht den Mut, seinen Herrn hiervon zu unterrichten, und stand mit zusammengepreßten Zähnen da, unbeweglich wie eine Bildsäule.

»Schwerenot!« rief der Colonel – »sollen wir etwa hier einwurzeln – he?«

»Colonel«, erwiderte der Zugführer – »es ist nach Omaha telegraphiert worden, einen Reservezug zu schicken; aber daß er vor sechs Stunden zur Stelle sei, läßt sich nicht annehmen.«

»Sechs Stunden!« rief Passepartout.

»Ohne Zweifel«, sagte der Zugführer. »Übrigens werden wir diese Zeit brauchen, um zu Fuß bis zur Station zu gelangen!«

»Sie ist ja bloß eine Meile weit«, meinte ein Reisender.

»Allerdings bloß eine Meile, aber auf dem anderen Ufer!«

»Läßt sich der Fluß nicht mit einem Kahn übersetzen?« fragte der Colonel.

»Unmöglich. Er ist durch Regengüsse angeschwollen. Die Strömung ist sehr reißend. Wir werden nach Norden zu einen Umweg von zwei Meilen machen müssen, um eine Furt zu finden.«

Der Colonel fluchte, was das Zeug hielt, bald über die Bahngesellschaft, bald über den Zugführer, und Passepartout war so von Wut erfüllt, daß er am liebsten ins gleiche Horn gestoßen hätte. Nun trat also wirklich ein materielles Hindernis auf, gegen das alle Banknoten seines Herrn nichts ausrichten dürften!

Die Enttäuschung war allgemein unter den Reisenden, die sich, von dem Aufenthalt gar nicht zu reden, gezwungen sahen, an die fünfzehn englische Meilen quer durch die schneebedeckte Ebene zu Fuß zurückzulegen. Es setzte auch einen Spektakel, untermischt mit Ausrufungen und Verwünschungen, die Phileas Foggs Aufmerksamkeit ganz gewiß auf sich gelenkt hätten, wäre der Herr nicht so ganz in sein Spiel vertieft gewesen!

Inzwischen fand sich Passepartout in die Notwendigkeit, ihn zu benachrichtigen, und mit gesenktem Haupt begab er sich nach dem Waggon zurück, als der Lokomotivführer des Zuges – ein echter Yankee namens Forster – mit gehobener Stimme rief:

»Meine Herren! Vielleicht fände sich doch noch ein Mittel hinüberzukommen.«

»Über die Brücke?« fragte ein Reisender

»Ja! Über die Brücke!«

»Mit unserem Zug?« fragte der Colonel.

»Ja! Mit unserem Zug!«

Passepartout war stehengeblieben und verschlang förmlich die Worte des Lokomotivführers.

»Aber die Brücke droht ja einzustürzen!« bemerkte der Zugführer.

»Macht nichts«, antwortete Forster. »Ich glaube, wenn wir den Zug mit seiner höchsten Geschwindigkeit fahren lassen, hätten wir einige Chance, über die Brücke hinüberzukommen.«

»Teufel auch!« sagte Passepartout.

Aber eine gewisse Zahl unter den Passagieren war von dem Vorschlag sogleich begeistert worden. Er gefiel ganz besonders dem Colonel Proctor. Dessen Gehirn fand die Sache sogar höchst leicht und sicher ausführbar. Es fiel ihm ein, daß die Ingenieure schon die Idee gehabt hätten, Flüsse ohne Brücken mit sogenannten »Starrzügen« zu übersetzen, denen »Blitzgeschwindigkeit« zu geben wäre. Schließlich ordneten sich sämtliche Beteiligten dem Urteil des Lokomotivführers unter.

Passepartout war wie versteinert, obgleich er selbst zu allem bereit war, was irgend geschehen konnte, um den Medicine-Creek zu überschreiten; aber ein solcher Versuch erschien ihm denn doch gar zu »amerikanisch«.

»Im übrigen«, dachte er bei sich, »geht's doch auf eine weit einfachere Art – die Leute denken bloß nicht dran!« – Dann wandte er sich an einen der Passagiere –

»Mein Herr! Das von dem Maschinisten vorgeschlagene Mittel erscheint mir doch ein bißchen gewagt; aber …«

»Achtzig Chancen!« antwortete ihm der Reisende, ihm den Rücken wendend.

»Das weiß ich wohl«, antwortete Passepartout und wendete sich an einen andern Passagier – aber – »eine einfache Überlegung …«

»Was ist da zu überlegen? Das ist ja ganz überflüssig!« antwortete der Amerikaner, die Achseln zuckend, »wenn der Maschinist doch versichert, daß es gehen werde!«

»Bezweifle ich doch gar nicht«, erwiderte Passepartout, »gehen wird's schon! Aber am Ende wäre es doch klüger!«

»Was? Klug?« rief der Colonel Proctor, den dieses zufällig zu seinen Ohren gedrungene Wort aus Rand und Band brachte – »man sagt Ihnen doch, mit höchster Geschwindigkeit! Verstehen Sie denn nicht? Mit höchster Geschwindigkeit!«

»Ich weiß ja … und verstehe ja …«, wiederholte Passepartout, den niemand ausreden ließ, »aber wenn's auch nicht klüger wäre, da dies Wort Sie nun einmal ärgert, so wäre es doch besser …« – »Wer? Was? Wie? Was will denn dieser Mensch mit seinem besser?« rief man von allen Seiten. Der arme Kerl wußte nicht mehr, wie er sich verständlich machen sollte.

»Sie fürchten sich wohl?« fragte ihn Colonel Proctor.

»Ich mich fürchten?« rief Passepartout – »na, das wäre! Ich will den Leuten zeigen, daß ein Franzose auch Amerikaner sein kann so gut wie sie!«

»Einsteigen! Einsteigen!« wiederholte Passepartout; »einsteigen! Und zwar sofort! Aber an der Meinung soll man mich nicht hindern, daß es besser gewesen wäre, uns Reisende zuerst über die Brücke laufen zu lassen, und mit dem Zug dann hinterherzufahren.«

Aber kein Mensch hörte auf diesen gescheiten Gedanken, und kein Mensch würde wohl auch zugegeben haben, daß es gescheiter sei, so zu handeln.

Die Reisenden saßen wieder in ihren Abteilen. Passepartout setzte sich auf seinen Platz, ohne von dem Vorgefallenen ein Sterbenswort zu sagen. Die Spieler waren in ihren Whist vertieft.

Die Lokomotive pfiff laut. Der Maschinist fuhr mit dem Zug fast eine Meile zurück – wie ein Springer, der einen Anlauf nehmen will.

Dann pfiff es zum zweitenmal. Der Zug fuhr wieder

vorwärts: geschwinder, geschwinder! Bald so geschwind, daß einen jeden das Grausen ankam. Man hörte bloß noch ein einziges Ächzen und Stöhnen, das von der Lokomotive ausging! Die Dampfkolben machten 20 Schläge in der Sekunde; die Räderachsen rauchten in ihren Schmierköchern; man hatte die Empfindung, als ob der ganze Zug, der mit einer Geschwindigkeit von 100 Meilen in der Stunde fuhr, nicht mehr auf den Schienen lastete; die Geschwindigkeit zehrte die Schwere auf!
Und der Zug kam hinüber! Es war, als wenn ein Blitz über die Brücke führe! Von der Brücke selbst sah man nichts. Der Zug sprang sozusagen von einem Ufer auf das andere hinüber, und der Maschinist konnte seine Lokomotive erst fünf Meilen jenseits von der Station zum Halten bringen.
Aber kaum war der Zug über den Fluß, als die Brücke, die dem Verfall nahe war, mit Getöse in die Stromschnellen des Medicine-Bow hinunterstürzte.

29

Hier wird von verschiedenen Vorfällen berichtet, die nur auf den Bahnen der Union möglich sind

Am selben Abend setzte der Zug seine Fahrt ohne Hindernisse fort, passierte das Dorf Saunders, dann die Straße von Cheyenne und kam bei der Enge von Evans an. Hier erreichte die Bahn den höchsten Punkt der Fahrt, nämlich 8811 Fuß über dem Meeresspiegel. Die Reisenden brauchten bis zum Atlantischen Ozean nur noch über die endlosen Prärien hinüberzufahren.

Dort lag auf dem großen »Trunk« die Seitenlinie nach Denver-City, der Hauptstadt von Colorado. Dieses Gebiet ist reich an Gold- und Silbergruben und mehr als 50.000 Menschen hatten sich dort schon niedergelassen.

Von San Franzisko ab waren 1382 Meilen zurückgelegt in drei Tagen und drei Nächten. Vier Nächte und vier Tage mußten hinreichen, um New York zu erreichen. Phileas Fogg hielt sich also noch immer in der vorschriftsmäßigen Frist.

In der Nacht ließ man Walbah zur linken. Um 11 Uhr fuhr der Zug in Nebraska ein. Von dort kam man nach Julesburgh, das am linken Arme des Platte-River liegt.

An diesem Punkte fand am 23. Oktober 1867 die Einweihung der Union-Pacific-Bahn statt, deren Chefingenieur der General J. M. Dodge war. Hier machten die zwei mächtigen Lokomotiven halt, die die neun Waggons mit den eingeladenen Gästen heranschleppten, unter denen sich der Präsident Thomas C. Durant befand; hier erschallten die Zurufe; hier gaben die Sioux und Pawnees das Schauspiel eines kleinen Indianerkrieges; hier war das Feuerwerk, hier endlich wurde mittels einer fliegenden Druckerei die erste Nummer des Journals »Der Eisenbahn-Pionier« veröffentlicht. So wurde die Einweihung dieser großen Eisenbahn gefeiert, dieses Weges zum Fortschritt und zur Zivilisation, der mitten durch die Wüste gelegt worden war und die Bestimmung hatte, Städte miteinander zu verbinden, die zur Zeit noch nicht existierten. Aber die Pfeife der Lokomotive, noch mächtiger als Amphions Leier, sollte sie bald aus dem amerikanischen Boden heraufzaubern.

Um 8 Uhr vormittags ließ man das Fort Macpherson hinter sich. 352 Meilen trennten diesen Punkt von Omaha. Die Eisenbahn fuhr nun auf dem linken Ufer an den wunderbaren Krümmungen des südlichen Armes des Platte-River entlang. Um 9 Uhr erreichte man die bedeutende Stadt North-Platte, die zwischen den beiden Armen des großen Flusses liegt, die dann sich vereinigen, um von nun an nur einen Wasserlauf zu bilden – ein gewaltiger Fluß, dessen Wassermasse sich oberhalb von Omaha in den Missouri ergießt. Der hundertunderste Meridian war nun überschritten.

Herr Fogg und seine Partner hatten ihr Spiel wieder begonnen, keiner von ihnen beklagte sich über die Länge der Fahrt. Fix hatte mit der Zeit ein paar Guineen gewonnen, die er allerdings wieder verlor, aber er zeigte sich deshalb nicht weniger begeistert für das Spiel als Herr Fogg. Im Laufe des Morgens begünstigte das Glück diesen Kavalier in eigentümlicher Weise. Die Atouts und Honneurs regneten ihm förmlich in die Hände. Nachdem er einen ganz besonders kühnen Coup kombiniert hatte, wollte er Pique spielen, als hinter den Tischen eine Stimme vernehmlich wurde: »Ich würde Karreau spielen.«

Herr Fogg und Frau Auda und Fix sahen auf, Colonel Proctor stand neben ihnen.

Stamp Proctor und Phileas Fogg erkannten einander auf der Stelle.

»Ah, Sie sind's, Herr Engländer«, rief der Colonel, »Sie also wollen jetzt Pique spielen?«

»Und spiele es auch«, erwiderte kalt Phileas Fogg, indem er eine Zehn von dieser Farbe ausspielte.

»Donnerwetter! Ich will, daß Sie Karreau spielen!« versetzte Colonel Proctor mit erregter Stimme und machte eine Bewegung, um die ausgespielte Karte vom Tische zu nehmen. »Sie verstehen ja absolut nichts von diesem Spiele«, sagte er.

»Vielleicht verstehe ich mich besser auf ein anderes!« sagte Phileas Fogg und stand auf.

»Das zu probieren liegt nur an Ihnen, Sohn John Bulls«, erwiderte der grobe Mensch.

Frau Auda war bleich geworden. Sie hatte Phileas Foggs Arm ergriffen, der sie sanft zurückstieß. Passepartout wollte sich eben auf den Amerikaner stürzen, der seinen Widersacher mit der frechsten Miene ansah. Aber Fix war aufgestanden, auf den Colonel zugetreten und rief:

»Sie vergessen, daß Sie es mit mir zu tun haben, mein Herr; denn Sie haben mich nicht bloß beleidigt, sondern sogar geschlagen.«

»Herr Fix«, sagte Herr Fogg, »ich bitte sehr um Verzeihung, aber das hier ist ausschließlich meine Sache. Wenn der Colonel behauptet, ich soll nicht Pique spielen, so hat er mir eine neue Beleidigung zugefügt und wird mir dafür Rede stehen.«

»Wann Sie wollen und wo Sie wollen«, antwortete der Amerikaner, »bestimmen Sie nur die Waffen.«

Frau Auda versuchte umsonst Phileas Fogg zurückzuhalten, der Polizeikommissar versuchte vergeblich den Streit auf seine Person hinüberzulenken. Passepartout wollte den Colonel durch die Portiere hinausbeför-

dern, aber ein Wink seines Herrn gebot ihm Einhalt. Phileas Fogg verließ den Wagen, und der Amerikaner folgte ihm.
»Mein Herr«, sagte Herr Fogg zu seinem Gegner, »ich habe große Eile, nach Europa zurückzukehren, und jeder Aufenthalt würde meine Interessen stark gefährden.«
»Nun, was geht das mich an«, antwortete Colonel Proctor.
»Mein Herr«, versetzte Herr Fogg höflich, »nach unserer Begegnung in San Franzisko hatte ich mir vorgenommen, nach Amerika zurückzukehren, um Sie aufzusuchen, sobald ich die Geschäfte, die mich auf den alten Erdteil rufen, abgemacht haben würde.«
»Was Sie sagen!«
»Wollen Sie mir in sechs Monaten Rede stehen?«
»Warum nicht in sechs Jahren!«
»Ich sage sechs Monate«, antwortete Herr Fogg, »ich werde mich pünktlich einfinden.«
»Faule Fische so etwas«, rief Proctor, »gleich oder gar nicht!«
»Meinetwegen«, antwortete Herr Fogg, »Sie fahren nach New York?«
»Nein!«
»Nach Chicago?«
»Nein!«
»Nach Omaha?«
»Das kann Ihnen doch gleich sein. Kennen Sie Plum-Creek?«
»Nein«, antwortete Herr Fogg.
»Das ist die nächste Haltestelle, der Zug wird in einer Stunde dort sein, wird einen Aufenthalt von zehn Minuten haben, in zehn Minuten kann man bequem ein paar Revolverschüsse wechseln.«
»Meinetwegen«, antwortete Herr Fogg, »ich werde in Plum-Creek aussteigen.«
»Und ich glaube, Sie werden dort liegen bleiben«, setzte der Amerikaner hinzu, mit einer Frechheit ohnegleichen.

»Wer weiß, mein Herr«, antwortete Herr Fogg, und nahm so kaltblütig wie sonst seinen Platz wieder ein.
Dort bemühte er sich, Frau Auda zu beruhigen mit den Worten, daß die Prahler niemals sehr zu fürchten seien, dann bat er Fix, ihm als Zeuge bei dem Duell zu dienen. Fix konnte sich nicht weigern und Phileas Fogg setzte ruhig sein unterbrochenes Spiel fort, indem er mit vollendeter Ruhe Pique spielte.
Um 11 Uhr kündigte der Pfiff der Lokomotive die Nähe der Station Plum-Creek an. Herr Fogg erhob sich und begab sich, von Fix gefolgt, auf den Bahnsteig. Passepartout begleitete ihn mit einem Paar Revolver in der Hand. Frau Auda war blaß wie eine Leiche im Wagen geblieben.
In diesem Augenblick ging die Tür des anderen Abteils auf und Colonel Proctor erschien gleichfalls auf dem Bahnsteige, gefolgt von seinem Zeugen, einem Yankee von reinstem Wasser, gleich ihm. In dem Augenblick aber, als die beiden Gegner den Fuß in die Wartehalle setzen wollten, kam der Zugführer herbeigelaufen und rief: »Bitte, nicht aussteigen, meine Herren!«
»Und warum nicht?« fragte der Colonel.
»Wir haben zwanzig Minuten Verspätung, der Zug geht sofort weiter.«
»Aber ich muß mich mit dem Herrn schlagen!«
»Tut mir leid«, antwortete der Beamte, »aber wir fahren auf der Stelle weiter, da läutet es schon zur Abfahrt.«
Und wirklich ertönte in diesem Augenblick das Abfahrtssignal und der Zug setzte sich mit einem Ruck in Bewegung.
»Ich bin wirklich untröstlich, meine Herren«, sagte nun der Zugführer, »unter allen anderen Verhältnissen wäre ich Ihnen gerne gefällig gewesen. Aber wenn Sie nicht Zeit gehabt haben, sich hier zu schlagen, wer hindert Sie denn, es unterwegs abzumachen?«
»Das wird dem Herrn am Ende nicht recht sein«, sagte der Colonel mit höhnischer Miene.

»Mir ist das allemal recht«, antwortete Phileas Fogg.
»Aha, richtig, wir sind ja in Amerika«, dachte Passepartout, »und der Zugführer ist ein Herr aus der besseren Gesellschaft.« Mit diesen Gedanken folgte er seinem Herrn.

Die beiden Gegner, ihre Zeugen, denen der Zugführer voranging, begaben sich nun von einem Wagen zum anderen, bis sie im letzten Abteil des Zuges waren. Dort saßen etwa ein Dutzend Passagiere. Der Zugführer fragte sie, ob sie so freundlich sein möchten, auf ein paar Augenblicke zwei Herren, die einen Ehrenhandel abzutun hätten, ihren Platz zu räumen.

»Aber selbstverständlich!« Die Passagiere schätzten sich glücklich, den beiden Herren gefällig sein zu können, und zogen sich in den Korridor zurück.

Der Wagen war ungefähr 50 Fuß lang, eignete sich also vorzüglich zu diesem Anlasse. Die beiden Gegner konnten zwischen die Bänke treten und von dort aus nach Lust und Belieben einander aufs Korn nehmen. Noch nie hatte sich ein Duell so leicht geordnet, wie hier. Herr Fogg und Colonel Proctor, jeder mit einem sechsläufigen Revolver bewaffnet, stellten sich im Wagen auf, die Zeugen, die draußen stehen geblieben waren, schlossen die Türen hinter ihnen, beim ersten Pfiff der Lokomotive sollten sie aufeinander schießen, dann sollte man nach einer Frist von zwei Minuten im Wagen nachsehen, was von den beiden Herren übriggeblieben wäre. Die ganze Sache war tatsächlich so einfach, wie sich nur denken ließ. So einfach, daß Fix und Passepartout das Herz schlug zum Zerspringen. Man war-

174

tete, bis der Lokomotivenpfiff ertönen würde, als plötzlich wildes Geschrei erschallte. Gleichzeitig ein Knall und noch ein Knall, aber von den im Wagen befindlichen Kämpfern rührten diese nicht her. Im Gegenteil knallte es in einem fort, und zwar den ganzen Zug entlang. Schreckliches Geschrei wurde überall im Zuge hörbar. Colonel Proctor und Herr Fogg, mit dem Revolver in der Faust, stürzten nach dem Vorderteil des Zuges, von woher es noch immer knallte. Sie hatten begriffen, daß der Zug von einer Siouxbande überfallen worden war.
Diese kühnen Indianer waren nicht bei ihrem ersten Stückchen, sondern hatten schon mehr als einmal den Zug angehalten. Ohne zu warten, bis der Zug stand, waren sie zu Hunderten auf die Trittbretter gesprungen und hatten die Waggons erklommen, wie ein Clown auf ein im Galopp befindliches Pferd springt.
Diese Sioux waren mit Flinten bewaffnet, daher die Schüsse, auf welche die Reisenden, die fast alle bewaffnet waren, mit Revolverschüssen geantwortet hatten. Zuerst hatten sich die Indianer auf die Lokomotive gestürzt, Maschinist und Heizer waren mit zwei Keulenschlägen hingestreckt worden; ein Häuptling, der den Zug zum Stehen bringen wollte, aber nicht mit dem Regulator umzugehen verstand, hatte das Dampfventil, anstatt es zu schließen, weit aufgedreht und die Lokomotive lief nun wie rasend über die Ebene, mit einer Geschwindigkeit, die allen Passagieren die Haare zu Berge trieb.
In derselben Zeit hatten die Sioux die Wagen gestürmt, wie wütende Affen liefen sie auf dem Verdeck umher, schlugen die Türen ein und kämpften Mann an Mann mit den Passagieren. Aus dem Gepäckswagen, den sie erbrochen und geplündert

hatten, flogen die Colli auf das Geleise, das Geschrei und die Schüsse hörten nicht auf. Die Passagiere verteidigten sich mutig, einzelne Wagen waren zu richtigen Forts verbarrikadiert und wurden nun regelrecht belagert, obgleich sie mit einer Geschwindigkeit von 100 Meilen in der Stunde einherjagten. Frau Auda hatte sich vom ersten Augenblick des Überfalles sehr mutig erwiesen, mit dem Revolver in der Hand kämpfte sie wie eine Heldin, schoß durch die zerschossenen Scheiben, sobald sich ein Wilder vor ihren Augen zeigte. An die zwanzig Sioux lagen tödlich getroffen auf dem Geleise und die Wagenräder zermalmten, was unter ihnen lag. Mehrere Passagiere, die von Kugeln oder Keulen schwer verletzt waren, lagen auf den Bänken herum; zu einem Ende mußte der Kampf, der schon 10 Minuten dauerte, aber wohl oder übel kommen, und wenn der Zug nicht hielt, dann konnte es

unter Umständen zum Vorteil der Sioux ausgehen. Die Haltestelle Fort Kearney konnte keine zwei Meilen mehr weit sein, dort befand sich ein amerikanischer Posten, war aber dieser Posten überholt, dann mußten zwischen dem Fort und der nächsten Station die Sioux den Zug überwältigen.

Der Zugführer kämpfte sich auf die Stelle hindurch, wo Herr Fogg stand, als ihn eine Kugel zum Wanken brachte. Noch in seinem Sturze rief der Mann:

»Wir sind verloren, wenn der Zug nicht binnen fünf Minuten hält.«

»Er wird halten«, sagte Phileas Fogg und wollte aus dem Wagen springen.

»Bleiben Sie, Herr!« rief Passepartout, »das ist etwas für mich.«

Phileas Fogg fand keine Zeit, den mutigen Burschen aufzuhalten. Ohne von den Indianern gesehen zu werden, riß er eine Tür auf und schlüpfte unter den Wagen.

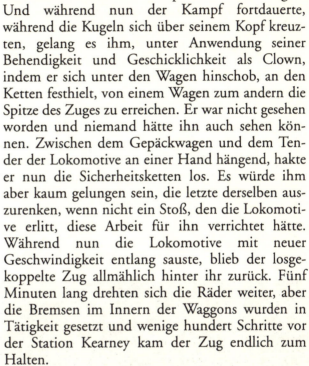

Und während nun der Kampf fortdauerte, während die Kugeln sich über seinem Kopf kreuzten, gelang es ihm, unter Anwendung seiner Behendigkeit und Geschicklichkeit als Clown, indem er sich unter den Wagen hinschob, an den Ketten festhielt, von einem Wagen zum andern die Spitze des Zuges zu erreichen. Er war nicht gesehen worden und niemand hätte ihn auch sehen können. Zwischen dem Gepäckwagen und dem Tender der Lokomotive an einer Hand hängend, hakte er nun die Sicherheitsketten los. Es würde ihm aber kaum gelungen sein, die letzte derselben auszurenken, wenn nicht ein Stoß, den die Lokomotive erlitt, diese Arbeit für ihn verrichtet hätte. Während nun die Lokomotive mit neuer Geschwindigkeit entlang sauste, blieb der losgekoppelte Zug allmählich hinter ihr zurück. Fünf Minuten lang drehten sich die Räder weiter, aber die Bremsen im Innern der Waggons wurden in Tätigkeit gesetzt und wenige hundert Schritte vor der Station Kearney kam der Zug endlich zum Halten.

Dort liefen die Soldaten des Forts, durch die Schüsse aufmerksam gemacht, in Eile herbei, mit ihnen hatten die Sioux nicht gerechnet, und bevor noch der Zug völlig zum Stehen kam, war die ganze Bande in alle Winde zerstoben.

Als die Reisenden sich aber auf dem Quai der Haltestelle zählten, wurden sie inne, daß mehrere von ihnen auf dem Felde geblieben waren und daß unter denen, die beim Namensaufruf fehlten, sich auch der mutige Franzose befand, dessen Aufopferung ihnen allen eben das Leben gerettet hatte.

30

Phileas Fogg tut ganz einfach seine Pflicht

Drei Reisende, darunter Passepartout, waren verschwunden. Waren sie in dem Kampfe getötet worden? Waren sie in die Gefangenschaft der Sioux geraten? Man konnte es noch nicht wissen. An Verwundeten war kein Mangel; aber keiner war ernstlich verwundet. Einer der am schwersten Verletzten war der Colonel Proctor, der sich sehr tapfer geschlagen hatte. Er wurde mit anderen Verwundeten, deren Zustand sofortige Behandlung erheischte, nach dem Bahnhof geschafft.

Frau Auda war wohlbehalten. Phileas Fogg, der sich auch nicht geschont hatte, hatte eine leichte Schramme abbekommen. Aber Passepartout fehlte, und Tränen flossen aus den Augen der jungen Frau.

Mittlerweile hatten die Passagiere den Zug verlassen. Die Wagenräder waren mit Blut befleckt. An den Speichen hingen unförmige Fleischfetzen. Weithin auf der weißen Ebene sah man lange rote Spuren.

Die letzten Indianer verschwanden im Süden, nach der Richtung des Republican-River hin.

Herr Fogg stand mit übereinandergeschlagenen Armen unbeweglich da. Es galt, einen schweren Entschluß zu fassen. Frau Auda stand neben ihm und sah ihn an, ohne ein Wort zu sprechen. Er verstand diesen Blick. Wenn sein Diener gefangen war, so mußte er wohl oder übel doch alles aufs Spiel setzen, um ihn den Indianern zu entreißen!

»Ich werde ihn wiederfinden, tot oder lebendig«, sagte er einfach zu Frau Auda.

»Ach, Herr Fogg! ... Herr Fogg!« rief die junge Frau, beide Hände ihres Reisegefährten erfassend, um sie mit Tränen zu bedecken.
»Lebendig!« setzte Herr Fogg zu seiner ersten Rede hinzu – »wenn wir keine Minute verlieren!« Durch diesen Entschluß brachte Phileas Fogg alles zum Opfer! Mit diesen Worten hatte er seinen Ruin ausgesprochen! Ein einziger Tag Verzögerung schnitt ihm die Möglichkeit ab, den New Yorker Dampfer zu erreichen. Seine Wette war dann unwiderruflich verloren. Aber vor dem Gedanken: »Es ist meine Pflicht!« gab es für ihn keine Bedenken, kein Zaudern.
Der im Fort Kearney befehlende Offizier war zur Stelle. Seine Soldaten, etwa hundert Mann, hatten sich für den Fall, daß die Sioux einen Angriff gegen den Bahnhof unternehmen sollten, auf die Verteidigung eingerichtet.
»Herr Kapitän«, sagte Phileas Fogg, »es sind drei Passagiere verschwunden.«
»Tot?« fragte der Kapitän.
»Tot oder gefangen«, antwortete Phileas Fogg. »Diese Ungewißheit muß von uns genommen werden. Ihre Absicht ist es doch, die Sioux zu verfolgen?«
»Das ist sehr schwer, mein Herr«, erwiderte der Kapitän. »Diese Indianerhorden können bis über den Arkansas hinüber entfliehen! Ich könnte das mir anvertraute Fort doch nicht verlassen!«
»Mein Herr«, betonte Phileas Fogg wieder – »es handelt sich um das Leben von drei Menschen.«
»Ja doch! Aber kann ich denn fünfzig in Gefahr setzen, um drei zu retten?«
»Ich weiß nicht, was Sie können, mein Herr; aber ich weiß, was Sie sollen und müssen!«
»Über meine Pflicht braucht mich niemand zu belehren, mein Herr!« antwortete der Kapitän.

»Gut«, sagte Phileas Fogg kalt. »Dann werde ich allein marschieren.«

»Sie, mein Herr!« rief Fix, der hinzugetreten war, »Sie wollen sich allein an die Verfolgung der Indianer begeben?«

»Wollen Sie, daß ich einen Unglücklichen, dem hier alles, was noch da ist, sein Leben verdankt, umkommen lasse?«

»Nun! Allein sollen Sie nicht bleiben!« rief der Kapitän, den dieser Heldenmut rührte, ohne daß er es recht wollte. – »Nein! Sie sind ein wackerer Mann! – Dreißig Freiwillige vor!« rief er, sich zu seinen Soldaten wendend.

Die ganze Kompanie rückte wie ein Mann vor. Der Kapitän brauchte unter diesen Tapferen nur zu wählen. Es wurden dreißig Mann ausgelost, und ein Sergeant stellte sich an ihre Spitze.

»Ich danke Ihnen, Kapitän«, sagte Herr Fogg.

»Sie erlauben mir doch, mich Ihnen anzuschließen?« fragte Fix den Kavalier.

»Tun Sie, was Ihnen beliebt, mein Herr«, gab ihm Phileas Fogg zur Antwort. »Aber wenn Sie mir einen Dienst erweisen wollen, so bleiben Sie bei Frau Auda! Falls irgendein Unglück geschehen sollte …«

Eine plötzliche Blässe trat auf das Gesicht des Kommissars. Sich von dem Manne trennen, den er bis hierher mit soviel Ausdauer Schritt auf Schritt verfolgt hatte! Ihn so allein in diese Wüste ziehen zu lassen! Fix betrachtete den Kavalier aufmerksam. Er schlug die Augen nieder vor diesem ruhigen, freimütigen Blick.

»Ich werde bleiben«, sagte er.

Wenige Augenblicke nachher hatte Herr Fogg der jungen Frau die Hand gedrückt. Dann übergab er ihr seinen kostbaren Reisesack und rückte mit dem Sergeanten und seiner kleinen Truppe ab. Aber vor dem Abrücken hatte er den Soldaten noch zugerufen:

»Freunde! Tausend Pfund verdient ihr, wenn wir die Gefangenen retten!«

Es war wenige Minuten über zwölf Uhr mittags. Frau Auda hatte sich auf ein Zimmer im Bahnhof zurückgezogen. Dort wartete sie, in Gedanken bei Phileas Fogg, dessen schlichter, großer Edelsinn, dessen ruhiger Mut es ihr angetan hatten! Herr Fogg hatte sein Vermögen geopfert, und jetzt setzte er sein Leben aufs Spiel, alles ohne Zaudern, seiner Pflicht zuliebe, ohne Redeschwall. Phileas Fogg war ein Held in ihren Augen.

Der Polizeikommissar Fix dachte nicht so und konnte seiner Aufregung nicht Herr werden. Er ging mit fieberhafter Unruhe auf dem Bahnhof auf und nieder. Einen Augenblick lang hatte er sich durch die Gewalt der Ereignisse meistern lassen, aber jetzt war er wieder der alte geworden. Als Fogg weg war, sah er die Dummheit, die er gemacht hatte, indem er ihn ziehen ließ, erst recht ein. Was! Einem solchen Menschen, den er um die Erde herum verfolgt hatte, hatte er seine Einwilligung zum Verschwinden gegeben? Seine Natur bäumte sich selbst auf. Er schalt sich einen Verbrecher.

Er klagte sich selbst an. Er tat, als wenn er der Londoner Polizeidirektor in Person wäre und einen Beamten vor sich hätte, der sich eines Vergehens im Dienste schuldig gemacht hatte.

»Ich habe einen netten Bock geschossen!« dachte er. »Der andere wird ihm gesagt haben, wer ich bin! Er ist weg auf Nimmerwiedersehen! Wo soll ich nun seiner wieder habhaft werden? Aber wie konnte ich mich so nasführen lassen! Ich, Fix, der ich seinen Verhaftsbefehl in der Tasche habe! Ich bin ein zu großer Esel!«

So dachte der Polizeikommissar, während die Stunden zu seinem Kummer so langsam verstrichen. Er wußte nicht, was er tun sollte. Bisweilen drängte es ihn, Frau Auda alles zu sagen. Aber er konnte voraussehen, wie er bei der jungen Frau ankommen würde. Wie sollte er sich entschließen? Er sah sich versucht, allein über die weiten weißen Ebenen zu laufen, um diesen Fogg zu verfolgen! Es schien ihm nicht unmöglich, ihn wiederzufinden. Die Fußspuren der Expedition zeichneten sich im Schnee ab. – Aber bald war von neuen Flocken jede Spur verschneit worden.

Da befiel ihn Mutlosigkeit. Es überkam ihn eine unbezwingliche Lust, die ganze Sache aufzugeben. Gerade jetzt war ihm ja eine vorzügliche Gelegenheit geboten, die Station Kearney mit dem nächsten Zuge zu verlassen und diese für ihn an Enttäuschungen so reiche Reise aufzugeben.

Um zwei Uhr nachmittags, während der Schnee in großen Flocken fiel, wurden von Osten her lange laute Pfiffe hörbar. Ein von einem fahlen Lichtschein begleiteter ungeheurer Schatten bewegte sich langsam vorwärts.

Und doch war von Osten her zur Zeit noch gar kein Zug fällig. Die telegraphisch beorderte Hilfe konnte so früh noch nicht eintreffen, und der Zug von Omaha nach San Franzisko sollte erst am anderen Morgen die Station passieren. – Man sollte bald Klarheit bekommen.

Diese Lokomotive, die mit so wenig Dampf und mit so lauten Signalen heranfuhr, war dieselbe, die vom Zuge abgekoppelt worden war und ihre Fahrt mit einer so entsetzlichen Geschwindigkeit fortgesetzt hatte, Maschinisten und Heizer mit sich hinwegführend, die noch immer leblos neben dem Tender lagen. Sie war auf dem Geleise mehrere Meilen gelaufen. Dann war das Feuer ausgegangen, da keine Kohle nachgeschüttet wurde; der Dampf hatte nachgelassen und nach einer Stunde etwa kam die Maschine, deren Gang sich mehr und mehr verlangsamte, etwa zwanzig Meilen jenseits der Station Kearney zum Stehen.

Der Maschinist sowie der Heizer waren nach einer langen Ohnmacht wieder zu ihrem Bewußtsein gelangt.

Die Lokomotive hielt nun. Der Maschinist hatte sofort begriffen, was vorgegangen war, als er sich mit seiner Lokomotive allein auf dem weiten Felde sah, ohne irgendeinen Wagen hinter sich; wie die Lokomotive vom Zuge losgekoppelt worden war, das konnte er freilich nicht erraten, aber nicht zweifelhaft für ihn war der Umstand, daß der zurückgebliebene Zug sich in schwerer Gefahr befand.

Der Maschinist zauderte nicht. Die Fahrt in der Richtung nach Omaha fortzusetzen, wäre klug – mit der Lokomotive zu dem Zug zurückzufahren, den die Indianer vielleicht plünderten, wäre gefährlich gewesen. Er wählte das letztere! Einige Schaufeln Kohle und Holz wurden in den Herd geschüttet; das Feuer fing wieder zu brennen an; der Druck stieg von neuem, und gegen 2 Uhr nachmittags kam die Lokomotive wieder zur Station zurück.

Für die Reisenden war es eine große Genugtuung, als sie die Lokomotive wieder an die Spitze des Zuges heranrücken sahen. Nun konnten sie ja die auf so unglückliche Weise unterbrochene Reise fortsetzen.

Als die Lokomotive heranfuhr, war Frau Auda aus dem Bahnhof getreten und richtete an den Zugführer, dessen Verwundung ihm den Dienst noch gestattete, die Frage: »Sie wollen doch nicht abfahren?«

»Sogleich, gnädige Frau!«

»Aber was soll denn aus den Gefangenen ... aus unseren unglücklichen Reisegefährten werden?«

»Die Fahrt darf ich nicht unterbrechen«, gab der Zugführer zur Antwort. »Wir haben ja schon drei Stunden Verspätung!«

»Und wann wird der nächste Zug aus San Franzisko da sein?«

»Morgen abend, gnädige Frau!«

»Morgen abend? Aber das wird ja zu spät! Sie müssen warten!«

»Das ist unmöglich«, antwortete der Zugführer – »wenn Sie mit abreisen wollen, dann steigen Sie ein!«

»Ich reise nicht mit ab«, erwiderte die junge Frau.

Fix hatte dieser Unterhaltung zugehört. Ein paar Augenblicke vorher, als ihm jedes Mittel, vorwärts zu kommen fehlte, war er willens gewesen, Kearney zu verlassen, und jetzt fesselte ihn eine unwiderstehliche Gewalt an den Boden. Dieser Bahnsteig brannte ihm an den Sohlen, und er konnte sich nicht von ihm losreißen. Der Kampf begann von neuem in seinem Gemüt. Er wollte ihn bis zu Ende führen!

Unterdessen hatten die Passagiere und einige von den Verwundeten – unter ihnen Colonel Proctor, dessen Zustand sehr bedenklich war – in den Wagen Platz genommen. Der Maschinist pfiff, der Zug setzte sich in Bewegung und war bald verschwunden. Sein weißer Rauch vermischte sich in der Ferne mit dem Schneegestöber.

Der Kommissar Fix war geblieben.

Ein paar Stunden verstrichen. Es war sehr böses Wetter. Die Kälte war schneidend. Fix saß unbeweglich auf einer Bank im Bahnhof. Frau Auda verließ alle Augenblicke ihr Zimmer, ging trotz des heftigen Gestöbers bis ans Ende des Bahnsteiges und suchte durch den Schnee hindurch den dichten Nebel zu durchdringen, der den Horizont ihrem Blicke verschloß, sie stand und lauschte – aber kein Laut war zu hören. Erschöpft, durchnäßt und durchfroren ging sie in das Bahnhofsgebäude zurück, um nach einigen Augenblicken wieder hinauszugehen.

Es wurde Abend. Die kleine Truppe war noch nicht zurück. Wo weilte sie in diesem Augenblick? Hatte sie die Indianer einholen können? War es zum Kampfe gekommen oder irrten die Soldaten auf gut Glück noch im Nebel umher? Der Kapitän des Forts Kearney wurde unruhig.

Die Nacht brach herein. Der Schneefall ließ nach, aber die Kälte nahm zu. Tiefe Stille herrschte über der unermeßlichen Fläche. Weder der Flug eines Vogels, noch der Tritt eines Tieres störte die unendliche Ruhe.

Die ganze Nacht hindurch irrte Frau Auda, deren Gemüt voll finsterer Ahnungen und deren Herz von Angst bedrückt war, am Rande der Prärie hin und her. Ihre Phantasie flog weit und zeigte ihr tausend Gefahren. Sie hätte nicht in Worten zu fassen vermocht, was sie während dieser langen Stunden litt!

Fix blieb unbeweglich auf demselben Platze, aber auch er schlief nicht. So verstrich die Nacht. Mit der Dämmerung stieg über einem von Nebel verhüllten Horizonte die halb verloschene Sonnenscheibe herauf. Aber der Blick reichte kaum auf eine Entfernung von zwei Meilen.

Phileas Fogg war mit dem Detachement in südlicher Richtung aufgebrochen. Es war um 7 Uhr morgens. Der Kapitän war in höchster Sorge und wußte nicht, welchen Entschluß er fassen sollte. Sollte er ein zweites Detachement abschicken, dem ersten zu Hilfe? Sollte er neue Mannschaft opfern, um ebensowenig Chancen, jene anderen zu retten, die zuvörderst geopfert waren? Aber sein Zaudern währte nicht lange; kurzentschlossen winkte er einen Leutnant heran und erteilte ihm den Befehl, in südlicher Richtung zu rekognoszieren – mit einemmal knallten Flintenschüsse. War es ein Signal? Die Soldaten stürzten aus dem Fort heraus. In Entfernung von einer halben Meile etwa wurden sie einer kleinen Truppe ansichtig, die in vorzüglicher Ordnung anmarschiert kam.

Herr Fogg marschierte an der Spitze; neben ihm Passepartout und die beiden anderen Passagiere, die er den Händen der Sioux entrissen hatte.

Zehn Meilen südlich von Kearney war es zum Kampfe gekommen. Wenige Augenblicke vor dem Eintreffen der kleinen Truppe lagen Passepartout und seine beiden Kameraden schon im Kampfe gegen ihre Wächter, und der Franzose hatte ihrer drei mit Faustschlägen niedergestreckt, als sein Herr und die Soldaten zu ihrer Hilfe herbeistürzten.

Alle, die Retter und die Geretteten, wurden mit Freudengeschrei empfangen. Phileas Fogg verteilte die versprochene Prämie unter die Leute, während Passepartout nicht ohne Grund bei sich dachte: »Ganz wahrhaftig! Das muß man sagen, ich koste meinem Herrn eine Stange Gold!«

Fix sah Herrn Fogg an, ohne ein Wort zu sagen, und es würde schwierig gewesen sein, die Eindrücke zu zergliedern, die in seinem Gemüte einander bekämpften. Was Frau Auda betrifft, so hielt sie die Hand des Kavaliers und drückte sie innig, ohne daß ein einziges Wort den Weg über ihre Lippen fand.

Indessen hatte Passepartout, sobald er den Bahnhof betrat, sich nach dem Zuge umgesehen. Er hatte geglaubt, ihn zur Fahrt nach Omaha bereitstehen zu sehen, und er war der Hoffnung, man könne die verlorene Zeit noch wiedergewinnen.

»Der Zug! Der Zug!« rief er.

»Ist abgefahren«, antwortete Fix.

»Und wann kommt der nächste Zug?« fragte Phileas Fogg.

»Erst heute abend.«

»So, so!« antwortete einfach der unerschütterliche Kavalier.

31

**Der Kommissar nimmt Herrn Foggs Interessen
allen Ernstes wahr**

Phileas Fogg hatte nun ein zwanzigstündiges Manko! Passepartout, die unfreiwillige Ursache, war in Verzweiflung. Ganz ohne Frage hatte er seinen Herrn ruiniert. In diesem Augenblick trat der Kommissar zu Herrn Fogg heran und fragte ihm voll ins Gesicht sehend:
»Sie haben es jetzt allen Ernstes eilig?«
»Allen Ernstes!« antwortete Phileas Fogg.
»Ich pflichte bei«, sagte Fix. »Sie haben alles Interesse, am 11., vor 9 Uhr abends, in New York zu sein, um den Liverpool-Dampfer noch zu erreichen?«
»Ein unbedingtes Interesse!«
»Und wäre Ihre Reise nicht durch diesen Überfall der Sioux unterbrochen worden, so würden Sie am 11. früh in New York eingetroffen sein!«
»Ja, mit 12 Stunden Vorsprung vor dem Dampfschiffe!«
»Gut! Sie haben jetzt 20 Stunden Verspätung. Die Differenz zwischen 20 und 12 beträgt 8. Es gilt also, 8 Stunden wieder einzubringen. Wollen Sie den Versuch machen?«
»Zu Fuß?« fragte Herr Fogg.
»Nein! Im Schlitten!« antwortete Fix; »ein Segelschlitten. Mir hat jemand dieses Fuhrwerk in Vorschlag gebracht!«
Der Mann hatte mit dem Kommissar im Laufe der Nacht gesprochen. Der Kom-

missar aber hatte das Anerbieten abgeschlagen. Phileas Fogg gab Fix keine Antwort. Nachdem ihm aber Fix den Mann, von dem die Rede war, auf dem Bahnhofe gezeigt hatte, wo er noch auf und ab ging, war der Kavalier auf ihn zugetreten. Nach einer Weile trat Phileas Fogg und der Amerikaner, ein Mann namens Mudge, in eine am Fuß des Forts befindliche Hütte.

Dort untersuchte Herr Fogg ein ziemlich sonderbares Fuhrwerk, eine Art Kasten, der auf zwei langen Balken stand, die vorn aufgekippt waren wie die Kufen eines Schlittens, und in dem 5 bis 6 Personen Platz finden konnten. Am Vorderteil des Kastens erhob sich ein Mast, auf dem sich ein ungeheures Segel blähte. Am Hinterteil war eine Art von Steuer angebracht, das den Schlitten zu lenken gestattete.

Es war, wie man sieht, ein Segelschlitten. Wenn im Winter auf der verschneiten Ebene die Züge im Schnee steckenblieben, dann legen diese Fahrzeuge den Weg von einer Station zur anderen sehr schnell zurück.

Sie sind vollgetakelt, tragen mehr Zeug als ein Rennkutter tragen kann, ohne sich der Gefahr zu kentern auszusetzen. Vor Wind fahren sie ebenso schnell, wenn nicht schneller wie ein Eilzug über die Prärien.

In kurzer Zeit war ein Abkommen zwischen Herrn Fogg und dem Eigentümer dieses Landfuhrwerkes erzielt. Der Wind stand günstig. Der Schnee war hartgefroren, und Mudge machte sich anheischig, Herrn Fogg in einigen Stunden bis zur Station Omaha zu bringen. Von dort gehen häufig Züge nach New York. Es war also nicht ausgeschlossen, das Zeitmanko wiedereinzubringen. Mit dem Versuche durfte aber nicht gezögert werden.

Herr Fogg mochte Frau Auda den Martern einer Schlittenfahrt bei einer so hohen Kälte, die durch die Fahrtgeschwindigkeit noch unerträglicher werden mußte, nicht aussetzen. Er machte ihr deshalb den Vorschlag, unter Passepartouts Schutz auf der Station Kearney zurückzubleiben, der sie auf besserem Wege und unter günstigeren Bedingungen nach Europa führen würde.

Aber Frau Auda wollte sich nicht von Herrn Fogg trennen, Passepartout schätzte sich sehr glücklich über diese Entscheidung. Um alles in der Welt hätte er seinen Herrn nicht verlassen wollen, da Fix in dessen Begleitung bleiben sollte.

Was der Polizeikommissar dachte, ließ sich schwer sagen. War seine Überzeugung durch die Rückkehr Phileas Foggs erschüttert worden, oder hielt er ihn noch für einen ganz geriebenen Gauner, der nach beendeter Reise um die Welt sich in England völlig in Sicherheit glau-

186

ben werde? Vielleicht hatte sich die Meinung des Kommissars über Phileas Fogg doch ein wenig geändert. Aber er war darum nicht minder entschlossen, seine Pflicht zu tun, und weit mehr als alle darauf erpicht, mit allen Kräften die Rückkehr nach England zu beschleunigen.
Um acht Uhr war der Schlitten zur Abfahrt bereit. Die Passagiere nahmen Platz und hüllten sich dicht in ihre Reisedecken. Die beiden ungeheuren Segel wurden gehißt, und unter dem Druck des Windes flog das Fahrzeug mit einer Geschwindigkeit von 40 Meilen in der Stunde über den hartgefrorenen Schnee, während jeder der Passagiere seinen Gedanken nachhing.
Die Entfernung zwischen dem Fort Kearney und Omaha beträgt in gerader Linie – so wie die Biene fliegt, sagt der Amerikaner – höchstens zweihundert Meilen. Wenn der Wind nicht abflaute, konnte diese Strecke in fünf Stunden zurückgelegt sein. Wenn kein Unfall sich ereignete, mußte der Schlitten um ein Uhr in Omaha sein.
Was für eine Fahrt! Dicht aneinandergedrängt, konnten sich die Reisenden nicht unterhalten. Übrigens verspürten sie bei der Kälte, die durch die Geschwindigkeit der Fahrt noch gesteigert wurde, gar keine Lust dazu. Der Schlitten glitt so leicht über die Ebene hin, wie ein Boot über eine Wasserfläche, wenn es mit der Welle geht. Wenn die Brise dicht über dem Erdboden hinsauste, schien es, als wenn der Schlitten von seinen Segeln, die unermeßlich weiten Flügeln glichen, emporgehoben würde. Mudge, der am Steuer saß, fuhr schnurgerade, und wenn das Fahrzeug vom Kurse abweichen wollte, brachte es ein Druck am Steuer wieder in die Richtung. Jedes einzelne Segel zog. Das Focksegel war gerefft, so daß es trotz des Briggsegels ganz zur Geltung kam. Eine Stange war aufgesetzt worden, und ein Gaffelsegel, das vom Winde voll gefaßt wurde, fügte seine mächtige Ziehkraft der der anderen Segel hinzu. Mathematisch ließ sich diese nicht berechnen, zum min-

desten aber mußte die Schnelligkeit des Schlittens vierzig Meilen in der Stunde betragen.
»Wenn nichts zerbricht«, sagte Mudge, »kommen wir hin!«
Und Mudge war entschlossen, sein möglichstes zu tun, um in der vereinbarten Zeit anzukommen, denn Herr Fogg hatte, seinem System getreu, ihm in diesem Falle eine beträchtliche Extraprämie zugesagt.
Die Prärie, die der Schlitten schnurgerade durchfuhr, war flach wie ein Meer. Man hätte meinen können, man führe über einen riesigen gefrorenen See. Die Eisenbahn, die durch das Gebirge führte, zog sich von Südwesten nach Nordwesten über Grand-Island, Kolumbus, eine wichtige Stadt Nebraskas, Schuyler und Fremont nach Omaha. Sie folgte auf dieser ganzen Strecke dem rechten Ufer des Platte-River. Der Schlitten nahm einen weit kürzeren Weg, indem er die Sehne des Bogens fuhr, den die Bahn machte. Mudge brauchte nicht zu befürchten, vom Platte-River an dem kleinen Knie, das er bei Fremont macht, aufgehalten zu werden, denn das Wasser war gefroren. Der Weg war also frei von jedem Hindernis, und Phileas Fogg hatte nur zweierlei zu fürchten: eine Havarie am Schlitten oder ein Abflauen des Windes.
Aber die Brise ließ nicht nach. Im Gegenteil. Sie blies, daß der Mast sich bog, dem die eisernen Bänder festen Halt liehen. Diese Metalldrähte, den Saiten eines Instrumentes ähnlich, klangen, wie wenn sie von dem Bogen bestrichen würden. Der Schlitten fuhr mit einer klagenden Musik von eigentümlicher Klarheit.
»Diese Drähte geben die Quinte und die Oktave«, sagte Herr Fogg.
Dies waren die einzigen Worte, die er auf der ganzen Fahrt sprach. Frau Auda war sorgsam in Pelz und Reisedecken eingehüllt, damit sie die Kälte möglichst wenig empfinden sollte.
Passepartout, dessen Antlitz glühte wie die Sonnenscheibe, wenn sie im Nebel

untergeht, atmete mit vollen Zügen die scharfe Luft ein. Da er im Herzen ein unerschütterliches Zutrauen besaß, begann er von neuem zu hoffen. Statt morgens in New York anzukommen, würden sie eben abends eintreffen, aber es war immer die Möglichkeit vorhanden, daß dies vor der Abfahrt des nach Liverpool bestimmten Dampfers geschehen werde. Passepartout hatte sogar große Lust verspürt, seinem Verbündeten Fix die Hand zu drücken. Er vergaß nicht, daß der Kommissar selbst den Schlitten besorgt hatte, daß er also auf das einzige Mittel, noch rechtzeitig Omaha zu erreichen, gekommen war. Aber eine unbestimmte Ahnung bewog ihn, seine Zurückhaltung zu bewahren.

Was Passepartout aber im ganzen Leben nicht vergessen konnte, das war das Opfer, das Herr Fogg dargebracht hatte, um ihn den Händen der Sioux zu entreißen. Zu diesem Zwecke hatte Herr Fogg Vermögen

und Leben aufs Spiel gesetzt. Nein! Dies wollte sein Diener ihm nie vergessen! Während jeder der Reisenden sich so seinen verschiedenen Gedanken überließ, segelte der Schlitten über ein riesiges Schneefeld.
Wenn er über einige Bäche oder Flüsse, die zum Gebiete des Little-Blue-River gehörten, segelte, so spürte niemand etwas davon. Die Felder und Wasserläufe verschwanden unter einer großen einförmig weißen Fläche von gänzlicher Öde. Zwischen dem Strange der Pacific-Bahn und dem Seitenstrange gelegen, der Kearney mit St. Joseph verbindet, bildete sie gewissermaßen eine große unbewohnte Insel. Kein Dorf, keine Station, nicht einmal ein Fort! Von Zeit zu Zeit sah man blitzartig irgendeinen wunderlich geformten Baum vorbeischießen, dessen weißes Skelett sich unter der Gewalt des Windes krümmte. Dann und wann flog ein Schwarm wilder Vögel auf. Manchmal kämpften auch Präriewölfe in zahllosen Scharen, magere, verhungerte, von wildem Instinkt getriebene Geschöpfe, mit dem Schlitten um den Rekord. Dann stand Passepartout mit dem Revolver in der Faust in Bereitschaft, denjenigen Bestien, die sich zu weit heranwagten, eins auf das Fell zu brennen. Wäre dem Schlitten das geringste Unglück zugestoßen, so wären die Reisenden von diesen wilden Bestien überfallen worden. Aber der Schlitten hielt wacker stand; er gewann den Bestien bald Vorsprung ab, und nicht lange dauerte es, so war die ganze heulende Meute hinter ihnen.
Gegen Mittag erkannte Mudge an verschiedenen Anzeichen, daß der Schlitten über das hartgefrorene Bett des Platte-River segelte. Er sagte nichts, aber schon war es für ihn gewiß, daß er nach einer Fahrt von 20 Meilen die Station Omaha erreicht haben würde.
Nach kaum einer halben Stunde ließ der geschickte Führer das Steuer los, eilte zu den Segelschoten und ließ alles Zeug fallen. Noch unaufhaltsam im Zuge, glitt der Schlitten eine halbe Meile ohne Segel.
Endlich hielt er und Mudge zeigt mit der Hand auf einen Haufen weißer Schneedächer und rief:
»Angekommen!«
Angekommen – in dieser Station, die mit dem Osten der Vereinigten Staaten durch zahlreiche Züge in täglicher Verbindung steht!
Passepartout und Fix waren zur Erde gesprungen und schüttelten sich die steifen Glieder. Sie waren Herrn Phileas Fogg und der jungen Dame beim Aussteigen aus dem Schlitten behilflich. Phileas Fogg zahlte Mudge ein anständiges Fuhrgeld; Pas-

separtout schüttelte ihm die Hand, und alle begaben sich nach dem Bahnhof Omaha.

An dieser bedeutenden Stadt Nebraskas hat die eigentliche Pacific-Bahn ihr Ende, welche das Mississippi-Becken mit dem Großen Ozean verbindet. Um von Omaha nach Chicago zu kommen, führt die Bahn unter dem Namen »Chicago-Rock-Island-Bahn« über fünfzig Stationen direkt nach Osten.

Ein Zug stand dort zur Abfahrt bereit. Phileas Fogg und seine Gefährten hatten gerade noch soviel Zeit, um einzusteigen.

Von Omaha hatten sie nicht das geringste gesehen, aber Passepartout sagte sich, daß sie sich nicht darüber zu beklagen brauchten, denn es würde ja doch nichts dort zu sehen gewesen sein!

Mit höchster Geschwindigkeit fuhr der Zug nach Jowa, durch Council-Bluffs, »die Mönche« und Jowa-City; passierte zur Nachtzeit den Mississippi bei Davenport und gelangte über Rock-Island nach Illinois. Am andern Tage, dem 10. Oktober, um vier Uhr nachmittags, erreichte er Chicago, das aus seinen Ruinen bereits wiedererstanden war und stolzer als je zuvor an den Ufern seines schönen Michigansees lag!

Neunhundert Meilen trennen Chicago von New York. An Zügen fehlte es in Chicago nicht. Herr Fogg stieg aus dem einen direkt in den anderen. Die flinke Lokomotive der »Pittsburg-Fort-Wayne-Chicgao-Bahn« fuhr so schnell sie konnte, als wisse sie, daß der ehrenwerte Herr keine Zeit zu verlieren habe. Wie ein Blitz ging die Fahrt durch Indiana, Ohio, Pennsylvanien, New Jersey, an Städten mit antiken Namen vorbei, von denen manche schon Straßen und Straßenbahnen hatten, aber noch keine Häuser.

Endlich kam der Hudson in Sicht, und am 11. Dezember, um viertel 12 Uhr abends, hielt der Zug auf dem Bahnhofe auf dem rechten Ufer des Flusses, direkt vor dem »Pier« der Dampfer der Cunard-Linie, die auch den Namen »British und North American Mail Steam Packet Co.« führt.

Der »China«, gechartert nach Liverpool, war vor 45 Minuten abgefahren!

32

Phileas Fogg tritt in direkten Kampf wider das böse Geschick

Mit der Abfahrt des »China« schien die letzte Hoffnung Phileas Foggs entschwunden zu sein.
Kein anderes Dampfschiff von einer der zwischen Amerika und Europa fahrenden Linien konnte seinen Plänen dienen, weder die Transatlantisch-Französische noch die White-Star-Linie, noch die Imman-Kompagnie, noch die Hamburgische, noch der Norddeutsche Lloyd!
Der »Pereira« von der Französisch-Transatlantischen Gesellschaft, deren Schiffe an Schnelligkeit denen aller andern Linien gleichkommen, an Eleganz der Ausstattung sie aber übertreffen, sollte erst in zwei Tagen, am 14. Dezember, abgehen. Er fuhr, wie die Dampfer der Hamburg-Amerika-Linie, nicht direkt nach Liverpool, sondern nach Havre, und die Fahrt von Havre nach Southampton, die dann noch hinzugekommen wäre, hätte Phileas Fogg noch Zeit gekostet und seine letzten Hoffnungen vernichtet.
An die Dampfer der Imman-Kompagnie, von denen einer, »Stadt Paris«, am folgenden Tag

in See gehen sollte, durfte er schon gar nicht denken. Diese Schiffe sind besonders für den Auswanderertransport eingerichtet, ihre Maschinen sind schwach, sie fahren bald unter Segel, bald mit Dampf und haben nur eine mittelmäßige Geschwindigkeit. Sie hätten zu der Fahrt von New York nach England längere Zeit gebraucht, als Herr Fogg brauchen durfte, um seine Wette zu gewinnen.
Über all dies unterrichtete sich Herr Fogg genau, indem er in seinem »Bradshaw« nachsah, der ihm Tag für Tag über die Bewegungen der überseeischen Schiffahrt Meldung brachte.
Passepartout war wie zerschmettert. Es war schier sein Tod, daß sie das Dampfschiff um 45 Minuten verpaßt hatten. Ihn allein traf ja die Schuld, denn anstatt seinem Herrn behilflich zu sein, hatte er ihm unerhörte Schwierigkeiten in den Weg gelegt! Und wenn er im Geiste alle Zwischenfälle der Reise wieder durchlebte, wenn er die ungeheuren Summen zusammenstellte, die direkt verloren und allein in seinem Interesse geopfert worden waren, wenn er überlegte, daß diese ungeheure Wette zusammen mit den ungeheuren Kosten dieser nun überflüssig gewordenen Reise seinen Herrn vollständig zugrunde richteten, da fand er der Verwünschungen gegen sich kein Ende.
Herr Fogg machte ihm jedoch nicht den geringsten Vorwurf, und als er den Pier der transatlantischen Dampfer verließ, sprach er bloß die paar Worte: »Wir werden morgen zusehen! Komm!«
Herr Fogg, Frau Auda, Fix und Passepartout fuhren über den

Hudson und stiegen in einen Fiaker, der sie nach dem Hotel Sankt Nikolas auf dem Broadway brachte. Dort fanden sie Zimmer für sich bereit, und die Nacht verstrich; Phileas Fogg wurde sie nicht lang, denn er schlief einen festen Schlaf, wohl aber für Frau Auda, wie für seine beiden Reisegefährten, die vor Unruhe kein Auge schließen konnten.

Der nächste Tag war der 12. Dezember. Vom 12., 7 Uhr vormittags ab, bis zum 21., 8.45 Uhr nachmittags, waren es nun noch 9 Tage und 13 Stunden und 45 Minuten. Wäre also Phileas Fogg am Tage vorher mit dem »China«, einem der besten Dampfer der Cunard-Linie, gefahren, so wäre er in der vorgeschriebenen Zeit in Liverpool und dann in London angekommen.

Herr Fogg ging allein aus dem Haus fort, nachdem er seinen Diener angewiesen hatte, auf ihn zu warten, und Frau Auda gesagt hatte, sich für jeden Augenblick bereitzuhalten. Er begab sich an die Hudson-Ufer und sah sich unter den dort vor Anker gegangenen Schiffen sorgfältig nach den für die Ausfahrt gerüsteten um. Er fand ihrer genug, denn in dem unermeßlichen und großartigen Hafen von New York vergeht kein Tag, wo nicht an hundert Schiffe nach allen Punkten der Erde hin in See stechen; aber die Mehrzahl waren Segelschiffe, die Phileas Fogg nichts nützen konnten.

Es schien wirklich, als wenn er bei seinem letzten Versuch, die gestellte Aufgabe zu erfüllen, Schiffbruch leiden sollte, als er, verankert vor der Battery, einen Handelsdampfer erblickte, aus dessen Schlot dicke Rauchwolken aufstiegen – ein Zeichen dafür, daß er sich zur Ausfahrt rüstete.

Phileas Fogg heuerte einen Kahn, stieg hinein, und nach wenigen

Ruderschlägen befand er sich auf der Treppe der »Henrietta«, eines kleinen Dampfers, dessen Kapitän sich alsbald einfand. Es war ein Mann in den Fünfzigern, eine Art Seebär mit großen Augen, rotem Haar und kupfrigem Teint – kein Mensch, der aussah, als wenn er in der besseren Gesellschaft viel zu suchen hätte.

»Sind Sie der Kapitän?«

»Ja! Bin ich!«

»Ich bin Phileas Fogg aus London.«

»Ich Andrew Speedy aus Cardiff.«

»Sie wollen abfahren?«

»In einer Stunde.«

»Sie haben Ladung nach …«

»Bordeaux.«

»Was für Ladung führen Sie?«

»Kiesel.«

»Haben Sie Passagiere!«

»Nein. Niemals! Fahre bloß Fracht.«

»Ihr Schiff läuft gut?«

»Zwischen elf und zwölf Knoten. Die ‚Henrietta‘ kennt jeder.«

»Wollen Sie mich nach Liverpool fahren? Mich und drei Personen?«

»Nach Liverpool? Warum nicht nach China?«

»Ich sage Liverpool.«

»Nein!«

»Nein?«

»Nein. Ich bin nach Bordeaux gechartert und fahre nach Bordeaux.«

»Auch nicht, wenn ich jeden Preis zahle?«

»Auch nicht, wenn Sie jeden Preis zahlen.«

Der Kapitän hatte in einem Tone gesprochen, der keine Widerrede duldete.

»Aber die Reeder der ‚Henrietta‘…« versuchte Phileas Fogg noch einmal.

»Ich bin mein eigener Reeder«, antwortete der Kapitän. »Die ‚Henrietta‘ ist mein Eigentum.«

»Ich heuere sie.«

»Nein«

»Ich kaufe sie!«

»Nein.«

Phileas Fogg zuckte mit keiner Wimper. Und doch war die Situation ernst. In New York lagen die Dinge anders als in Hongkong; und mit dem Kapitän der »Henrietta« war auch nicht so fertig zu werden wie mit dem Patron der »Tankadere«. Bis hierher hatte das Geld des Herrn Fogg die Hindernisse immer überwunden – diesmal versagte das Geld.

Indessen mußte er Mittel und Wege finden, um über den Atlantischen Ozean zu gelangen – wenn's nicht zu Schiffe ging, dann im Ballon – was allerdings ein sehr gefährliches Abenteuer gewesen wäre und zur Zeit auch nicht ausführbar.

Indessen schien es, als wenn Phileas Fogg einen Einfall gehabt hätte, denn er sagte rasch entschlossen zu dem Kapitän: »Wollen Sie mich nach Bordeaux mitnehmen?«

»Nein, und wenn Sie mir 200 Dollar bieten!«

»Ich biete Ihnen 2000!«

»Pro Person?«

»Pro Person!«

»Sie sind zu viert?«

»Zu viert!«

Kapitän Speedy fing an, sich die Stirn zu kratzen, als wenn er sich die Haut hätte

196

herunterreißen wollen. 8000 Dollar verdienen, ohne Fahrtänderung, das lohne wahrlich der Mühe, seine gegen alles, was Passagier heißt, stark ausgeprägte Antipathie fallenzulassen. Passagiere zu 2000 Dollar sind übrigens keine Passagiere mehr, sondern kostbare Ware.

»Ich fahre um neun«, sagte Kapitän Speedy einfach, »und sofern Sie dann mit den Ihren auch zur Stelle sind ...«

»Wir sind um neun an Bord«, antwortete ebenso einfach Herr Fogg.

Es war halb neun. Von der »Henrietta« abstoßen, in einen Wagen steigen, ins Hotel fahren, Frau Auda, Passepartout und sogar den unzertrennlichen Fix holen, dem er höflich die Überfahrt anbot, das wurde von Herrn Fogg mit jener unerschütterlichen Ruhe ins Werk gesetzt, die ihn bei keinem Anlaß im Stiche ließ.

Im Augenblick, als die »Henrietta« die Anker lichtete, waren alle vier an Bord.

Als Passepartout erfuhr, was diese letzte Seefahrt kosten sollte, stieß er eines jener langgezogenen Oh! aus, die alle Stufen der chromatischen Tonleiter durchlaufen.

Was den Kommissar Fix betrifft, so sagte er sich, daß die Bank von England bei dem Falle allerdings arg werde bluten müssen. Siebentausend Pfund würden bei der Ankunft in England in dem Banknotensack zum wenigsten fehlen!

33

**Phileas Fogg überwindet abermals
alle Schwierigkeiten**

Eine Stunde später fuhr der Dampfer »Henrietta« am Leuchtschiff, das die Hudson-Einfahrt kennzeichnet, vorüber, bog um die Spitze von Sandy-Hook und gewann die offene See. An diesem Tage erreichte er die Höhe von Long Island, an welchem er, gegenüber dem Feuer von Fire Island, entlangfuhr, und dann lief er sehr schnell in östlicher Richtung.
Am folgenden Tage, dem 13. Dezember, stieg mittags ein Mann auf die Kommandobrücke, um das Besteck zu machen. Gewiß mußte man glauben, daß dies Kapitän Speedy sei! Doch dies war keineswegs der Fall.
Es war Phileas Fogg.
Kapitän Speedy war in seiner Kabine eingeschlossen und stieß ein Geheul aus, das einen bis zu sinnloser Wut gesteigerten Zorn verriet.
Die Sache war sehr einfach zugegangen. Phileas Fogg wollte nach Liverpool, und der Kapitän wollte ihn nicht dorthin fahren. Nun hatte Phileas Fogg zunächst eingewilligt, nach Bordeaux zu fahren; jedoch während der dreißig Stunden, die er an Bord war, hatte er mit Banknoten so geschickt manövriert, daß die ganze Mannschaft, Matrosen und Heizer – eine etwas gemischte Gesellschaft, die nicht sehr gut auf den Kapitän zu sprechen war – ihm angehörte. Daher kommandierte jetzt Phileas Fogg an Stelle des Kapitäns Speedy; daher war der Kapitän in seiner Kabine eingesperrt, und daher endlich nahm die »Henrietta« Kurs nach Liverpool. Wenn man übrigens Herrn Fogg manövrieren sah, konnte man nicht daran zweifeln, daß er früher Seemann gewesen war.
Frau Auda war beständig in Unruhe, ohne jedoch etwas zu sagen. Fix war zuerst ganz verblüfft. Passepartout jedoch fand die Sache einfach entzückend.
»Elf bis zwölf Knoten«, hatte der Kapitän gesagt, die »Henrietta« hielt sich im Mittel dieser Schnelligkeit.
Wenn also –, schon wieder ein »Wenn« – wenn also die See nicht schlimmer wurde, wenn der Wind nicht nach Osten umsprang, wenn der Dampfer nicht Havarie erlitt und die Maschine standhielt, dann konnte die »Henrietta« in den neun Tagen vom 12. Dezember bis 21. die 3000 Meilen von New York bis Liverpool zurücklegen.

Allerdings konnte, wenn man erst da war, dieser Streich mit dem Kapitän der »Henrietta«, der nun zu der Bankaffäre noch hinzukam, den Herrn ein wenig weiterführen, als ihm lieb sein mochte.

Während der ersten Tage ging die Fahrt prachtvoll vonstatten. Die See ging gut, der Wind hielt unausgesetzt Nordosten; die Segel waren gesetzt, und die »Henrietta« fuhr wie ein richtiger Ozeandampfer.

Passepartout war entzückt. Der letzte Streich seines Herrn, über dessen Folgen er sich nicht Rechenschaft gab, begeisterte ihn. Noch nie hatte die Mannschaft einen so lustigen und behenden Kerl gesehen. Er schloß mit allen Matrosen Freundschaft und setzte sie durch seine Gauklerkunststückchen in Staunen. Er gab ihnen die schönsten Namen und kredenzte ihnen die angenehmsten Getränke. Ihm gegenüber zeigten sich alle im besten Licht, und die Heizer feuerten wie die Teufel. Sein so mitteilsamer Humor steckte alle an. Er hatte die Vergangenheit vergessen, die Verzögerungen, die Gefahren. Er dachte nur noch an das Ziel, das nun bald erreicht war, und mitunter kochte er vor Ungeduld, als sei auch in seinem Innern ein so loderndes Feuer, wie in den Heizräumen der »Henrietta«. Oft auch umkreiste der würdige Bursche den Polizeikommissar und musterte ihn mit vielsagenden Blicken, aber er sagte nichts zu ihm, denn es bestand keine Freundschaft mehr zwischen ihnen.

Übrigens muß zugegeben werden, daß dem armen Fix nachgerade der Verstand stillstand. Daß dieser Fogg das Kommando über die »Henrietta« an sich gerissen, daß er die Mannschaft bestochen hatte, daß er wie ein Seemann von reinstem Wasser manövrierte, das ging über seinen Horizont.

Er wußte nicht mehr, was er davon denken sollte. Aber schließlich konnte jemand, der 55.000 Pfund gestohlen hatte, ja auch ein Schiff stehlen.

Und Fix kam naturgemäß zu der Überzeugung, daß die »Henrietta« unter Foggs Führung gar nicht nach Liverpool, sondern nach irgendeinem Punkt der Welt dampfte, wo der zum Piraten gewordene Dieb sich in Sicherheit bringen könnte. Diese Mutmaßung war, wie zugegeben werden muß, vom Standpunkt des Kommissars aus ganz erklärlich und nicht unwahrscheinlich, und Fix bedauerte sehr ernstlich, an dieser Fahrt teilgenommen zu haben.

Kapitän Speedy fuhr in seiner Kabine fort zu brüllen, und Passepartout, der für seinen Unterhalt zu sorgen hatte, tat dies nur unter größter Vorsicht. Herr Fogg dachte anscheinend überhaupt nicht mehr daran, daß noch ein Kapitän an Bord war.

Am 13. fuhr man an der Spitze der Bank von Neufundland vorüber. Dies ist eine miesliche Stelle. Besonders im Winter herrscht hier sehr oft Nebel und furchtbarer Sturm. Seit dem vergangenen Tage war das Barometer stark gesunken, so daß ein Umschlag der Witterung zu erwarten war. Während der Nacht änderte sich die Temperatur, die Kälte wurde heftiger, und der Wind sprang nach Südosten um.

Das war ein Strich durch die Rechnung. Um nicht vom Kurse abzuweichen, mußte Herr Fogg die Segel herunternehmen und mehr Dampf geben. Dennoch wurde die Schnelligkeit des Schiffes geringer, da die hochgehende See mit langen Wellen gegen den Vordersteven brandete. Das Schiff stampfte heftig, was die Fahrt sehr hinderte.

Die Brise steigerte sich allmählich zum Orkan, und es war schon mit der Möglichkeit zu rechnen, daß die »Henrietta« sich nicht mehr gegen die Wogen halten würde.

Jetzt galt es, dem unbekannten, gefährlichen Element zu entrinnen.

Passepartouts Gesicht wurde immer düsterer, je düsterer der Himmel wurde, und mehrere Tage litt der wackere Bursche tödliche Qualen. Aber Phileas Fogg war ein kühner Seemann, der dem Meere Trotz zu bieten verstand, und er hielt seinen

Kurs inne, ohne allzuviel Dampf zu geben. Wenn die »Henrietta« nicht mit der Welle gehen konnte, so fuhr sie eben durch die Welle, und wenn auch ihr Verdeck überschwemmt wurde, so kam sie doch vorwärts. Mitunter tauchte die Schraube aus dem Wasser hervor und schlug die Luft mit ihren wie toll sich drehenden Armen, wenn gerade ein Wasserberg das Hinterdeck emporhob, aber das Schiff kam immer vorwärts.

Immerhin wurde der Wind nicht so schwer, wie man hätte befürchten können. Es war noch kein Orkan, wehte jedoch hartnäckig aus Südost, so daß kein Segel gesetzt werden konnte. Und dennoch wäre es sehr nützlich gewesen, dem Dampf nachzuhelfen.

Am 16. Dezember war seit der Abreise von London der fünfundsiebzigste Tag verflossen. Alles in allem hatte die »Henrietta« noch keine beunruhigende Verzögerung erlitten. Die Hälfte der Überfahrt war beinahe zurückgelegt, und die schlimmsten Punkte waren passiert.

Im Sommer wäre der Erfolg sicher gewesen. Im Winter aber hatte man mit der ungünstigsten Jahreszeit zu rechnen. Passepartout sprach kein Wort. Im innersten Herzen hegte er Hoffnung, und wenn auch der Wind sie im Stiche ließ, so hatten sie doch wenigstens den Dampf.

An diesem Tage trat der Maschinist zu Herrn Fogg und besprach sich lebhaft mit ihm.

Ohne zu wissen warum, empfand Passepartout eine unbestimmte Besorgnis. Er hätte eines von seinen Ohren darum hingegeben, wenn er mit dem andern hätte verstehen können, was gesprochen wurde.

Indessen konnte er doch einige Worte hören, wie die folgenden, die sein Herr sprach: »Was Sie da melden, steht fest?«

»Jawohl, mein Herr«, antwortete der Maschinist. »Vergessen Sie nicht, daß wir seit unserer Abfahrt alle Öfen heizen, und wenn wir auch genug Kohlen hatten, um mit geringem Dampf von New York nach Bordeaux zu fahren, so wird der Vorrat doch nicht reichen, um von New York nach Liverpool zu fahren.«

»Ich werde Vorsorge treffen«, antwortete Herr Fogg. Passepartout hatte verstanden. Eine tödliche Unruhe befiel ihn.

Die Kohlen gingen aus!

»Ach! Wenn mein Herr auch dies wiedergutzumachen versteht«, dachte er bei sich, »dann ist er entschieden ein großartiger Mensch.«

Und als er mit Fix zusammentraf, konnte er nicht umhin, ihm von dem Gehörten Mitteilung zu machen.

»Also«, versetzte ihm der Agent mit aufeinandergepreßten Zähnen, »also glauben Sie wirklich, daß wir nach Liverpool fahren?«

»Aber ich bitte Sie –«

»Schafskopf!« antwortete der Kommissar und ging achselzuckend weg.

Passepartout wollte fast dieses Schimpfwort nicht so ohne weiteres auf sich sitzenlassen, zumal er nicht recht begriff, wie Fix dazu käme, ihn so zu titulieren; aber er sagte sich, daß der unglückliche Polizeibeamte sehr enttäuscht und in seiner Eigenliebe sehr gedemütigt sein müsse, nachdem er einer falschen Spur um die ganze Erde herum gefolgt war, und daher sah Passepartout gutmütig von einer Bestrafung ab.

Und welchen Entschluß würde nun wohl Phileas Fogg fassen? Das war nicht leicht zu vermuten. Inzwischen schien aber der phlegmatische Herr wirklich einen Entschluß zu fassen, denn noch am selben Abend ließ er den Maschinisten kommen und sagte zu ihm:

»Lassen Sie heizen, bis alles Brennmaterial verbraucht ist.«

Kurz darauf stieß der Schornstein der »Henrietta« ungeheure Rauchwolken aus.

201

Das Schiff fuhr also noch immer mit Volldampf, aber wie der Maschinist angekündigt hatte, meldete er zwei Tage darauf, am 18., daß im Laufe dieses Tages die Kohle zu Ende sein werde.

»Das Feuer wird in gleicher Stärke unterhalten«, antwortete Herr Fogg. »Ja, die Ventile sollen überlastet werden!«

Nachdem Phileas Fogg am Mittag festgestellt hatte, wo das Schiff sich im Augenblick befand, gab er Passepartout den Befehl, Kapitän Speedy zu holen. Es war, als hätte man den wackeren Burschen geheißen, einen Tiger loszubinden, und als er ins Achterdeck stieg, sagte er bei sich selbst:

»Sicherlich wird er toben wie ein Tollhäusler.«

Kurz darauf flog unter Geschrei und Gefluche eine Bombe auf's Achterdeck. Die Bombe war Kapitän

Speedy und schien dem Platzen nahe. »Wo sind wir?« Das waren die ersten Worte, die er mitten in seinen Wutausbrüchen hervorbrachte, und es fehlte nicht viel daran, so hätte den würdigen Herrn vor Zorn der Schlag gerührt.
»Wo sind wir?« wiederholte er mit verzerrten Zügen.
»770 englische Seemeilen von Liverpool entfernt«, antwortete Fogg mit der ihm eigenen Ruhe.
»Pirat!« schrie Andrew Speedy.
»Ich habe Sie holen lassen, mein Herr ...«
»Seeräuber!«
»Weil ich«, fuhr Phileas Fogg unentwegt fort, »Sie bitten muß, mir Ihr Schiff zu verkaufen.«
»Nein, bei allen Teufeln, nein!«
»Ich bin nämlich gezwungen, es zu verbrennen.«
»Mein Schiff verbrennen?«
»Ja, wenigstens die oberen Teile, denn das Brennmaterial ist uns ausgegangen.«
»Mein Schiff verbrennen!« platzte Kapitän Speedy heraus, der keines ruhigen Wortes mehr fähig war. »Ein Schiff, das 50.000 Dollar wert ist!«
»Hier haben Sie 60.000!« antwortete Phileas Fogg, indem er dem Kapitän ein Bündel Banknoten bot.
Dies übte auf Andrew Speedy eine geradezu wundersame Wirkung aus.
Ein echter Amerikaner gerät beim Anblick von 60.000 Dollar stets in eine gewisse Erregung.
Der Kapitän vergaß im Augenblick seine Wut, dachte nicht mehr an seine Gefangenschaft und grollte seinem Passagier nicht mehr.
Sein Schiff war zwanzig Jahre alt. Und nun wurde es noch zur Goldgrube für ihn! Jetzt konnte die Bombe keinesfalls mehr platzen: Phileas Fogg hatte die Zündschnur abgerissen.
»Und der eiserne Rumpf bleibt mein«, sagte Speedy in eigentümlich besänftigtem Tone.
»Der eiserne Rumpf und die Maschine, mein Herr. Ist's abgemacht?«

»Abgemacht.« Und Speedy nahm das Bündel Banknoten, zählte sie und ließ sie in seiner Tasche verschwinden.

Während dieses Auftritts war Passepartout kreideweiß geworden. Fix wäre schier in Ohnmacht gefallen. Fast 20.000 Pfund waren vergeudet, und obendrein überließ dieser Fogg dem Verkäufer noch Rumpf und Maschine, das heißt also die Teile, die eigentlich den wahren Wert des Schiffes bildeten. Allerdings betrug aber die der Bank entwendete Summe 55.000 Pfund!

Als Andrew Speedy das Geld eingesteckt hatte, sagte Phileas Fogg zu ihm:

»Dies alles darf Sie nicht wundern, mein Herr; denn Sie müssen wissen, daß ich 20.000 Pfund verliere, wenn ich nicht am 21. Dezember um acht Uhr fünfundvierzig Minuten wieder in London bin. Nun hatte ich in New York den Dampfer verpaßt, und da Sie mich nicht nach Liverpool bringen wollten –«

»Und das war sehr vernünftig von mir, bei allen Teufeln der Hölle!« rief Andrew Speedy; »denn dadurch habe ich mindestens vierzigtausend Dollar verdient!«

Dann setzte er ruhiger hinzu: »Wissen Sie was, Kapitän – wie war gleich Ihr Name?«

»Fogg.«

»Kapitän Fogg, Sie haben etwas von einem Yankee an sich.«

Und nachdem er seinem Passagier dieses vermeintliche Kompliment gemacht hatte, ging er, und Phileas Fogg rief ihm noch nach:

»Jetzt gehört das Schiff also mir?«

»Gewiß, vom Kiel bis zu den Masten, das heißt alles, was aus Holz ist.«

»Gut. Reißt jetzt alles, was aus Holz ist, herunter und heizt damit.«

Man stelle sich vor, wieviel von diesem trockenen Holz gebraucht wurde, um genügend Dampf zu entwickeln. An diesem Tage gingen das Achterdeck, die Mannschaftskabinen und die falsche Brücke drauf.

Am folgenden Tage, dem 19. Dezember, verbrannte man die Masten, Schaluppen und Sparren. Die Masten wurden alle gekappt und mit Beilhieben zerstückelt. Die Mannschaft entwickelte dabei einen fabelhaften Eifer.

Eine wilde Zerstörungslust hatte alle ergriffen.

Am nächsten Tage, dem 20., kamen die Geländer, die Verkleidungen und der größte Teil der Brücke an die Reihe. Die »Henrietta« glich nun nur noch einem alten, entmasteten Kriegsschiff.

Aber an diesem Tage kam die Küste von Irland und das Feuer von Fastenet in Sicht.

Dennoch war um zehn Uhr abends das Schiff erst in Höhe von Queenstown, Phileas Fogg hatte nur noch 24 Stunden übrig, um nach London zu kommen! Und doch brauchte er allein so viel Zeit noch, um Liverpool zu erreichen, selbst wenn er mit Volldampf fuhr. Und endlich mußte doch dem kühnen Manne – um einen vulgären Ausdruck zu gebrauchen – die Puste ausgehen.

»Mein Herr«, sagte jetzt Kapitän Speedy, der sich zu guter Letzt für Foggs Vorhaben interessierte, »Sie tun mir aufrichtig leid. Alles ist gegen Sie! Wir sind erst vor Queenstown?«

»Ah!« sagte Herr Fogg. »Die Lichter, die wir dort sehen, sind Queenstown?«

»Jawohl.«

»Kommen wir in den Hafen hinein?«

»Nicht vor drei Stunden. Nur bei Flut.«

»Also warten wir!« antwortete Phileas Fogg ruhig, ohne in seinen Zügen zu verraten, daß er durch höhere Eingebung noch einmal sein Mißgeschick zu besiegen versuchen wollte.

Queenstown ist ein Hafen an der irländischen Küste, in dem die von den Vereinigten Staaten kommenden Dampfer beim Vorbeifahren die Briefsäcke abgeben. Diese Briefe werden von Eilzügen, die stets zur Abfahrt bereit sind, nach Dublin transportiert. Von Dublin gelangen sie auf großen Dampfern, die sehr schnell fahren, nach Liverpool – indem sie auf diese Weise vor den schnellsten Fahrern der Dampfschiff-Gesellschaften einen Vorsprung von zwölf Stunden gewinnen.

Diese zwölf Stunden, die so die Post von Amerika gewann, wollte auch Phileas Fogg gewinnen.

Anstatt am Abend des nächsten Tages in Liverpool einzutreffen, würde er dann mittags dort sein und hätte infolgedessen dann noch Zeit gehabt, vor acht Uhr fünfundvierzig Minuten abends in London anzukommen.

Um ein Uhr etwa fuhr die »Henrietta« bei Flut in den Hafen von Queenstown ein, und nachdem Kapitän Speedy seinem Passagier kräftig die Hand geschüttelt hatte, blieb er allein zurück auf dem entblößten Rumpf seines Schiffes, das noch die Hälfte der Summe wert war, die er dafür erhalten hatte.

Die Passagiere gingen sogleich an Land.

Fix verspürte in diesem Moment ein wildes Verlangen, Fogg zu verhaften. Aber er tat es nicht. Warum nicht? Welcher Kampf spielte sich in ihm ab? Hatte er Herrn Fogg endlich erkannt? Begriff er endlich seinen Irrtum? Immerhin blieb Fix in Foggs Nähe. Mit diesem, mit Frau Auda und mit Passepartout, der sich kaum noch Zeit ließ zum Verschnaufen, stieg er in Queenstown punkt halb zwei Uhr in den Zug, kam bei Tagesanbruch in Dublin an und begab sich sofort auf einen der

Dampfer – die, nichts wie Maschine, wahre Klumpen von Stahl sind – und durch den stärksten Wellenschlag regelmäßig die Überfahrt machen.

Zwanzig Minuten vor Mittag, am 21. Dezember, stieg Phileas Fogg endlich auf dem Kai von Liverpool aus. Bis London brauchte er nur noch sechs Stunden. Aber in diesem Augenblick trat Fix zu ihm, legte ihm die Hand auf die Schulter und zeigte seinen Verhaftungsbefehl.

»Sie sind ja wohl Herr Phileas Fogg?« fragte er.

»Jawohl, mein Herr.«

»Im Namen der Königin verhafte ich Sie!«

34

Hier wird Passepartout die Gelegenheit gegeben, ein kühnes aber vielleicht noch ungedrucktes Wortspiel zu machen

Phileas Fogg lag im Gefängnisse. Man hatte ihn in der Wache des Custom-House untergebracht, und dort mußte er die Nacht kampieren, bis seine Überführung nach London erfolgen würde. Im Augenblick der Festnahme hatte sich Passepartout auf den Detektiv stürzen wollen. Polizisten hielten ihn zurück. Frau Auda war entsetzt über die Rücksichtslosigkeit des Vorganges, von dem sie nichts verstand, und auch nicht gut etwas verstehen konnte.
Passepartout setzte ihr die Lage auseinander. Herr Fogg, dem sie das Leben verdankte, dieser Ehrenmann und dieser mutige Ritter, war als Dieb verhaftet worden. Frau Auda protestierte gegen eine solche Behauptung, ihr Herz lehnte sich dagegen auf, und Tränen flossen aus ihren Augen, als sie sah, daß sie nichts tun, nichts versuchen konnte, um ihren Retter zu retten.
Fix hatte Herrn Fogg verhaftet, weil seine Pflicht es ihm gebot. Ob Herr Fogg schuldig oder unschuldig war, darüber hatte er nicht zu entscheiden, sondern das Gericht.
Aber nun kam Passepartout ein Gedanke – jener schreckliche Gedanke, daß er ganz entschieden die Ursache zu all diesem Unglück sei. Warum hatte er denn auch Herrn Fogg dieses Abenteuer verheimlicht? Als Fix sowohl seine Eigenschaft als Polizeikommissar als den Auftrag, der ihm geworden war, offenbart hatte, warum hatte er sich da einfallen lassen, seinen Herrn davon in Unkenntnis zu lassen?

Wäre derselbe davon unterrichtet gewesen, so hätte er ohne Zweifel Fix Beweise von seiner Unschuld geben können, hätte ihn seines Irrtums überführen können. Auf alle Fälle würde er ihn nicht auf seine Kosten mit um die Welt kutschiert haben – diesen unglückseligen Kommissar, dessen erste Sorge gewesen war, ihn in dem Augenblick zu verhaften, wo er den Fuß auf britischen Boden setzte! Wenn er an alle seine Fehler und Dummheiten dachte, so fiel der arme Kerl unwiderstehlichen Gewissensbissen anheim. Er weinte, ließ sich vor keinem Menschen sehen, wollte sich den Kopf an der Wand einschlagen!

Frau Auda war mit ihm ungeachtet der Kälte unter der Halle des Zollhauses geblieben; keines von ihnen wollte von der Stelle weichen; sie wollten beide Herrn Fogg noch einmal wiedersehen.

Dieser Kavalier war gänzlich zugrunde gerichtet, und dies in dem Augenblick, wo er sein Ziel erreichen wollte. Diese Festnahme ruinierte ihn auf eine Weise, die sich nicht gutmachen ließ. Am 21. Dezember, um 20 Minuten vor 12 Uhr in Liverpool angekommen, blieb ihm noch Zeit bis 8.45, um sich im Reform-Klub vorzustellen, also neun Stunden und 15 Minuten, und sechs Stunden brauchte er nur, um London zu erreichen.

Wer in diesem Augenblicke in die Wachstube des Zollhauses hätte treten können, der hätte Herrn Fogg auf einer Holzbank sitzen sehen, frei von Zorn, unnahbar, undurchdringlich, unbeweglich! Resigniert hätte man nicht sagen können: auch dieser letzte Schlag hatte ihn, wenigstens soviel an ihm zu sehen war, nicht erschüttern können. Hatte sich eine jener stillen Regungen von Wut, die so schrecklich sind, weil sie nicht aus sich heraustreten, und die erst im letzten Augenblick mit unwiderstehlicher Kraft hervorbrechen, in seinem Gemüte gebildet? Niemand weiß es! Aber Phileas Fogg saß ruhig da und wartete .... worauf? Hielt sich noch eine Hoffnung in seinem Herzen? Glaubte er noch immer an den Erfolg? Nachdem sich die Pforte des Gefängnisses hinter ihm geschlossen hatte? Wie dem auch sei, Herr Fogg hatte seine Taschenuhr fürsorglich auf einen Tisch gelegt und beobachtete den Gang der Zeiger. Kein Wort entfloh seinen Lippen, aber sein Blick zeigte eine eigentümliche Starrheit. Fürchterlich war die Lage, und wer in diesem Gewissen hätte lesen können, der wäre zu dem Schlusse gelangt: War Phileas Fogg ein Ehrenmann, so war er ruiniert! War er ein Schuft, so saß er im Gefängnis.

Ob er wohl den Gedanken hatte, sich zu retten? Ob er untersuchen zu sollen meinte, ob sich in diesem Wachthause ein Ausgang fände? Ob er zu fliehen dachte? Fast hätte man es meinen können, denn in einem gewissen Augenblick machte er einen Gang durch das Zimmer. Aber die Tür war fest und das Fenster vergittert. Er

setzte sich also wieder und langte das Reisetagebuch aus seiner Brieftasche. Auf die Linie, die die Worte enthielt: »Am 21. Dezember, Sonnabends, Liverpool«, setzte er hinzu: »80. Tag, 11 Uhr 40 Minuten vormittags.« Dann wartete er.

Eins schlug's an der Uhr des Zollhauses. Herr Fogg stellte fest, daß seine Uhr nach dieser um 2 Minuten vorging.

Zwei Uhr! Angenommen, er stiege jetzt in einen Schnellzug, so könnte er noch in London ankommen und vor 8.45 im Reformklub sein. Seine Stirn zog sich leicht in Falten.

Um 2 Uhr 35 Minuten wurde draußen Lärm hörbar. Türen wurden aufgerissen. Passepartouts Stimme ertönte. Fixens Stimme ertönte.

Fix war außer Atem, das Haar hing ihm wirr herum ... er konnte nicht sprechen!

»Mein Herr«, lallte er endlich ... »mein Herr ... verzeihen Sie! Eine beklagenswerte Ähnlichkeit ... Spitzbube seit drei Tagen hinter Schloß und Riegel ... Sie ... sind frei, mein ... Herr!«

Phileas Fogg war frei. Er ging auf den Detektiv zu. Er sah ihm voll ins Gesicht, und mit einer raschen Gebärde, wie er sie nie in seinem Leben gemacht hatte und nie wieder im Leben machen sollte, führte er beide Arme nach hinten und prügelte dann in der präzisen Weise eines Automaten den unglücklichen Kommissar mit beiden Fäusten. »Gut verpfeffert!« rief Passepartout, und indem er sich ein kühnes, eines Franzosen würdigen Wortspiel erlaubte, setzte er hinzu: »Schwerenot! Das nenne ich guten

Gebrauch von englischen Fäusten machen!« Fix, der am Boden lag, sagte kein Wort. Er bekam ja bloß, was ihm recht war. Aber schleunigst verließen nun Herr Fogg, Frau Auda und Passepartout das Zollgebäude, warfen sich in einen Wagen und langten in wenigen Minuten auf dem Bahnhof in Liverpool an.

Phileas Fogg fragte, ob ein Schnellzug nach London fällig sei. Es war 2 Uhr 40 – seit 35 Minuten sei der Schnellzug fort. Phileas Fogg befahl einen Extrazug zur Stelle.

In Anbetracht der laufenden Dienstverrichtungen konnte ein Extrazug, obgleich mehrere Schnellzugslokomotiven bereitstanden, nicht vor 3 Uhr fertig zur Fahrt sein.

Um 3 Uhr jagte Phileas Fogg, nachdem er noch ein paar Worte mit dem Maschinisten gesprochen, um ihm den Gewinn einer Prämie in Aussicht zu stellen, in Gesellschaft der jungen Frau und seines getreuen Dieners in der Richtung von London dahin.

Es galt, in fünfeinhalb Stunden die Entfernung zwischen Liverpool und London zurückzulegen – was nicht unmöglich war. Aber Aufenthalt war nicht zu vermeiden, und als der Herr auf dem Bahnhof anlangte, war es auf allen Uhren zehn Minuten vor neun.

Phileas Fogg hatte die Reise um die Welt zurückgelegt, kam aber um fünf Minuten zu spät. Er hatte verloren.

35

Passepartout läßt sich einen Auftrag, den ihm sein Herr gibt, nicht zweimal sagen

Am Tage darauf wären die Bewohner von Saville-Row sehr überrascht gewesen, wenn man ihnen versichert hätte, daß Herr Fogg sich wieder in seiner Wohnung befinde. Türen und Fenster, alles war verschlossen. Äußerlich war keine Veränderung zu bemerken. Phileas Fogg hatte gleich nach der Ankunft Passepartout befohlen, einige Vorräte zu kaufen, und hatte sich in sein Haus begeben.

Der Herr hatte mit gewohntem Gleichmut den Schicksalsschlag hingenommen. Ruiniert! Und durch den Irrtum dieses tölpelhaften Polizeikommissars! Nachdem er auf dieser ganzen Reise mit sicherem Schritt vorwärts gedrungen war, nachdem er tausend Hindernisse überwunden, tausend Gefahren getrotzt hatte, ja sogar unterwegs Zeit gefunden hatte, eine Wohltat zu erweisen, mußte er, schon im Hafen, noch scheitern an einer brutalen Tat, die er nicht vorhersehen konnte und gegen die er wehrlos war: das war entsetzlich! Von der großen Summe, die er bei der Abreise mitgenommen hatte, blieb ihm nur ein unbedeutender Rest. Sein Vermögen bestand nur noch aus den 20.000 Pfund, die bei Gebrüder Baring deponiert waren, und diese 20.000 Pfund schuldete er seinen Kollegen vom Reform-Klub. Nach so viel Unkosten wäre er, wenn er die Wette gewonnen hätte, nicht reicher gewesen als zuvor, und ohne Zweifel war es auch gar nicht seine Absicht gewesen, sich zu bereichern – denn er war einer von jenen, die der Ehre wegen wetten – jetzt aber, da er die Wette verloren hatte, war er völlig zugrunde gerichtet. Übrigens hatte er seinen Entschluß gefaßt. Er wußte, was ihm zu tun übrig blieb.

Ein Zimmer des Hauses in der Saville-Row war für Frau Auda hergerichtet. Die junge Frau war in Verzweiflung. Aus einigen Worten des Herrn Fogg hatte sie begriffen, daß derselbe sich mit einem düsteren Plane trug.

Es ist bekannt, zu welchen beklagenswerten Handlungen sich diese extravaganten Engländer unter dem Eindruck einer fixen Idee hinreißen lassen. Daher behielt Passepartout auch, ohne es merken zu lassen, seinen Herrn im Auge.

Aber zu allererst war der wackere Bursche in seine Kammer gegangen und hatte das Gas ausgedreht, das nun achtzig Tage brannte. Er hatte im Briefkasten eine

Rechnung von der Gasgesellschaft gefunden und meinte, es sei nun die höchste Zeit, weiteren Unkosten vorzubeugen, da er ja doch dafür aufkommen mußte.
Die Nacht verging. Herr Fogg hatte sich zu Bett gelegt, aber hatte er geschlafen? Passepartout jedenfalls hatte wie ein Hund vor der Tür seines Herrn gewacht.
Am nächsten Tage rief ihn Herr Fogg und befahl ihm kurz, für das Frühstück der Frau Auda zu sorgen. Er selbst würde genug haben an einer Tasse Tee und einem Stück Braten. Frau Auda möchte entschuldigen, daß er am Frühstück und am Mittagstisch nicht teilnehme, er müsse jedoch all seine Zeit der Aufgabe widmen, seine Angelegenheiten zu ordnen. Er würde nicht herunter kommen. Am Abend jedoch würde er um die Erlaubnis bitten, ein paar Minuten mit Frau Auda zu plaudern. Passepartout kannte nun das Tagesprogramm und hatte sich danach zu richten. Er sah, daß sein Herr immer noch ganz ruhig war, und doch konnte er sich nicht entschließen, sein Zimmer zu verlassen. Sein Herz war übervoll, Gewissensbisse peinigten ihn, denn das Unglück, das nun nicht mehr zu ändern war, legte er sich zur Last. Ja, wenn er Herrn Fogg benachrichtigt hätte, wenn er ihm die Pläne des Kommissars Fix mitgeteilt hätte, dann hätte Herr Fogg den Polizisten sicher nicht bis nach Liverpool mitgenommen, und dann –
Passepartout konnte sich nicht mehr bezwingen.
»Gnädiger Herr! Herr Fogg!« rief er. »Fluchen Sie mir, durch

meine Schuld« – »Ich klage niemand an«, antwortete Herr Fogg in aller Ruhe. »Gehen Sie.«
Passepartout verließ das Zimmer und begab sich zu der jungen Frau, der er die Absicht seines Herrn mitteilte. »Meine Dame!« setzte er hinzu, »ich kann nichts mehr tun. Ich habe gar keinen Einfluß auf meinen Herrn. Sie vielleicht ...«
»Was soll ich über ihn vermögen!« antwortete Frau Auda. »Herr Fogg hört nur auf sich selbst. Hat er denn je begriffen, daß mein Herz von Dankbarkeit überfloß? Hat er je in meinem Herzen gelesen? Mein Freund, Sie dürfen ihn nicht allein lassen, keinen Augenblick. Sie sagen, er habe den Wunsch geäußert, mich heute abend zu sprechen?«
»Ja, gnädige Frau. Ohne Zweifel handelt es sich darum, Ihre Lage in England zu sichern.«

»So wollen wir warten«, sagte die junge Frau, die sich ganz ihren Gedanken hingab. So blieb während des Sonntags das Haus in Saville-Row ganz so, als sei es noch unbewohnt, und zum ersten Male, seit er hier wohnte, ging Phileas Fogg, als es halb zwölf vom Parlamentsturm schlug, nicht nach dem Reform-Klub.

Und warum sollte er sich auch im Reform-Klub zeigen? Seine Kollegen erwarteten ihn dort nicht mehr. Da am Abend des vorigen Tages, des so verhängnisvollen Sonnabends, des 21. Dezember, um acht Uhr fünfundvierzig Minuten Phileas Fogg nicht im Salon des Reform-Klubs erschienen war, so war seine Wette verloren. Es war nicht einmal mehr nötig, zum Bankier zu gehen, um die Summe von 20.000 Pfund abzuheben. Seine Gegner hatten einen von ihm unterschriebenen Scheck in Händen, und ein einziger Federzug genügte, um bei Gebrüder Baring die Summe auf das Konto seiner Gegner zu übertragen.

Herr Fogg brauchte also nicht auszugehen, und er ging auch nicht aus. Er blieb in seiner Stube und brachte seine Angelegenheiten in Ordnung. Passepartout stieg die Treppe des Hauses in einem fort auf und ab. Für diesen armen Burschen wollten die Stunden gar nicht verstreichen. Er horchte an der Tür seines Herrn und dachte gar nicht daran, daß ihm dies gar nicht zukäme. Er sah durchs Schlüsselloch und glaubte, er habe das Recht dazu. Passepartout befürchtete jeden Augenblick eine Katastrophe. Mitunter dachte er an Fix, aber in seinem Gemüt hatte eine Umwandlung stattgefunden. Er grollte dem Polizeikommissar nicht mehr. Fix hatte sich, wie alle Welt, in Phileas Fogg getäuscht, und als er ihn verfolgte, als er ihn verhaftete, hatte er nur seine Pflicht getan, während er ... Dieser Gedanke drückte ihn nieder, und er hielt sich für den Elendsten der Elenden. Um halb acht Uhr ließ Herr Fogg Frau Auda fragen, ob sie ihn empfangen könne, und ein paar Minuten waren Fogg und Frau Auda allein im Zimmer.

Phileas Fogg ließ sich auf einen Stuhl vor dem Kamin nieder, Frau Auda gegenüber. Auf seinen Zügen war keine Spur von Aufregung zu entdecken. Er war noch derselbe ganz wie bei der Abreise vor achtzig Tagen. Dieselbe Ruhe, derselbe Gleichmut. Fünf Minuten lang sprach er nichts. Dann sah er zu Frau Auda auf.

»Gnädige Frau«, sagte er, »werden Sie mir verzeihen, daß ich Sie nach England mitgenommen habe?«

»Ich, Herr Fogg!« antwortete Frau Auda, die ihr heftig klopfendes Herz vergebens zu beruhigen versuchte.

»Gestatten Sie mir, bitte, auszureden«, fuhr Herr Fogg fort. »Als ich auf den Gedanken kam, Sie weit weg zu schaffen aus dem Lande, das für Sie so gefährlich geworden war, da war ich noch reich, und ich war willens, einen Teil meines Vermögens Ihnen zur Verfügung zu stellen. Sie hätten ein glückliches und freies Leben führen können. Jetzt aber bin ich ruiniert.«

»Das weiß ich, Herr Fogg«, antwortete die junge Frau, »und ich möchte Sie meinerseits fragen: werden Sie mir verzeihen, daß ich Ihnen gefolgt bin und Ihnen Verzögerungen verursacht habe, die mit an Ihrem Ruin schuldig sind?«

»Gnädige Frau, Sie konnten nicht in Indien bleiben, und Sie waren Ihres Lebens nur sicher, wenn Sie weit genug weggebracht wurden, so daß diese Fanatiker Ihrer nicht wieder habhaft werden konnten.«

»Also wollten Sie nicht genug getan haben, als Sie mich einem schrecklichen Tode entrissen, Herr Fogg«, versetzte Frau Auda, »Sie glaubten sich auch verpflichtet, meine Lebensstellung im Auslande zu sichern.«

»Jawohl, gnädige Frau«, antwortete Fogg, »aber das Glück war mir abhold. Indessen bitte ich Sie um Erlaubnis, das wenige, was mir noch verbleibt, Ihnen zur Verfügung zu stellen.«

»Aber was soll aus Ihnen werden, Herr Fogg?« fragte Frau Auda.

»Ich, gnädige Frau«, antwortete kalt der Gentleman, »ich brauche nichts mehr.«

»Aber wie, mein Herr, wie denken Sie sich denn das Schicksal, das Ihrer harrt?«
»Wie es sich nicht anders denken läßt«, antwortete Herr Fogg.
»Jedenfalls«, sagte Frau Auda, »wird das Unglück einem Manne wie Ihnen nichts anhaben können. Ihre Freunde ...«
»Ich habe keine Freunde, gnädige Frau.«
»Dann Ihre Verwandten ...«
»Ich habe keine Verwandten mehr.«
»Dann beklage ich Sie, Herr Fogg, denn einsam sein ist sehr traurig. Sie haben gar kein Herz, dem Sie Ihren Schmerz ausschütten können. Man sagt doch, geteilter Schmerz sei halber Schmerz!«
»So sagt man, gnädige Frau.«
»Herr Fogg«, sagte Frau Auda, stand auf und streckte dem Gentleman die Hand hin, »wollen Sie zugleich eine Verwandte und eine Freundin? Wollen Sie mich zur Frau?«
Bei diesen Worten stand auch Herr Fogg auf. In seinen Augen zeigte sich ein ungewohnter Glanz, seine Lippen schienen zu zittern. Die Aufrichtigkeit, die Geradheit, die Festigkeit und Sanftheit der Liebe einer so schönen, edlen Frau, die so viel wagte, um den zu retten, dem sie alles verdankte, setzten ihn zuerst in Erstaunen, dann war er erschüttert. Er schloß die Augen, wie um von dem vollen Blick der schönen Frau nicht noch mehr hingerissen zu werden. Dann sagte er im einfachen Tone:

»Ich liebe Sie! Ja in Wahrheit, bei allen Heiligen auf Erden, ich liebe Sie und gehöre ganz Ihnen!«
»Ah!« rief Frau Auda, die Hand aufs Herz legend.
Passepartout wurde gerufen. Er kam sogleich. Herr Fogg hielt noch Frau Audas Hand in der seinen. Passepartout begriff, und sein volles Gesicht strahlte.
Herr Fogg fragte ihn, ob es noch nicht zu spät sei. Ehrwürden Samuel Wilson, den Pfarrer des Sprengels, zu rufen.
Passepartout lächelte glückselig.
»Nie zu spät!« sagte er. Es war erst acht Uhr fünf Minuten. »Soll ich ihn für morgen, Montag, bestellen?« fragte er. »Für morgen, Montag?« fragte auch Phileas Fogg, indem er die junge Frau ansah. »Für morgen, Montag«, antwortete Frau Auda.
Passepartout eilte spornstreichs von dannen.

36

Phileas Fogg ist wieder obenauf

Es ist an der Zeit zu schildern, welcher Meinungsumschwung im Vereinigten Königreich stattgefunden hatte, als man die Verhaftung des wahren Bankdiebes, eines gewissen James Strand, erfuhr, welche am 17. Dezember in Edinburgh erfolgt war.

Vor drei Tagen war Phileas Fogg noch ein Verbrecher gewesen, dem die Polizei eifrig nachsetzte, und jetzt war er der Gentleman, der seine exzentrische Reise um die Welt mit mathematischer Sicherheit durchgeführt hatte.

Welcher Eindruck! Welcher Spektakel in den Zeitungen! Alle, die für oder gegen gewettet hatten, die die Sache bereits vergessen hatten, kamen wie auf ein Zauberwort wieder zum Vorschein. Alle Verbindlichkeiten blieben bestehen, alle Wetten wurden bestätigt, ja mit erneuter Energie neue geschlossen. Der Name Phileas Fogg war wieder obenauf.

Die fünf Kollegen des Herrn Fogg im Reform-Klub verbrachten diese drei Tage in großer Unruhe. Dieser Phileas Fogg, den sie vergessen hatten, tauchte wieder vor ihnen auf! Wo war er in diesem Augenblick? Am 17. Dezember – dem Tage, wo James Strand festgenommen worden war – waren seit Foggs Abreise 76 Tage verflossen, und noch hatte man keine Nachricht von ihm. War er umgekommen? Hatte er den Kampf aufgegeben oder setzte er die Reise noch fort auf dem vereinbarten Wege?

Und würde er am Sonnabend, dem 21. Dezember, um acht Uhr fünfundvierzig Minuten, wie der Gott der Pünktlichkeit auf der Schwelle des Reform-Klubs erscheinen?

Wir wollen die Spannung nicht beschreiben, in der drei Tage lang diese Leute lebten. Depeschen wurden nach Amerika und Asien geschickt, um Nachricht von Phileas Fogg zu erhalten. Morgens und abends ließ man im Hause in der Saville-Row nachsehen … Nichts. Die Polizei selbst wußte nicht mehr, was aus dem Detektiv Fix geworden war, der mit so großem Unglück eine falsche Fährte verfolgt hatte.

Trotzdem wurden mit um so größerem Eifer neue Wetten abgeschlossen. Phileas Fogg kam wie ein Rennpferd noch in letzter Stunde in die Höhe. Man notierte ihn nicht mehr zu hundert, sondern zu zwanzig, zu zehn, zu fünf, und der alte gichtkranke Lord Albemarle hielt sogar pari.

So war denn auch am Sonnabend abends in Pall-Mall und in den benachbarten Straßen eine große Menge Volkes. Man hätte glauben mögen, die auf der Rennbahn des Reform-Klubs eingebürgerten Buchmacher hätten sich alle hier ein Rendezvous gegeben. Der Verkehr stockte. Man stritt sich, man disputierte, man schrie sich zu, wie hoch Phileas Fogg im Kurs stand, ganz wie auf der englischen Börse. Die Polizisten hatten Mühe, die Menge im Zaume zu halten, und je näher die Stunde rückte, wo Phileas Fogg ankommen mußte, um so mehr steigerte sich die mächtige Aufregung, in der sich das Volk befand.

An diesem selbigen Abend saßen von 9 Uhr ab im großen Saale des Reform-Klubs die fünf Vereinsbrüder des Kavaliers, die beiden Bankiers John Sullivan und Samuel Fallentin, der Ingenieur Andrew Stuart, Walter Ralph, der Subdirektor der Bank von England, der Brauer Thomas Flanagan, und alle warteten gespannt.

Im Augenblick, als die Uhr des großen Saales 8.25 Minuten zeigte, stand Andrew Stuart auf und sagte:

»Meine Herren, in 20 Minuten wird die zwischen Phileas Fogg und uns vereinbarte Frist abgelaufen sein.«

»Wann läuft der letzte Zug von Liverpool ein?« fragte Thomas Flanagan.

»Um 7.23 Uhr«, antwortete Walter Ralph – »der nächste kommt erst 12.10 Uhr.«

»Nun, meine Herren«, nahm Andrew Stuart wiederum das Wort, »wäre Phileas Fogg mit dem Zug um 7.23 Uhr gekommen, so würde er schon hier sein. Wir können die Wette also als gewonnen betrachten.«

»Erst warten wir! Verreden wir's nicht!« erwiderte Samuel Fallentin. »Sie wissen, daß unser Kollege ein exzentrischer Mensch erster Ordnung ist. Seine Pünktlichkeit in allen Dingen ist nur zu bekannt. Er kommt niemals weder zu spät noch zu früh, und wenn er in der letzten Minute erschiene, würde ich mich durchaus nicht wundern.«

»Und ich«, sagte Andrew Stuart, der wie immer sehr nervös war, »wenn ich es sähe, würde ich nicht daran glauben.«

»Allerdings«, nahm Thomas Flanagan das Wort, »war das Projekt des Herrn Phileas Fogg hirnverbrannt. So groß auch seine Pünktlichkeit sein mag, so hat er doch unausbleibliche Aufenthalte nicht hindern können, und eine Verspätung von 2 bis 3 Tagen genügte ja schon, um seine Reise in Gefahr zu setzen.«

»Wir werden übrigens nicht zu vergessen haben«, setzte John Sullivan hinzu, »daß wir von unserem Kameraden keinerlei Nachrichten bekommen haben, und doch hat es an Telegraphen auf seiner Reiselinie nicht gefehlt!«

»Er hat verloren«, nahm Andrew Stuart wieder das Wort, »hundertfach verloren, meine Herren! Sie wissen außerdem, daß der ‚China' – das einzige Dampfschiff von New York, das er benützen konnte, um rechtzeitig nach Liverpool zu kommen – gestern hier eingelaufen ist. Hier ist, bitte, die Passagierliste, von der Shipping-Gazette veröffentlicht – der Name Phileas Fogg steht nicht darauf. Die günstigsten Chancen angenommen, weilt unser Kollege noch in Amerika! Ich schätze die Verspätung, die er ab heute erleiden wird, auf wenigstens 20 Tage. Der alte Lord Albemarle wird ebenfalls um seine 5000 Pfund gekommen sein!«

»Augenblicklich verhält es sich so«, meinte Walter Ralph, der Subdirektor der Bank von England – »wir werden wohl morgen bei Gebrüder Baring den fälligen Scheck des Herrn Fogg kassieren können!«

In diesem Augenblick zeigte die Uhr im Salon 8.40 Minuten.

»Noch fünf Minuten«, sagte Andrew Stuart.

Die fünf Vereinsbrüder sahen einander an. Man kann schon glauben, daß ihnen das Herz um einige Pulse schneller schlug, denn schließlich war selbst für echte Spieler die Partie doch ziemlich scharf! Aber sie mochten nichts davon durchschimmern lassen, denn auf Samuel Fallentins Aufforderung setzten sie sich an einen Spieltisch.

»Ich würde meinen Anteil von 4000 Pfund an der Wette nicht abgeben«, sagte Andrew Stuart, indem er sich setzte – »und wenn man mir 3999 dafür böte!«

Der Zeiger wies in diesem Augenblick 8.42 Minuten.

Die Spieler hatten zu den Karten gegriffen, aber alle Augenblicke heftete ihr Blick sich auf die Uhr.

Man kann dreist sagen, daß ihnen, so sicher sie sich auch fühlten, Minuten noch niemals so lang erschienen waren!

»8.43 Minuten«, sagte Thomas Flanagan und hob das Spiel ab, das Walter Ralph ihm gab.

Dann trat ein Augenblick Ruhe ein. In dem großen Salon des Klubs herrschte tiefe Stille.

Aber draußen hörte man das Toben der Menge, hin und wieder von grellem Geschrei übertönt.

Das Pendel der Uhr schlug die Sekunden mit mathematischer Regelmäßigkeit. Jeder Spieler konnte die Sekunden zählen, die an sein Ohr schlugen.

»8.44 Minuten!« sagte John Sullivan mit einer Stimme, aus der man eine unwillkürliche Erregung heraushörte. Nur eine Minute noch, und die Wette war gewonnen. Sie hatten die Karten fallen lassen! Sie zählten die Sekunden!
Bei der 40. Sekunde, nichts. Bei der 50., noch nichts!
In der 55. erschallte draußen ein wahrer Donner von Beifallsklatschen, Hurrageschrei und sogar Flüchen, der sich näher und näher wälzte. Die Spieler standen auf.
Bei der 57. Sekunde ging die Tür des Salons auf, und der Zeiger hatte die 60. Sekunde noch nicht geschlagen, als Phileas Fogg, gefolgt von einer begeisterten Menge, die den Eintritt ins Klubhaus erzwungen hatte, erschien und mit seiner ruhigen Stimme sagte:
»Da bin ich, meine Herren!«

37

Hier wird der Nachweis geführt, daß Phileas Fogg bei seiner Reise um die Erde weiter nichts gewonnen als das Glück seines Lebens

Ja! Phileas Fogg, wie er leibte und lebte! Man erinnert sich, daß um acht Uhr abends – 23 Stunden etwa nach der Ankunft der Reisenden in London – Passepartout durch seinen Herrn beauftragt worden war, dem Pfarrer Samuel Wilson von einer gewissen Vermählung Kenntnis zu geben, die am anderen Tage geschlossen werden sollte. Passepartout war also gegangen, vor Freude außer sich. Er begab sich raschen Schrittes nach der Wohnung des besagten Pfarrers, der noch nicht wieder zu Hause war. Natürlich wartete Passepartout, aber es dauerte reichlich 20 Minuten. Kurz, es war 8.35 Minuten, als er aus dem Hause des Pfarrers den Fuß setzte. Aber in welcher Verfassung! Mit zerzaustem Haar, ohne Hut, rennend, rennend, wie man nur je einen Menschen seit Menschengedenken hat rennen sehen, über die Leute weg, die ihm entgegen traten, mitten durch die Menschen hindurch sausend, wie eine Wasserhose, die sich über ein Straßenpflaster ergießt!

In drei Minuten war er wieder in dem Hause der Saville-Row und stürzte atemlos in Herrn Foggs Zimmer.

Er konnte nicht sprechen.

»Was gibt's?« fragte Herr Fogg.

»Gnädiger Herr!« ... stotterte Passepartout ...

»Heirat ... unmöglich!«

»Unmöglich?«

»Morgen ... unmöglich!«

»Warum?«

»Weil ... morgen ... Sonntag ist!«

»Montag«, antwortete Herr Fogg.

»Nein ... heute ... ist Sonnabend.«

»Sonnabend! Unmöglich!«

»Doch, doch!« rief Passepartout. »Sie haben sich um einen Tag geirrt! Wir sind mit einem ... Vorsprung von 24 Stunden angekommen ... Aber wir haben bloß noch zehn Minuten Zeit!«

Passepartout hatte seinen Herrn am Kragen gepackt und schleppte ihn fort mit einer unwiderstehlichen Gewalt!

Phileas Fogg, solcherweise von dannen geführt, ohne Zeit zur Überlegung zu behalten, verließ sein Zimmer, verließ sein Haus, sprang in einen Einspänner, versprach dem Kutscher 100 Pfund

und langte, nachdem er zwei Hunde totgefahren und fünf Kutschen über den Haufen gerannt, im Reform-Klub an.

Die Uhr im großen Salon zeigte 8.45 Minuten, als er eintrat ... Phileas Fogg hatte diese Reise um die Erde in achtzig Tagen gemacht ... Phileas Fogg hatte seine Wette von 20.000 Pfund gewonnen!

Und nun, wie war es gekommen, daß ein so pünktlicher, so peinlich gewissenhafter Mann, wie er diesen Irrtum um einen Tag hatte begehen können? Wie kam es, daß er, als er in London ausstieg, in dem Glauben war, es sei schon Sonnabend, während es doch erst Freitag, der 20. Dezember, also der 79. Tag nach seiner Abreise war?

Hier der Grund für diesen Irrtum! Er ist leicht zu verstehen. Phileas Fogg hatte, ohne es gewahr zu werden, durch die gewählte Reiseroute einen Tag profitiert – und zwar lediglich dadurch, daß er die Reise um die Erde ostwärts gemacht hatte, und er hätte im Gegenteil diesen Tag eingebüßt, wenn er die Reise in umgekehrter Richtung, nämlich westwärts, gemacht hätte.

Indem er in östlicher Richtung reiste, kam Phileas Fogg der Sonne entgegen und infolgedessen nahmen für ihn die Tage um so viel mal vier Minuten zu, wie er in dieser Richtung Grade überschritt. Nun rechnet man rings um die Erde 360 Grade, und wenn man diese 360 Grade mit vier Minuten multipliziert, kommen genau 24 Stunden heraus – das heißt also, dieser unbewußt gewonnene Tag. Mit anderen Worten: während Phileas Fogg auf seiner Reise nach Osten die Sonne 80mal über den Meridian gehen sah, war dies bei seinen Kollegen nur 79mal der Fall. Daher auch erwarteten an diesem Tage, der der Sonnabend war und nicht der Sonntag, wie Herr Fogg glaubte, seine Kollegen den Weltreisenden im Salon des Reform-Klubs.

Und das hätte auch Passepartouts

220

berühmte Uhr – die immer die Londoner Zeit festgehalten hatte – bestätigt, wenn sie gleichzeitig mit den Minuten und Stunden die Tage angegeben hätte!

Phileas Fogg hatte also die 20.000 Pfund gewonnen. Aber da er unterwegs etwa 19.000 Pfund ausgegeben hatte, so war das finanzielle Ergebnis mittelmäßig. Indessen hatte, wie gesagt, der exzentrische Mann bei dieser Wette nur den Kampf, nicht das Vermögen im Auge gehabt. Und sogar die verbleibenden 1000 Pfund verteilte er noch zwischen dem wackeren Passepartout und dem unglücklichen Fix, dem er nicht böse sein konnte.

Bloß brachte er seinem Diener, der Ordnung halber, die Rechnung in Abzug, die ihm die Gasgesellschaft für die durch sein Versehen verbrannten 1920 Stunden Gas übersandte.

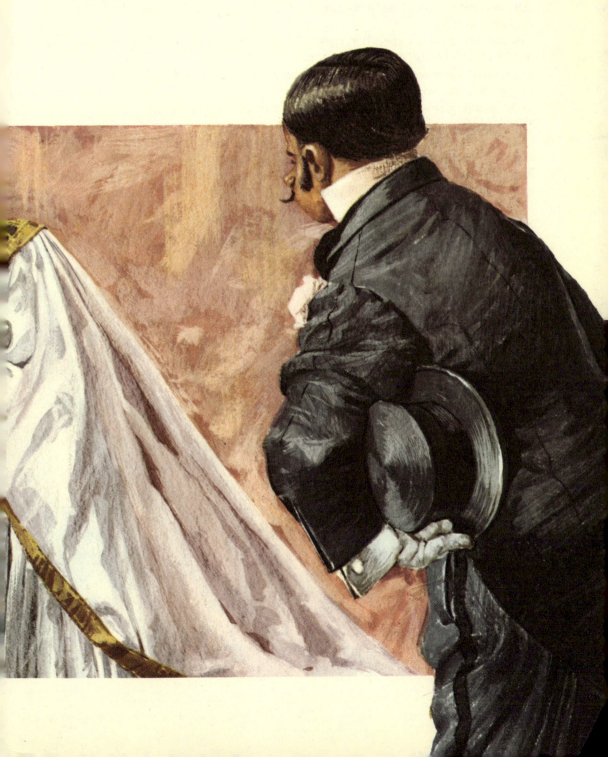

An diesem Abend sagte Herr Fogg, ebenso unnahbar wie phlegmatisch, zu Frau Auda: »Ist Ihnen die verabredete Heirat noch immer recht, Madame?«

»Herr Fogg«, antwortete hierauf Frau Auda, »an mir ist es, eine solche Frage zu stellen. Sie waren zugrunde gerichtet, und sind nun reich ...«

»Verzeihen Sie, Madame, dieses Vermögen gehört Ihnen. Hätten Sie nicht den Gedanken an diese Heirat gehabt, so würde mein Diener nicht zum Pfarrer Wilson gegangen sein, und ich hätte meinen Irrtum überhaupt nicht bemerkt, mithin ...«

»Lieber Herr Fogg«, sagte die junge Frau.

»Teure Auda!« erwiderte Phileas Fogg.

Es wird jedermann begreiflich finden, daß 48 Stunden später die Heirat geschlossen wurde, und Passepartout diente hierbei der jungen Frau als Trauzeuge – großartig! Strahlend! Blendend! Und hatte er sie nicht errettet? War man ihm nicht diese Ehre schuldig?

Am anderen Morgen aber, beim ersten Tagesgrauen, klopfte Passepartout laut an die Tür seines Herrn.

Die Tür wurde geöffnet, und der unnahbare Kavalier trat auf die Schwelle.

»Was gibt's, Passepartout?«

»Was es gibt, gnädiger Herr? Ich habe eben herausbekommen, daß ... «

»Was denn?«

»Daß wir die Reise um die Erde in bloß 78 Tagen hätten machen können –«

»Ohne Zweifel!« antwortete Herr Fogg, »wenn wir nicht Indien durchquert hätten! Aber wenn ich Indien nicht durchquert hätte, so würde ich nicht Frau Auda gerettet haben, Frau Auda wäre nicht meine Frau geworden und ... « Und Herr Fogg schloß ruhig die Tür.

So hatte denn Phileas Fogg seine Wette gewonnen! Er hatte diese Reise um die Erde in 80 Tagen vollführt! Er hatte zu diesem Zweck alle möglichen Beförderungsmittel benützt: Dampfschiffe, Eisenbahnen, Wagen, Yachten, Kauffahrteischiffe, Schlitten, Elefanten. Der exzentrische Gentleman hatte bei dieser Sache seine wunderbaren Eigenschaften, Kaltblütigkeit und Pünktlichkeit, in hohem Maße entfaltet. Aber schließlich – was hatte er dabei gewonnen? Was hatte ihm die ganze Reise eingebracht?

Nichts, wird man sagen? Nun ja, nichts! Abgesehen von einer reizenden Frau, die ihn – so unwahrscheinlich sich dies auch anhören mag – zum Glücklichsten der Sterblichen gemacht hat! Und – Hand aufs Herz! Würden wir nicht alle für weniger schon eine Reise um die Welt machen?